Leo P. Ard / Michael Illner

Gemischtes Doppel

Kriminalroman

grafit

Die Autoren:

Nach dem Fall der Mauer war es nur noch eine Frage der Zeit, bis **Leo P. Ard** & **Michael Illner** zueinander fanden. Ihr erstes gemeinsames Epos kann zwar – was den Umfang anbelangt – nicht mit dem Einigungsvertrag konkurrieren, dafür ist es wesentlich vergnüglicher zu lesen.

Leo P. Ard (= **Jürgen Pomorin**) wurde 1953 im Elisabeth-Hospital in Bochum geboren. Er arbeitet als freier Autor für Presse, Hörfunk und Fernsehen in Hamburg und Berlin. Zusammen mit Reinhard Junge veröffentlichte er die Kriminalromane *»Bonner Roulette«*, *»Das Ekel von Datteln«*, *»Das Ekel schlägt zurück«* und *»Die Waffen des Ekels«*. 1991 erschien sein Satireband *»Die Miteß-Zentrale«*, mittlerweile ein deutscher »Hoax«-Klassiker.

Michael Illner (= **Michael Illner**) erblickte 1962 im Ost-Berliner Krankenhaus Köpenick das Licht der Welt und lebt am Ort der Handlung dieses Romans. Er arbeitet als freier Fernsehjournalist in Berlin und Brandenburg. *»Gemischtes Doppel«* steht am Beginn seiner kriminellen Laufbahn.

Von beiden Autoren erschienen Kriminalgeschichten in *»Good bye, Brunhilde«* (Grafit, 1992). Weitere Bücher mit dem »Gemischten Doppel« sollen folgen.

GrafiTäter & GrafiTote

Ard u.a.: Der Mörder kennt die Satzung nicht - Der Mörder würgt den Motor ab - Der Mörder bittet zum Diktat - Der Mörder kommt auf sanften Pfoten - Der Mörder kommt auf Krankenschein - Der Mörder bricht den Wanderstab - Der Mörder packt die Rute aus - Der Mörder schwänzt den Unterricht - Der Mörder zieht die Turnschuh an - Der Mörder bläst die Kerzen aus - Der Mörder ist immer der Gärtner • Die Meute von Hörde • *Leo P. Ard/Michael Illner:* Flotter Dreier - Gemischtes Doppel • *Leo P. Ard/ Reinhard Junge:* Der Witwenschüttler - Meine Niere, deine Niere - Die Waffen des Ekels - Das Ekel schlägt zurück - Bonner Roulette • *Dorothee Becker:* Mord verjährt nicht - Der rankende Tod • *Jacques Berndorf:* Eifel-Rallye - Eifel-Feuer - Eifel-Schnee - Eifel-Filz - Eifel-Gold - Eifel-Blues • *Horst Bieber:* Kaiserhof • *Horst Eckert:* Aufgeputscht - Bittere Delikatessen - Annas Erbe • *Christoph Güsken:* Schaumschlägers Ende - Bis dann, Schnüffler • *Harald Irnberger:* Ein Krokodil namens Wanda - Das Schweigen der Kurschatten - Geil - Stimmbruch - Richtfest • *Andreas Izquierdo:* Jede Menge Seife - Das Doppeldings - Der Saumord • *Annette Jäckel:* Talk • *Reinhard Junge/Leo P. Ard:* Das Ekel von Datteln • *Reinhard Junge:* Totes Kreuz - Klassenfahrt • *Jürgen Kehrer:* Das Schapdetten-Virus - Das Kappenstein-Projekt - Bären und Bullen - Spinozas Rache - Schuß und Gegenschuß - Wilsberg und die Wiedertäufer - Kein Fall für Wilsberg - Killer nach Leipzig - Gottesgemüse - In alter Freundschaft - Und die Toten läßt man ruhen • *Agnes Kottmann:* Tote streiken nicht • *Leenders/Bay/Leenders:* Clara! - Feine Milde - Jenseits von Uedem - Belsazars Ende - Königsschießen • *Fabian Lenk:* Schlaf, Kindlein, schlaf - Brandaktuell • *Hartwig Liedtke:* Scharfe Schnitte - Tod auf Rezept - Klinisch tot • *Heike Lischewski/Stefanie Berg:* Bananensplit • *Reiner Nikula:* Tödliches Schach - Ein Stückchen Hirn • *Theo Pointner:* Einer nach dem andern - Scheinheilige Samariter - Tore, Punkte, Doppelmord • *Werner Schmitz:* Mord in Echt - Nahtlos braun - Dienst nach Vorschuß - Auf Teufel komm raus • *Gabriella Wollenhaupt:* Grappa und die fantastischen Fünf - Killt Grappa! - Grappa und der Wolf - Grappa fängt Feuer - Grappa dreht durch - Grappa macht Theater - Grappas Treibjagd - Grappas Versuchung

Chemnitzer Str. 31, D-44139 Dortmund
Internet: http://www.grafit.de
E-Mail: grafit@knipp.de

Druck und Bindearbeiten: Fuldaer Verlagsanstalt
ISBN 3-89425-025-9
4. 5. / 99 98 97

Dieser Roman spielt im wiedervereinigten Berlin. Opfer, Täter und Ermittler sind frei erfunden.

Wir danken Rüdiger Baumann, Kriminalhauptkommissar a.D., für die fachliche Unterstützung.

1

60 Quadratmeter Bundeshauptstadt – Raum genug für den ermüdenden Stellungskrieg zweier notorischer Verlierer.

Die kleine, düstere Einraumwohnung in der Lüneburger Straße lag auf gleicher Höhe mit den Gleisen der S 3. In regelmäßigen Abständen wurde die Stille durch das Rattern der Züge unterbrochen, die an den staubigen Fensterscheiben vorüberwischten, in Richtung Wannsee oder Erkner. Gabler nahm die flüchtigen Schemen der Fahrgäste wahr, die ihre Zeitung lasen oder einfach nur aus dem Fenster schauten.

Seine Augen kartografierten den im dämmrigen Licht schwimmenden Raum. Sie zogen die länglichen Farbmarkierungen nach, die den Fundort der Leiche bezeichneten und ruhten sich dann angewidert auf dem nikotingelben Sargdeckel der Zimmerdecke aus. Es roch nach kaltem Rauch und nach den feuchten Tapeten, unter deren Blümchenmuster eine üppige Schwammflora ans Tageslicht drängte. Auf dem Tisch verwelkte eine Pizza. Die ganze Behausung schien im Übergang in ein Stadium der Unbewohnbarkeit. Auch die Blutschlieren an den Möbeln machten sie nicht einladener.

Der Fall wies den schlichten Zuschnitt eines Klassikers auf: Nach einem Streit um die Fernbedienung hatte ein betrunkener Tierwärter seine Freundin mit dem Küchenmesser filetiert. Trotz ihrer Verletzungen wäre die Frau zu retten gewesen, aber während sie langsam verblutete, machte sich ihr Freund in einer Moabiter Eckkneipe ein paar nette Stunden. Irgendwann begann dann die dumpfe Ahnung in ihm aufzusteigen, daß etwas nicht stimmte. Um ein Uhr nachts stoppte er einen Streifenwagen und ließ sich von ihm nach Hause fahren. Der Fernseher lief – knisterndes Schneegestöber – im Wohnzimmer lag die Tote in einer Lache von Blut.

Einer der Streifenpolizisten hatte sich noch auf der Türschwelle übergeben, und bislang war niemand auf die Idee gekommen, das Erbrochene zu beseitigen.

Gabler löste seinen Blick von den gelben Stuckmäandern, die das üppige Tapetenmuster krönten. Das harte Geflecht seiner Bauchmuskeln versuchte vergeblich, den Schlag aufzufangen, der seine Deckung mühelos durchbrach: Bettzeug, Teppich und Fußboden waren mit einer stumpf glänzenden, schwarzen Kruste überzogen, deren süßlicher Schlachthausgeruch mit jedem Atemzug beklemmender zu werden schien. Ein trockenes Würgen stieg ihm in die Kehle.

Die beiden Beamten von der Spurensicherung warfen einen gleichgültigen Blick auf den blassen, nachlässig gekleideten Kripomann, der sich nervös mit dem Handrücken über das Nasenbein fuhr, und grinsten sich dann müde zu.

Zehn Stunden später nahm Gabler den letzten Bogen seines Berichts aus der Schreibmaschine.

Das Schicksal hatte eine banale, kleine Tragödie inszeniert. Eine Low-Budget-Produktion, besetzt mit Akteuren aus der zweiten Reihe. Soeben hatte er die Story auf das Format eines DIN-A-4-Bogens zusammengestrichen. Die Zeitungen würden noch weniger Platz brauchen. Sechs Zeilen, vielleicht zehn.

Es war Samstagabend, und er war sterbensmüde. All seine Sehnsüchte bündelten sich in dem Gedanken an eine heiße Dusche und ein kaltes Bier.

Durch das halboffene Fenster sickerten die Straßengeräusche herein, das einschläfernde Sirren von Autoreifen auf nassem Asphalt. Erneut geschah es: Für einen Bruchteil seines Lebens packte ihn das verrückte Gefühl, alles sei noch beim alten, er säße an einem ganz gewöhnlichen Wochentag in seinem angestammten Büro im Ostberliner Polizeipräsidium. Dort draußen vor dem Fenster lag eine geteilte, in gehorsamer Gelassenheit in sich ruhende Stadt, in der alles seinen sozialistischen Gang ging. Siegesgewiß erhob sich Trabigestank über die Hans-Beimler-Straße. Kurt Hager besuchte einen Stickzirkel der »Volkssolidarität« in Marzahn. In der 17-Uhr-Ausgabe der »Aktuellen Kamera« verkündete ein junger Reporter Top-News aus der sozialistischen Arbeitswelt.

Auf den Gängen des Polizeipräsidiums schlugen schallend die Türen, die zur Wochenendarbeit Verdammten machten sich auf den Weg zu ihren Neubauwohnungen und Datschen. Noch zwei Anrufe, dann würde auch er alle Fünfe gerade sein lassen. Für den Sonntag hatte er Karten für das TSC-Boxturnier in der Werner-Seelenbinder-Halle. Vielleicht würde Simona mitkommen, wenn er sich im Gegenzug bereit erklärte, mit ihr am Abend zuvor ins Theater zu gehen.

Gabler lächelte verträumt.

Irgendetwas von bewußtseinserweiternder Kraft mußte sich da zusammengebraut haben – in den Ausdünstungen von Chemiefabriken und botanischen Gärten, von Hundezwingern und Schlafzimmern, eine spontane Verbindung halluzinogener Substanzen.

Er sah Simona vor sich, hörte ihr Lachen, spürte den sanften Aufprall ihres Körpers auf seiner Haut.

Es war gut, daß ihn niemand ertappte – mit diesem törichten Lächeln auf den Lippen. Es ist Feierabend, und die Welt ist in der alten Ordnung, vermutete er hoffnungsvoll.

Aber damit lag er schief. Gründlich sogar.

Vor ein paar Monaten war sein Leben aus dem Gleis gesprungen. Es war unerwartet geschehen, ohne daß er begriffen hatte, was da vorging um ihn herum.

Sein Schreibtisch stand nicht mehr in einer Straße, die nach einem Kommunisten benannt war.

Er stand in Tiergarten, im Westteil der Stadt, wo die Straßen nach preußischen Generalen und Finanzministern heißen.

Schon vor der Wiedervereinigung der beiden deutschen Staaten war die Polizeihoheit über das Land Berlin in die Hände des Westberliner Polizeichefs übergegangen. Präsident Georg Schertz avancierte damit zum Dienstherrn über zehntausend Ostberliner Polizeibedienstete, darunter etwa eintausend Kripo-Leute. Zu ihnen zählte auch Gabler.

Dienstliche Anschreiben an ihn waren nicht mehr an

einen *»Genossen Hauptmann«* adressiert. Er war *»Hauptkomm./Ang. Gabler«*. So stand es auf dem Namensschild an der Tür seines Dienstzimmers. *»Ang.«* bedeutete »Angestelltenverhältnis« und war der sinnfällige Hinweis darauf, daß der Ostkommissar Gabler noch nicht durch die Mitgliedschaft in der hehren Kaste der Berufsbeamten geadelt war.

Gablers Wiedergabe des Kürzels wich von der offiziellen Lesart ab. Er las es als: Hauptkommissar im *Ang*stzustand...

Er war Jahrgang 1950 und hatte eine Vita, die in vielen Zügen als typisch für einen Kriminalpolizisten (Ost) gelten kann: Drei nicht eben kurzweilige Jahre als Schupo in Teltow, danach vier Jahre an der Polizeischule in Aschersleben, schließlich die Versetzung nach Berlin.

Während seiner Zeit in der VP-Inspektion Friedrichshain wurde man in der Mordkommission auf den jungen Genossen Leutnant aufmerksam: Gablers Protokolle wiesen deutlich weniger Rechtschreibfehler auf als die seiner Kollegen. In Anerkennung seiner guten orthografischen Leistungen wurde ihm schließlich ein Studienplatz zuteil – an der Sektion Kriminalistik der Berliner Humboldt-Universität. Das Thema seiner Diplomarbeit wies ihm ein Dozent zu: »Die ständige Zurückdrängung der Schwerstkriminalität am Beispiel von Untersuchungsergebnissen der Jahre 1975/76 in Berlin, Hauptstadt der DDR«. Der erste Satz seines Elaborats war ein Zitat aus dem Honecker-Referat auf dem VIII. Parteitag der SED.

Von 1980 an arbeitete Gabler in einer Mordkommission. Irgendwann wurde er zum Hauptmann befördert.

Als man im Frühjahr 1990 in den Chefetagen beider Berliner Polizeipräsidien einen mehrwöchigen Austauschkursus für Ost- und West-Berliner Polizeibedienstete plante, geriet er in die engere Auswahl. Im Mai arbeitete er sechs Wochen in einer Westberliner Mordkommission. Vier Monate später, am 1. Oktober 1990, zwei Tage vor der Einheit, wurde Gabler mit »sofortiger Wirkung« in die Direktion Verbrechensbekämpfung versetzt. Referat M. »M« wie Delikte am Menschen, inklusive Mord.

Inzwischen hatte sich sein innerer Zustand normalisiert. Die Hände wurden ihm nicht mehr schweißnaß, wenn er das Portal der Direktion durchschritt. Selbst an die Preise in den Kantinen hatte er sich gewöhnt.

Er war nicht unglücklich. Niemand interessierte sich für seine Vergangenheit. Nach einem kurzen Seitenblick waren die neuen Kollegen zur Tagesordnung übergegangen: Autos, Urlaub und die Chancen eines baldigen Aufstiegs in die nächsthöhere Besoldungsgruppe bildeten wieder die vorherrschenden Themen der Konversation.

In der Ostberliner Hans-Beimler-Straße ging indessen das Gespenst der Kündigung drohend um. Über seine Versetzung war Gabler froh, aber in sicherer Entfernung vom Epi-Zentrum der sozialen Beben wähnte er sich nicht. Vielleicht würde er schon in ein paar Wochen das Arbeitsamt von innen kennenlernen. Womöglich war es ihm bestimmt, seine Tage künftig mit Fernsehen und Behördengängen zuzubringen, bis er einen Job bei einer Wachschutzfirma oder als Zeitungsverkäufer fand.

Und so saß er hier, in einem ultramodernen Bürostuhl an einem fabrikneuen Schreibtisch im Westteil der Stadt – das Basislager, von dem aus er den Mount Everest seiner Karriere erobern sollte: den Beamtenstatus.

Ein bleierner Himmel hatte sich über seine Tagträume gelegt.

2

Wie das gesamte Beitrittsgebiet hatten auch die Lichtenberger Biertrinker nach dem 1. Juli 1990 eine Art Kulturschock erlitten – kurz nach dem Einzug der D-Mark war das »Grüne Eck« leer wie das Abgeordnetenhaus nach einer Bombendrohung. Selbst hartgesottene Kampftrinker blieben daheim, um im Kreise ihrer Lieben die Preise für ein Kilo holländischer Tomaten oder hundert Gramm Aufschnitt aus Schleswig-Holstein zu diskutieren. In diesen schweren Wochen, in denen die Kneipe wie ausgestorben dalag, war ihr Inhaber selbst sein bester Kunde. Der Mann trug den schönen Berliner Budikernamen Leo Lorentz. In seiner Jugend war er ein erfolgreicher Amateurboxer gewesen. »Leo Lorentz« hatte sich auf den Plakaten hervorragend gemacht.

Aber das war in den Goldenen Fünfzigern. Seit ein paar Jahren hatten die Gäste einen guten Blick auf seine Glatze, wenn sie in den schräg gestellten Spiegel über dem Tresen schauten. Und seit seiner zweiten Gallenoperation warf Leo Randalierer nicht mehr gern eigenhändig aus der Kneipe.

Nach den Wochen der Regression florierte das Geschäft wieder. Tagsüber kamen die Rentner und Arbeitslosen, nach Schichtschluß die Arbeiter aus dem Transformatorenwerk, zum Abend hin die Stammgäste.

Dann gab es da noch die Rennbahn und den »Verband der Kleingärtner, Siedler und Kleintierzüchter«, der unweit der Kneipe sein Domizil in einer Schreberkolonie hatte. An Renntagen und nach den zahlreichen Rassekatzen-, Geflügel- und Kaninchenpräsentationen konnte man im »Grünen Eck« kaum treten.

Leos Interesse an Politik war nach den Bundestagswahlen spürbar abgeflaut. Von seiner »Berliner« las er am liebsten die Sportseite. Die Reden der neuen Herren gingen ihm nach eigener Aussage »zehn Meter am Arsch vorbei«.

Dennoch erkannte er auf den ersten Blick, daß es sich bei den Figuren, die kurz nach sieben sein Lokal betraten, nicht um eine Abteilung der Jungsozialisten handelte. Wenn nicht »Hundert-komma-sechs« gerade die Verkehrslage durchgegeben hätte, wäre es in diesem Moment totenstill gewesen im »Grünen Eck«.

Der junge Mensch, der sich vor ihm zu einer Art Gesamtkunstwerk aufbaute, trug eine morsche Lederjacke und

Schnürstiefel, dazu ein Hundehalsband mit einem EK-Zwo. Sein etwa zwei Millimeter langes Haupthaar war rot gefärbt.

»Wir haben bei Ihnen ein paar Tische bestellt«, erinnerte er Leo, »für ein Kaffeekränzchen.«

Er hatte unangenehm träge Augen, die lässig durch die Kneipe stöberten, bevor sie sich wieder auf den Kneipier hefteten. In der Tür bildete sich ein Stau von etwa zwanzig Hunnenkriegern, deren durstige Blicke darauf schließen ließen, daß es sie nach ihrer flüssigen Atzung verlangte.

»Hm!« sagte Leo. »Dann sind Sie also Herr Dr. Jäckel vom Juso-Unterbezirk Lichtenberg?«

»War nur 'n Scherz, Meister«, versicherte ihm der Hundehalsbandträger, »das mit den Jusos. Aber 'n kleines Kaffeekränzchen woll'n wir wirklich durchziehn. Richtig mit Torte und so.«

Sein Gesicht nahm einen gemütvollen Ausdruck an.

»Göring – zeig mal die Torte!«

Ein Sumo-Ringer in Lederklamotten, mit Ketten dekoriert wie ein Operettennazi, wälzte sich durch den Zigarettenqualm und hielt Lorentz einen Pappkarton unter die Nase. Er enthielt tatsächlich eine Schwarzwälder Kirsch-Torte. Soweit schien mit der Backware alles in Ordnung. Einzig und allein das Hakenkreuz aus Schokoplätzchen gab Leo zu denken.

»Die Fahnen hooch/
die Reihen fest geschlossen/
SA marschiert mit ruu-hig festem Schriitt...«

Während die Jung-Faschos im Vereinszimmer die volkstümliche Hitparade des Jahres 33 rauf und runter sangen, begann Leo die Frage zu bewegen, ob das braune Kaffeekränzchen die Rechnung womöglich mit dem Baseballschläger begleichen würde. Unlängst hatte er von Zechprellern gelesen, die ihre Zahlungsverpflichtung auf den Regierenden Bürgermeister abwälzen wollten. Die Senatskanzlei hatte wenig später energisch dementiert: Eberhard Diepgen sei nicht bereit, die Schulden anonymer Alkoholiker zu übernehmen.

»Zerbrich dir mal nicht den Kopf!«

Einer der Stammgäste hatte Leos bedrückte Miene richtig gedeutet und spendete ihm Trost: »Die legen sich nich' mit dir an! Deutsche Gastwirte und deutsche Polizisten sind die natürlichen Verbündeten der Skinheads!«

»Soso«, entgegnete der Budiker skeptisch.

Nach einem halbstündigen Gelage begann der übliche Ausflugsverkehr auf's Klo. Lorentz peilte die Lage, stellte jedoch keinerlei bauliche Veränderungen des Sanitärkomplexes fest: Alles war an seinem Ort, die Fliesen glänzten jungfräulich, niemand hatte gekotzt. Erst zwei Stunden darauf vernahmen die Gäste aus Richtung des WC würgende Geräusche.

»Da liest einer die Speisekarte rückwärts!« signalisierte ein freundlicher Kunde.

Wenig später musterte Leo deprimiert ein völlig verstopftes Pißbecken. Er würde die Schweinerei selbst beseitigen müssen, die Putzfrau kam erst in zwei Tagen.

Als die HJ kurz nach zehn ordentlich ihre Rechnung beglich und den Rückzug antrat, sandte er ein Stoßgebet an die Himmlischen Heerscharen. Es klingelte in der Kasse – 440 Mark!

Der Auftritt der Glatzen hatte nur einen Schönheitsfehler…

»Was is' mit dem vollgekotzten Klo?«

Leos Frage war für jeden im Raum deutlich vernehmbar.

Jäckel hatte die Türklinke schon in der Hand. Die Bewegung, mit der er sich umdrehte, wirkte wie die Zeitlupenaufnahme eines Pumas vor dem Sprung. Irgendetwas schien ihn schwer enttäuscht zu haben: Seine Mundwinkel zielten nach unten, seine Augen waren ein vollkommener Ausdruck der Trauer.

»Soll ich die Jungs noch mal reinholen?« fragte er leise. Lorentz dachte an seine frische Operationsnarbe und überschlug blitzschnell die Kosten für die Renovierung der Kneipe. Vielleicht war es sinnvoller, auf den Zehner Reinigungsgebühr zu verzichten…

Ein zweites Mal an diesem Abend herrschte im »Grünen Eck« Grabesstille. Nur der Spielautomat neben der Tür dudelte.

»Und?« erkundigte sich Jäckel.

Zwei Zufallsgäste retirierten in Richtung Klo. Das Stammpublikum hielt zu Leo. Der hatte Probleme mit seinem Text. Jäckel lächelte nachsichtig. Lorentz klammerte sich an den Tresen.

Der Kerl würde mir mit Begeisterung eine Brüsche in die Fassade haun, dachte er in diesem Moment hinter seinem antifaschistischen Schutzwall aus Eichenholz und Kupferblech.

»Was denn nun?« fragte der Hundehalsbandträger.

»Schon gut!« sagte Lorentz.

»Na also!«

Scheppernd fiel die Tür ins Schloß.

»Und was läuft jetzt?« tönte es aus der Gruppe, die draußen auf ihren Wortführer gewartet hatte.

Ein Neuer, der gerade erst zu ihnen gestoßen war, meldete sich zu Wort: »Jetzt gehen wir in die nächste Disco und reißen ein paar Bräute auf!«

Jäckel stellte gelassen klar, wer hier das Sagen hatte: »Wir planen eine Aktion, von der die ganze Reichshauptstadt redet – und du alte Sau denkst nur ans Ficken!«

Der Neue, ein abgebrochener Abiturient, kramte in seinem ideologischem Fundus: »Wir schenken dem Führer ein Kind!«

Die Truppe wieherte.

Jäckel wurde klar, daß er härtere Seiten aufziehen mußte.

»Schnauze! Wir werden heute ein Fanal setzen, das der Welt deutlich macht, daß die Ideen des Führers leben, überall in Deutschland – von Braunau bis Danzig – wird man auf uns schauen.«

Ehrfürchtiges Schweigen stellte sich ein.

3

Polizeiobermeister Lusebrink hätte Deutschlands Antwort auf Arnold Schwarzenegger sein können: Er laborierte an einer ähnlichen Wortarmut, seine Vorderzähne standen fast zwei Zentimeter auseinander und in seiner Dienstmütze hätten zwölf Zirkuselefanten einen Steptanz aufführen können.

Nur eines paßte nicht ins Bild: Lusebrink hafteten mindestens achtzig überzählige Pfunde an. Darauf angesprochen, pflegte er auf »erbliche Faktoren« zu verweisen: Auch sein zwei Jahre älterer Bruder hatte die Ausmaße einer Pommesbude.

Überhaupt waren sich Lusebrink I & II so ähnlich, daß man sie gelegentlich für Zwillinge hielt.

Beide hatten sich einen gemeinsamen Kindheitswunsch erfüllt: Sie waren Polizisten geworden. Lusebrink I hatte die nordrheinwestfälische Landespolizeischule in Hiltrup bei Münster besucht und war zum Streifenführer von »Ennepe 14/24« avanciert. Einsatzgebiet: Hattingen an der Ruhr. Seither schien er emsig bemüht, Schimanski den Rang abzulaufen. Oder besser gesagt abzufahren, denn die Fortbewegung auf zwei Beinen war nicht gerade die starke Seite der schweren Jungs aus dem Lusebrink-Clan[Wie Lusebrink I das Ruhrgebiet terrorisiert, ist nachzulesen in der *»Ekel«*-Trilogie des Autoren-Duos Ard/Junge, Grafit-Verlag, Dortmund].

Lusebrink II, altgedienter Spandauer Streifencop, arbeitete erst seit drei Wochen im Ostteil der Stadt. Seinen neuen Partner, Wachtmeister Bortz, hatte er sich selbst ausgesucht. Gleich nach der ersten Begegnung war ihm klar gewesen, daß Bortz der richtige Mann für ihn war: Die mangelhafte Rasur, der speckige »Playboy« in der Wertheim-Tüte, die blauen, von keinem Gedanken verschleierten Augen – es schien klar, daß ihm hier eines der raren Exemplare des *ossi vulgaris* ins Netz gegangen war.

An diesem marmornen Oktobertag schoben Lusebrink &

Bortz ihre zehnte gemeinsame Schicht. Seit zwei Stunden waren sie unterwegs. Vor der Frontscheibe des Lada entfaltete die Karlshorster Hermann-Duncker-Straße, die ein halbes Jahr später in Treskow-Straße umbenannt werden würde, ihren bescheidenen Glanz.

»Scheiß-Russen-Schleuder!«

Lusebrink monierte zum hundertsten Mal das Dienstfahrzeug: »Breschnews Rache auf vier Rädern! Die Karre taugt vielleicht für den russischen Staatszirkus, aber für mehr auch nicht!«

Bortz nickte zustimmend.

»Wenn mich meine Kollegen in *der* Kiste sehen würden!« Der Obermeister haderte mit seinem Schicksal. Wenn man sich schon bereit erklärte, den Vopos beizubringen, was seriöse Polizeiarbeit heißt, hatte man dann nicht ein Menschenrecht auf ein standesgemäßes Beförderungsmittel?

Lusebrink schniefte beleidigt. Dann orteten seine Augen eine Imbiß-Bude. Wenn es etwas gab, das sein in Wallung versetztes Blut zur Ruhe bringen konnte, dann eine deftige Mahlzeit.

»Fahr da mal rechts ran!«

Bortz folgte der Weisung seines Streifenführers und stoppte den Lada auf Höhe von »SCHABOWSKI'S HUNGER-KILLER«. Ein halbes Dutzend ausgepowerter Werktätiger labte sich bereits an den Produkten der fast-food-Gesellschaft. Zwei Stützeempfänger standen ein Stück abseits und tranken bescheiden und frei von Sozialneid ihr Bier.

»Siehste«, sagte Lusebrink, der aus dem Wagenfenster gelehnt die Speisekarte studierte. »Hamburger, Schultheiss und Döner-Kebab! Kartoffelsalat mit Benzol! Habt ihr früher alles nicht gehabt! Nur Schaschlik und Hirsebrei!«

»Stimmt!« Bortz nickte dankbar.

»Ihr konntet doch froh sein, wenn mal ein Paket aus'm Westen kam!«

»Genau!« Bortz erinnerte sich gerührt an die vielen Pakete mit Kartoffelsalat, die ihm seine Tante aus Osnabrück geschickt hatte.

Lusebrink fädelte sich aus dem Wagen und zerrte den Hosenbund an den Ort, wo er seine Hüften vermutetete. Dann schwollen seine Schläfenadern plötzlich auf Schlagstockdikke:

»ALLES AUF DEN BODEN! – POLIZEI!!«

Pommes und Mayo segelten himmelwärts, zwei Bauarbeiter gingen in Stellung.

»Hahahaha!« Lusebrink nahm die Hand von der Pistolentasche. »Kleiner Spaß, Jungs! Ihr könnt wieder hochkommen!« Er wandte sich an den schockierten Schnellkoch. »Zwei SUPER-WHOPPER! Legen Sie *zwei* Scheiben Hackfleisch rein und lassen Sie dafür das Salatblatt weg!«

Während sie tafelten, entwickelte er Bortz seinen Schlachtplan für die Nacht. Zunächst einmal würden sie das Handschuhfach mit einem Flachmann und zwei Stangen Pfefferminz aufmunitionieren.

»Schwerpunkt unserer Streiftätigkeit ist heute die ›Wäscheschleuder‹! Wir werden den Laden gegen Mitternacht inspizieren!«

Bortz grinste. Um diese Stunde fielen in dem Striplokal am S-Bahnhof alle Hüllen. Sein neuer Streifenführer hatte eine Nase dafür, wie man ein wenig Entertainment in die öden Nachtschichten bringen konnte.

Lusebrink tastete nach einem Mayo-Fladen an seinem Kinn, der in Form und Ausdehnung extrem an die Topografie der deutschen Ostgebiete erinnerte. Er schickte Bortz nach einer Serviette, entsorgte das Ungetüm und setzte seinen Vortrag fort.

»Der Polizeipräsident hat ziemlich lange unsere Namen nicht mehr gelesen. Heute Nacht wäre wieder mal 'ne spektakuläre Festnahme fällig! Also legen wir uns vor dem Russischen Spiel-Casino auf die Lauer!«

Ein brillianter Einfall! Bortz nickte beifällig. Im ehemaligen »Haus der Offiziere« der in Karlshorst stationierten Sowjetregimenter hatte ein Exilrusse eine Spielhölle eingerichtet. Dort war fast jeden Abend irgendwas los.

Lusebrinks Augen nahmen einen gefährlichen Glanz an.

»Vielleicht kriegen wir ja irgendeinen besoffenen Hurensohn wegen Ruhestörung dran!«

Alles andere, sagten seine Augen, ist dann nur noch eine Frage gediegener deutscher Polizei-Prosa.

Sie machten sich wieder in die Spur.

Der Lada schnürte die schlechte Straße entlang und suchte erfolgreich die Schlaglöcher.

»Scheißkarre!« haßte sich Lusebrink auf das russische Automobil ein.

Auf Höhe der Trabrennbahn überholten sie einen Trupp schwerbewaffneter Skinheads.

»Au Mann!« sorgte sich Bortz. »Hoffentlich sind die nicht auf'm Kriegspfad!«

Ein Baseball-Schläger aus Aluminium reflektierte effektvoll die spärliche Straßenbeleuchtung.

»Ach Scheiße!« sagte Lusebrink leichthin. »Die ziehen bestimmt weiter in Richtung Schöneweide. Und das is' dann Sache der Marine..., nicht mehr unser Abschnitt!«

Bortz wiegte skeptisch das Haupt.

Der sorgenvolle Ausdruck seines zweiten Mannes blieb Lusebrink nicht verborgen. Der Obermeister aus Spandau rang sich zu einem Entschluß durch.

»O.K., Bortz, du bist aus der Gegend! Wenn du meinst, es gibt Zoff, dann ist da sicher was dran. Keiner soll sagen, daß ich kein Vertrauen zu meinem Ostberliner Kollegen habe!«

Wachtmeister Bortz bewegte die Botschaft in seinem Herzen.

»Also los!« donnerte Lusebrink entschlossen.

»Also los?«

Bortz' helle Augen signalisierten hundertprozentiges Mißverstehen.

»Jaa! Natürlich! Ab durch die Mitte!«

Bortz lächelte verstehend und legte den nächst höheren Gang ein. Das deutsch-deutsche Doppel verschwand im Dunkel der Nacht.

4

»Schneller abgeseilt als Reinhold Messner!« resümierte der Obermeister stolz, nachdem er sich in sicherer Entfernung zum potentiellen Kriegsschauplatz wußte.

Wachtmeister Bortz brachte den Lada auf ein Tempo unterhalb der Suizidschwelle.

Lusebrink griff zum ersten Mal in das Handschuhfach, nahm einen Hieb aus dem Flattermann und setzte seine Dozentenmiene auf.

»Es gibt ein paar wichtige Regeln in unserem Job«, erklärte er seinem Lehrling aus dem Osten.

»Erstens: Zieh dich immer schön warm an, ausziehn kannste immer was! Zweitens: Begib dich niemals leichtfertig in Gefahr!«

»Gefahr ist mein Geschäft!« behauptete Bortz, der gerne mal einen Scherz machte.

»Döskopp!«

Lusebrink gab ihm einen kleinen Klaps.

»Aber, laß mal! Das lernste alles ganz fix! Und in zehn, fünfzehn Jahren merkt kein Aas mehr, daß du aus'm Osten bist!«

Bortz war erstaunt.

»So lange dauert das?«

»Na, was dachtest du denn? Eigentlich müßte man so 'ne Art Probezeit für euch einführen. Mit Prüfung. Wer am Schluß immer noch ›Broiler‹ statt ›Brathähnchen‹ sagt, ist durchgefallen und kann sich zunächst mal um die ägyptische Staatsbürgerschaft bemühn!«

»Aha. Und was machen wir jetzt?«

»Abwarten«, sagte Lusebrink. Seine Augen waren die blankgeputzten Fenster einer Seele voller Gerechtigkeitssinn und Lauterkeit.

Der Lada pirschte geruhsam durch das friedliche Karlshorst. Die Bordsprechanlage hustete und spuckte eine knisternde Botschaft aus.

»Was ist los?« fragte der Obermeister aus Spandau.

»Es gibt da so 'ne Videothek am Rolandseck, in der klingelt die Alarmanlage!« übersetzte Bortz die Botschaft aus dem All.

»Oha!« sagte Lusebrink. »Gib Stoff, Mann!«

Rotierender Gummi erzeugte einen Schwelbrand auf dem Asphalt, die Scheinwerfer des Lada fuhren wie ein Rasiermesser durch die Dunkelheit.

In »ADAMECK'S VIDEO-LADEN« röhrte eine Luftschutzsirene. »NEUERÖFFNUNG AM 31.10.!« versprach ein Schild über der Schaufensterscheibe.

»Pech!« urteilte Lusebrink. »Der hat seine Bude noch nicht mal auf, da haben sie ihn schon abgezockt!«

Die Tür stand offen.

Lusebrink & Bortz entsicherten ihre Dienstwaffen.

»Vorwärts!« kommandierte der Streifenführer flüsternd. Höflich wie er nun mal war, ließ er seinem Unterstellten den Vortritt.

»ADAMECK'S VIDEO-LADEN« war leer. Das Licht der Neon-Leuchten sprang zuckend über die Regale. Sie fanden den Schalter für die Alarmanlage und stellten sie ab.

»Und was machen wir jetzt?« fragte Bortz.

Seine Augen glitten in infantiler Begierde über die Auslagen. In seinen Ohren klangen leise Christglöckchen.

»Was schon«, sagte Lusebrink. »Wir holen den Besitzer ran!«

Er warf einen Blick auf das unbeschädigte Türschloß.

»Der Idiot hat vergessen abzuschließen! So ein blödes Aas!«

Nach zehn Minuten kam die Rückmeldung aus dem Abschnitt: Der Inhaber der Videothek war nicht aufzutreiben.

»Und nun?« fragte Bortz.

»Is' doch klar: Wir rufen die technische Einsatzbereitschaft aus der Krugstraße. Die müssen hier ein neues Schloß einbauen; schließlich kann die Bude nicht die ganze Nacht offenbleiben. Könnte sich ja jeder dahergelaufene Penner bedienen, wie er will.«

Bortz nickte und bat den Abschnitt über Funk, die TEB zu verständigen.

»Das kann dauern, bis die da sind«, informierte er Lusebrink. Der Obermeister griente.

»Dann schauen wir uns solange den Laden mal an!«

»Gute Idee!« strahlte Bortz.

»*Du* bleibst beim Funkgerät«, sagte Lusebrink. Er wies auf das Plakat mit dem schielenden HIGHLANDER Christopher Lambert: »Es kann nur einen geben!«

5

Die Anwesenheit der Sowjets prägte seit vier Jahrzehnten das Gesicht des Stadtteiles, der zwischen den riesigen Plattenbausiedlungen von Lichtenberg und Marzahn und dem langgestreckten Industriegürtel oberhalb der Spree lag. Wer am Bahnhof Schöneweide (»Schweineöde«) in die »17« stieg, ließ die Buntmetallhütte und die Brauerei hinter sich, überquerte den ölig schimmernden Fluß auf der Treskow-Brücke und konnte dann den Verkehrsstrom auf der Rummelsburger Landstraße bewundern, der sich unabläßig in Richtung der Stau-Eldorados wälzte.

Hinter der Rummelsburger beginnt Karlshorst.

Die Kaserne lag auf der rechten Straßenseite, zwischen dem Volkspark Wuhlheide und der Trabrennbahn. Von der Straße aus war das Kasernengelände zum Teil einzusehen – der Exerzierplatz und die Trainingsstrecke, auf der die Soldaten das Auseinandernehmen und Zusammensetzen ihrer Kalaschnikows übten, bis sie es mit verbundenen Augen in zwölf Sekunden schafften.

Eine silbrig glänzende Kopie des sowjetischen Ehrenmales am Treptower Park stand mit dem Rücken zur Straße: ein schwertgewappneter Sowjetsoldat, der unter den Falten seines Mantels ein Kind barg. Sein Stiefel zertrat ein Hakenkreuz.

Das Leben der sowjetischen Offiziersfamilien spielte sich

vor aller Augen ab. Die wenigsten von ihnen besaßen ein Auto, also benutzten sie die öffentlichen Verkehrsmittel. Es gab ein russisches »Magasin« in der Geschäftszeile an der Hauptstraße, und vor den Neubaublöcken neben der Kaserne spielten die Kinder von litauischen Bataillonskommandeuren und ukrainischen Politkommissaren.

Dann waren da noch das inzwischen zu einer Spielhölle umfunktionierte Offizierskasino und das Museum, das die Erinnerung an den 8. Mai 1945 wachhalten sollte – jenen Tag, an dem Generalfeldmarschall Keitel seine Unterschrift unter die *zweite* Kapitulationsurkunde des 2. Weltkrieges setzte. Einen Tag zuvor hatte ein Generaloberst Jodl im Hauptquartier Eisenhowers zu Reims die *erste* Kapitulationsurkunde paraphiert, ohne daß die Amerikaner zuvor ihre kommunistischen Verbündeten konsultiert hätten. Die Russen reagierten verschnupft. Sie forderten eine erneute Unterzeichnung, in Anwesenheit ihrer *eigenen* Generale, Fotografen und Wochenschau-Redakteure. Die Deutschen waren nicht in der Position, der Siegermacht etwas abzuschlagen, und so wurde der ganze Akt noch einmal wiederholt. Die Kapitulation trat am 9. Mai 1945 um 0.01 Uhr deutscher Sommerzeit in Kraft.

Viereinhalb Jahrzehnte später – es war »Tagesschau«-Zeit – nahm ein Trupp vermummter Skinheads unter Führung eines EK-Zwo-dekorierten Hundehalsbandträgers die Kampfhandlungen erneut auf…

6

Zwischen Jäckels Trupp und der sowjetischen Kaserne lagen nur noch die Straße und ein Baugraben, der die Kasernenmauer auf ihrer gesamten Länge säumte. Ab und an glitt der Scheinwerfer eines Autos über die weißgekalkten Betonplatten. Hinter den Sandhügeln beiderseits des Grabens häuften sich herausgerissene Pflastersteine; eine Planierraupe und zwei Bauwagen boten notfalls Deckung.

Wenn die Bullen aufkreuzen, kalkulierte Jäckel, verschwinden wir entweder hinter den Wohnblocks oder in dem Wäldchen auf dieser Seite der Straße. Er legte einem neben ihm stehenden Kameraden die Hand auf die Schulter: »Sieh mal zu, Schuster, was du mit der Raupe machen kannst!« Der achtzehnjährige Schlosser aus Lichtenrade galt als Spezialist für den Kurzschlußstart von geknackten Autos.

Nur an einer Stelle – direkt vor dem Kasernentor – war der Baugraben auf einer Breite von etwa fünf Metern mit Bohlen überbrückt. Bevor sie die Straße überquerten, zogen sie sich Halstücher und Strumpfmasken über die Gesichter. Zwanzig Meter vor dem Kasernentor schwärmten sie aus. Göring setzte seine Fettmassen zu einem schrillen Kriegstanz in Bewegung: *»Russen raus!«*

»Wii-ir kriegen euch aaa-lleee!« echoten die Kameraden. Jäckel spürte die Gänsehaut in seinem Nacken. Er wußte, daß sie auf jedes seiner Worte, jede seiner Bewegungen achteten. Er hatte die Verantwortung eines Feldherren für seine Soldaten; Untergebene, die jedem seiner Winke treu und bedingungslos gehorchen würden. Das Gefühl unbändiger Zuneigung für seine Kameraden ergriff von ihm Besitz, eine Empfindung von schmerzhafter Intensität, dunkel und ohne einen genauen Adressaten. Ganz gleich, was geschehen würde, er mußte den Überblick behalten und dafür sorgen, daß sie hier alle wieder wegkamen, ohne daß die Russen oder die Bullen sie erwischten.

Die Silhouette eines Uniformierten löste sich aus dem grellen Scheinwerferlicht des Kontrollpunktes. Der Soldat war keine zwanzig Jahre alt; er hatte ein sommersprossiges, von Zorn und Angst gerötetes Gesicht. Zögernd ging er auf das Halbrund der Vermummten zu, die rechte Hand in Brusthöhe am Riemen seiner Kalaschnikow.

Jäckel ließ ihn bis auf einen Meter an sich herankommen, dann richtete er das Visier der Spraydose auf ihn und schoß ihm einen langen Strahl Reizgas in die Augen. Der Soldat taumelte schreiend in Richtung des Kasernentores, bis er blind gegen eine Betonplatte prallte.

Die Kameraden nahmen ihn sich vor…

Jäckel ließ sie solange gewähren, bis dem verzweifelt nach Luft ringendem Russen das Blut in Strömen über die Lippen lief. Sie rissen ihm die Schulterstücke von der Uniformjacke und sprühten ihm zwei SS-Runen auf die Brust. Jäckel beugte sich über ihn und starrte ihm in das zerschlagene Gesicht.

»Geh nach Hause!« zischte er haßerfüllt.

Der Soldat hatte Blut in den Augen.

Das Blut mischte sich mit Tränen.

Jäckel verzog die Mundwinkel.

Der Anblick des schluchzenden Russen widerte ihn an. Sie hatten Maschinenpistolen, warum schossen sie nicht?

Er setzte ihm die Sohle seines Stiefels auf das Gesicht und verlagerte langsam sein Körpergewicht.

Durch die Stiefelsohle hindurch spürte er, wie das Nasenbein brach. Ein merkwürdiges Schaudern überlief ihn.

Der Soldat schrie.

Er hat genug, entschied Jäckel.

Sie nahmen ihm die Kalaschnikow ab und ließen ihn liegen.

Ein Teil der Leute begann, die Mauer mit Parolen zu besprühen. Der Rest klaubte Pflastersteine auf und schleuderte sie in das Innere der Kaserne. Den Geräuschen nach zu urteilen, richteten sie dort nicht viel Schaden an; deshalb rückten sie näher an die schmale Eingangspforte heran und ruinierten innerhalb einer Minute das verglaste Wachlokal. Den zweiten Posten, der davor zusammengebrochen war, nachdem ihn ein Stein getroffen hatte, überschüttete ein singender Schauer von Glassplittern.

Jäckel lauschte auf das Geräusch des gläsernen Regens, auf die Schreie vor und hinter der Kasernenmauer. Er hatte jedes Zeitgefühl verloren. Ein harter, energischer Marsch trommelte in seiner Brust, und als er sich mit der Zunge über die Lippen fuhr, waren sie staubtrocken. Schuster fuhrwerkte in der Fahrerkabine der Planierraupe herum.

7

Lusebrink ignorierte die Action- und Horrorabteilung und arbeitete sich auf den Rot-Licht-Bereich zu. Das Echolot seiner Triebe tastete sich über die Regale.

»Oha!« Seine Augen nahmen einen feuchten Glanz an. Jibberig angelte er nach einer Kassette. Der Pornocorder fädelte das Magnetband ein und entwarf ein traumhaftes Szenario:

Ein bläulich schimmernder Swimmingpool. Seine Ränder sind mit braunhäutigen, nackten Damen geschmückt. Die Kamera gleitet im Tiefflug über die die sanfte Vegetation der Leiber; sie ertastet die schweißglänzenden Täler ausrasierter Achselhöhlen und verharrt über einem Paar erregt aufgerichteter Brustwarzen.

Ungeduldig drückte Lusebrink den schnellen Vorlauf. Er wußte, wonach er suchte.

Seine Augen sprangen auf wie zwei Klappmesser.

Zwei riesige, silikon-gepolsterte Brüste schweben quallengleich in der Dämmerung des Schwimmbassins, dessen sanfte Brandung ein dürrer, fahnenmastähnlicher Phallus dräuend durchpflügt. Irgendwo treibt verloren eine maracuajafarbene Badehose. Ein Meeresungetüm, albinoweiß und übergewichtig, gleitet zielstrebig wie ein Torpedo auf eine braunhäutige Schönheit zu. Blaue Stille. Submarine Gegenwelten. Explodierende Geysire. Dazu Klassikrock mit dem London Symphony Orchestra. I'm the walrus – goo goo g'joob.

Schnitt.

Die Kamera präsentiert die Nahaufnahme einer geleeartigen weißlichen Substanz, die aus einer Tube mit der Aufschrift »Gleitmittel« quillt. Dann sind nur noch Schreie zu hören…

WOW! dachte Lusebrink. Ein heißes Teil! Der Titel hat nicht zu viel versprochen:

»HELMUT – DAS TIER IM POOL!«

Mit zitternden Händen löste er den Gürtel seiner Diensthose. »Komm, mein kleines Vögelchen!« flüsterte Lusebrink zärtlich, die Augen auf den Bildschirm geheftet.

Wachtmeister Bortz stürzte in die Videothek.

Aus der Dämmerung drang ein Stöhnen an sein Ohr.

Mein Gott! dachte Bortz. Der Einbrecher war doch noch in dem Laden! Er hat Lusebrink niedergeschlagen! Lusebrink ist verwundet! Er stirbt!

Ein klagender Laut erscholl und überzog seine Haut mit einer knisternden Kruste aus Eis. Panisch durchforstete er das Labyrinth der Regalzeilen.

»Lusebrink!« schrie er entsetzt…

Der Obermeister beförderte ein Kleenex in den Papierkorb und nestelte an seiner Hose herum.

Dann stürzte er sich entnervt auf seinen zweiten Mann: »Was ist denn los, Bortz? Hab' ich dir nicht gesagt, du sollst draußen die Stellung halten?«

»Wir sollen alles stehen und liegen lassen«, stammelte der Wachtmeister. »Befehl vom Abschnitt! Die Skinheads haben die Russenkaserne überfallen!«

8

Sie hörten die Martinshörner von zwei Streifenwagen. Jäckel begriff nicht, wie die Bullen so dumm sein konnten, sie durch die Sirenen zu warnen. »Nehmt euch Steine!« schrie er seinen Leuten zu. »Verteilt euch auf beiden Seiten der Straße. Wir nehmen sie kurz in die Mangel – und dann nichts wie weg!«

Die zwanzig Vermummten schossen auseinander, rasch und geordnet wie eine Guerilla-Einheit. Schuster war es gelungen, die Planierraupe in Gang zu setzen. Er lavierte sie über den Baugraben und brachte sie auf Straßenkurs. Dann sprang er ab und lief an der Kasernenmauer entlang, in Richtung der russischen Wohnblocks.

9

Lusebrink & Bortz preschten, von Kampfeslust und Todesverachtung durchdrungen, mit vierzig Stundenkilometern auf die Kaserne zu. Die Sirene heulte, das Blaulicht zersägte die Nacht. Lusebrink betete darum, daß der eindrucksvolle Aufmarsch eines voll aufmunitionierten Kampf-Lada seine Wirkung nicht verfehlen möge.

Auf dem Sektor vor der Kaserne bot sich ein schwer zu überschauendes Bild: Mehrere vermummte Gestalten hielten sich zu beiden Seiten der Straße hinter Bäumen und Bauwagen verborgen.

Ein perfekter Hinterhalt, schoß es Bortz durch den Kopf.

»Ooooh Mann, das sieht aber gar nicht gut aus!«

Lusebrink knurrte zustimmend.

»Fahr bloß langsam!«

Etwa fünfhundert Meter vor sich machten sie das Blaulicht eines zweiten Streifenwagens aus, der aus der Gegenrichtung auf die Kaserne zupirschte. Das sind schon mal zwei Leute mehr, dachte Bortz, und diese Vorstellung beruhigte ihn ein wenig.

Eine Sekunde später schälte sich das leuchtende Gelb der Planierraupe aus der Dunkelheit heraus.

»Was ist denn das?« kreischte Lusebrink. »Da sitzt ja keiner drin!« Die Raupe wälzte sich wie ein betrunkener Koloß auf die Fahrbahn.

»Vollbremsung!« kündigte Bortz an.

»Die Kiste hat kein ABS!« warnte Lusebrink.

Zu spät.

Der Streifenwagen schlingerte auf die Planierraupe zu. Dann blockierten die Räder, und das Schlingern ging in eine zielstrebige, gleitende Bewegung über, die in einem Frontalzusammenstoß mit der Raupe endete. Einen Augenblick lang sah Bortz die rasselnden Ketten vor sich. Er überlegte, was von ihm übrigbleiben würde, wenn das gelbe Ungetüm über den Lada hinwegsetzte, aber die Raupe schob den demolierten Streifenwagen nur gleichgültig beseite, vollzog einen Halbkreis und fuhr dann krachend in den Baugraben, wo ihre Ketten stumpfsinnig die Nachtluft zermalmten.

»Alles in Ordnung?« fragte Lusebrink. Er riskierte einen vorsichtigen Blick auf das Chaos, das ihn umgab und befand, daß die Welt kopf stand.

Von irgendwoher vermeldete Bortz, daß er noch lebte.

»Schöne Scheiße!« stöhnte der Obermeister und trat dann solange gegen die Wagentür, bis sie aufsprang.

Während er sich auf dem Rücken liegend aus dem Wrack schob, gerieten ein Paar Fallschirmspringerstiefel, ein mit Stahlketten dekorierter Ledermantel und eine unheilverkündende Visage in sein Blickfeld. Lusebrink schloß die Augen, zählte bis zehn und öffnete sie wieder. Göring war noch immer da. Lusebrink sah seine kampflüsternen Augen. Den Schweiß, der sich seinen Weg durch das Dickicht der Bartstoppeln bahnte. Das Fett, das jede Falte aus Görings Gesicht längst getilgt hatte. Und er begann, nach den Gebetsfetzen zu forschen, die er irgendwo, in einem Winkel seiner Erinnerung aufbewahrt haben mochte.

»Vater unser, der Du bist im Himmel…«

»Was'n jetzt los?« wunderte sich Bortz, der auf seiner Seite des Wagens von all dem nichts mitbekam. »Komm doch endlich mal rüber und hilf mir raus, mir steigt langsam das Blut in den Kopf!«

Göring grinste und lud die Kalaschnikow durch. Lusebrink vernahm das schrappende, metallische Geräusch und hörte auf zu beten. Seine Augen hefteten sich auf die Mündung der Maschinenpistole.

»Da haben wir aber wirklich noch mal Glück gehabt!« freute sich Bortz.

»Bitte nicht!« wimmerte Lusebrink.

Göring hob ab. Sein weiter Ledermantel bauschte sich wie der Umhang eines Vampirs, ein scharfes Rauschen durchschnitt die Luft, und Göring stand auf dem Wrack des Lada. Lusebrink sah das Quecksilber der Zahnplomben, als sich Görings Mund zu einem irrsinnigen Schrei öffnete. Die Mündung der Kalaschnikow beschrieb einen Halbkreis, eine beschwörende, fast demutsvolle Bewegung, die ihn wie einen Hohepriester des Bösen erschienen ließ. Dann entleerte er das Magazin der erbeuteten Waffe unter infernalischem Lärm in den Nachthimmel.

10

1967 wurde in Baltimore ein zweiköpfiges Kalb geboren, ein gruseliges, depressiv wirkendes Monstrum, das der Leiter der Rinderzuchtstation jedem Schaulustigen bereitwillig präsentierte, bis es die Tiermediziner aus der Kreisstadt abholten. Bei dieser Gelegenheit geriet Baltimore in die Schlagzeilen; genauer gesagt – auf eine Kreisseite einer Bezirkszeitung der SED. Das zweiköpfige Kalb fand in der Rubrik »Vermischtes« Erwähnung. Es gab sogar ein Foto, auf dem das Kälbchen sehr, sehr traurig in die Kamera linste. Es schien, als wüßte es, daß es nur ein paar Minuten zu leben hatte. Sein kurzes Dasein war von Ruhm erfüllt, aber es endete schauerlich – auf dem Sektionstisch fanatischer Wissenschaftler, die mit blutigen Skalpellen respektlos in den Köpfen des Kälbchens herumgeisterten, wie sie es zuvor in den Köpfen Napoleons oder Lenins getan hatten.

Die folgenden zweiundzwanzig Jahre lang wurde Baltimore von den Journalisten stiefmütterlich behandelt. Dabei hätte doch schon die Namensverwandtschaft mit der großen Stahlstadt in Maryland/USA Anlaß genug geboten, dem unscheinbaren märkischen Ort hin und wieder ein kleines Artikelchen einzuräumen.

Kurz nach dem siebenjährigen Krieg hatte ein preußischer Amtsrat namens Bülow auf einem seiner Güter Kolonien eingerichtet – Kolonien für Übersiedler aus Sachsen, der Pfalz und Württemberg. Der große Friedrich hatte es so befohlen, denn zumindest in einem war er sich mit dem verhaßten Vater einig: Den wahren Wohlstand eines Landes macht seine Bevölkerung aus. Etwa hundert Familien kamen, es gab ein Begrüßungsgeld, Häuser, Land und ein paar Schafe für die Kolonisten, die dennoch nicht zufrieden waren und nach ein paar Jahren wieder auszureisen wünschten – in die Vereinigten Staaten von Amerika. Wie einige deutsche Herrscher nach ihm war Friedrich auf diesen Punkt nicht gut zu sprechen. Niemand hat die Absicht, eine Mauer zu bauen, bekundete er den Bittstellern, gleichwohl könne er es nicht dulden, daß sich die Übersiedler – kaum eingetroffen – wieder aus dem märkischen Staub machten. Die Sachsen, Pfälzer und Württemberger mußten bleiben.

Immerhin eines rangen die unfreiwilligen Preußen ihrem Herrscher damals ab – einen *Namen* für ihre Kolonie. Fortan hieß sie Baltimore, wie ihre ungleich größere Schwester in Maryland. Ganz in der Nähe entstanden noch ein Philadelphia sowie ein Neu-Boston. Weitere Namensgebungen nach amerikanischem Vorbild, so gab Friedrich zu verstehen, wünsche er nicht.

»Die Einwohner von Baltimore verwirklichen, was ihren Vorfahren mit der Sehnsucht nach der Neuen Welt vorschwebte«, philosophierte ein Parteiorgan in den fünfziger Jahren des 20. Jahrhunderts, kurz nachdem sich Preußen aus der Geschichte verabschiedet hatte. Und der Autor setzte nachdenklich hinzu: »Diese Neue Welt jedoch ist die alte geblieben.«

Auch das neue Baltimore blieb das alte, und nach der Geburt des zweiköpfigen SMR (»schwarzbuntes Milchrind neuen Typs«) machten die Sensationen einen weiten Bogen um das Dorf, bis im Dezember 89 auf dem Gelände einer Feriensiedlung am See ein geheimer Nachrichtenstützpunkt der Stasi entdeckt wurde. Ein paar Tage lang stöberten Mitglieder der Bürgerbewegung, die es auch in Baltimore gab, in dem mit allen Schikanen versehenen Betonklotz herum. Mannschaftsräume, Abhörzentrale, Fitnesscenter – die Medien rissen sich um die Bilder. Für die Dauer einer Woche war der Dorfgasthof bis unter das Dach vollgestopft mit Kameraleuten und Fotografen. Danach wurde der Bunker für den Publikumsverkehr gesperrt. Die Bundespost schlachtete die Elektronik aus, die stählernen Eingangspforten des Betonklotzes wurden zugeschweißt und versiegelt.

Baltimore versank wieder in seinen Dornröschenschlaf...

Sonntag vormittag. Ein paar Rentner hockten in Grüppchen vor ihren schmucklosen Häusern. Die alten Männer blieben unter sich, die alten Frauen auch, so wie es Usus war. Der Niedergang der Genossenschaft, die lausigen Milchpreise, die wachsende Zahl der Leute, die sich eine Satellitenschüssel zulegte – all dies bot schier unerschöpflichen Gesprächsstoff.

Es war Ende Oktober, und solange der Himmel wolkenleer blieb, hielten die alten Leute es aus auf ihren Schemeln, die sie der wandernden Sonne hinterherrückten.

Ab und an wischte ein Alteigentümer-BMW mit Berliner Kennzeichen über die von verblühten Margeriten gesäumte Straße.

In den Hecken am Löschteich, in dem sich die Fassaden der Baltimorer Sparkasse widerspiegelten, sang eine Amsel, ohne sich wirklich Mühe zu geben. Die Kastanien am Kriegerdenkmal verloren vor Langeweile ihre Blätter.

Auf dem Schwarzen Brett vor der Gemeindevertretung zerrte ein müder Wind an einem Plakat, auf dem die wählerstärkste Oppositionspartei im Ort zu einer Bürgerversammlung einlud: »Zukunftsinitiative BALTIMORE 2000 – ein Flop!« verkündete der Anschlag; »Bürgermeister Wiesenbrink verscherbelt Baltimore an Schieber und Spekulanten!«

Veranstaltungsbeginn war zehn Uhr.

Eine halbe Stunde vorher waren die Veranden vor den schmucklosen Häusern an der Dorfstraße menschenleer und der Saal des Baltimorer Gasthofs bis auf den letzten Stuhl besetzt. Obgleich den Leuten das Geld nicht gerade locker in den Taschen saß, floß das Bier in Strömen. Der Wirt machte das Geschäft seines Lebens. Seit es den Gasthof gab, war er Schauplatz unzähliger Hochzeiten, Leichenfeiern und Wahlreden gewesen; das kollektive Gedächtnis der Baltimorer verband die rauchverfärbten Wände und knarrenden Dielen zu Recht mit der wechselhaften Saga des Ortes.

Fünf Minuten nach zehn stakte der Bürgermeister mit weit ausholenden Schritten über den Dorfplatz.

Willi Wiesenbrink war ein kräftiger Mann. Wenn er bei den Sommerfesten seiner Partei zum Halblitermaß griff, stieg die Hitze in Schwaden von seinen schweißglänzenden Oberarmen wie von den Flanken eines überarbeiteten Brauereipferdes.

Jahrzehntelang hatte Wiesenbrink – Mitglied einer von der SED geführten Blockpartei – der Abteilung Handel und Versorgung im Rat des Kreises vorgestanden. Ein Schreibtisch-Job, der einem überqualifizierten Mangelverwalter die Kreativität einer Stubenfliege abverlangte. Kurz bevor sich Staubmilben in seinem ergrauendem Haar einzunisten begannen und sein Leben so platt wurde, daß es zwischen die Dekkel eines Aktenordners paßte, ereignete sich die *Wende* – die ihn aus seinem im Mansfeld-Kombinat gefertigten Rohrstuhl direkt in die weichen Ledergarnituren der Politik katapultierte.

Ronald Dommel, früher Melker, dann Advokat in der »LPG Pflanzenproduktion Baltimore«, jetzt Gemeindevorsteher und Adlatus des Bürgermeisters, wirkte neben den fast mythischen Proportionen seines Chefs wie ein Apostroph neben einem Ausrufezeichen. Wiesenbrink füllte jede Falte seiner Kleidung mit Kraft und Gesundheit aus; sein Stellvertreter hingegen hing in seinem welken Anzug wie in falsch eingestellten Fallschirmgurten. Das ungleiche Paar passierte das Spalier neugieriger Blicke und schob sich – Dommel stets im Kielwasser seines Chefs – durch die Menschenmenge im Großen Saal.

Wiesenbrink und sein Assistent erreichten das Rednerpult, hinter dem sich Walter Nooke, der Ortsgruppenvorsitzende des gegnerischen Vereins aufgebaut hatte – bärtig wie Fidel Castro und leicht mit der Zunge anstoßend wie seinerzeit

Moses, der – wie man im Lichte der neueren Forschung weiß – nicht unbedingt ein rhetorisches Talent war.

Der Bürgermeister blähte kampflüstern die Nüstern, aber auch der Oppositionsführer schien in kriegerischer Stimmung. Ein leises Murmeln ging durch den Saal, während sich die beiden Kämpen abschätzig musterten.

Schließlich schrie jemand »Weitermachen!« und der Anklage führende Oppositionsführer nahm seine durch die Ankunft des Kontrahenten unterbrochene Rede wieder auf.

»Es ist noch keine acht Monate her«, führte Nooke aus, »da präsentierte sich euch, liebe Einwohner von Baltimore, der spätere Bürgermeister, der soeben den Saal betreten hat und den wir herzlich in unserer Runde begrüßen, als eine Art ›Retter der Nation‹. Wir erinnern uns alle an seine Wahlkampfversprechungen – von ›blühenden Landschaften‹ war da die Rede, von Mittelstandsförderung und der Wiederbelebung des dörflichen Handwerks, und vor allem von BALTIMORE 2000. Ein Endfertigungsbetrieb für Computer sollte den Kristallisationskern für das ›Technologie-Center Baltimore‹ bilden, ein Objekt in Toplage – mit Anbindung an die Autobahn, eine knappe Stunde von der Hauptstadt entfernt.«

Nooke wies mit einer seherischen Handbewegung über Baltimore hinaus – in Richtung der Baustelle, die auf dem Terrain einer ehemaligen Müllkippe lag. Jeder im Saal hatte das Areal plastisch vor Augen: ein paar Gruben und Fundamente, zwei Wellblechbaracken, die dem Nachfolger des ehemaligen Kreisbaubetriebes gehörten. Nicht gerade das, was man sich unter einer Großbaustelle vorstellte.

»Die Computermontage«, erinnerte Nooke sein Publikum, »sollte einen Teil der Arbeitskräfte der maroden Nähmaschinenfabrik in der Kreisstadt auffangen, darüber hinaus wurden uns Arbeitsplätze im Dienstleistungs-, Hotel- und Gastronomiebereich in Aussicht gestellt. Mindestens zweitausend!«

Der Oppositionsführer warf einen hämischen Blick in Wiesenbrinks Richtung.

»Inzwischen sind mehr als sechs Monate vergangen. Getan

hat sich – nichts! Wo, Herr Bürgermeister, sind die versprochenen Arbeitsplätze?«

Wiesenbrink, der mit vor der Brust verschränkten Armen den Ausführungen des Oppositionsführers folgte, zuckte zusammen. Er hatte das deutliche Gefühl, daß ihm die Situation zu entgleiten drohte, noch bevor er die Chance gehabt hätte, auch nur einen einzigen Satz zu seiner Verteidigung vorzutragen.

»Du mußt was sagen, Willi!« zischelte Dommel.

»Ähem«, setzte Wiesenbrink an, aber er kam nicht weiter.

Nooke fiel ihm ins Wort und fuhr mit der Erbarmungslosigkeit eines Kaffeefahrten-Moderators fort, seinen Widersacher zu sezieren. Während seine vielköpfige Zuhörerschaft Bier und Korn in Biowärme umsetzte, entwickelte er ihr ein großartiges Panorama der deutschen Nachkriegsgeschichte – von der separaten Währungsreform in den Westsektoren über die Barschel-Affäre bis zu dem mysteriösen Giftanschlag auf die Jokohama-Hühner des Gemeindepfarrers Reichel, der zwei Monate nach der Wende zu den Sozis übergelaufen war. Im Kern liefen seine rhetorischen Freiübungen darauf hinaus, dem regierenden Bürgermeister völlige Inkompetenz und mafiose Führungsmethoden nachzuweisen.

»Klangvolle Programme. Schillernde Projekte. Dafür ist unser Bürgermeister jederzeit gut. Aber wenn wir hinter die Fassaden schauen, was sehen wir dann – Wahlkampffloskeln und leere Versprechungen.«

Wiesenbrink hielt es nicht mehr an seinem Platz. Er schoß über die kunstblumengeschmückte Balustrade. Die altersschwachen Dielen der Bühne stöhnten unter der massiven Attacke des bulligen Bürgermeisters; Scharen von Holzwürmern flüchteten ins Exil. Nooke trat hämisch lächelnd zur Seite. Pfeifen und Klatschen erfüllte den Raum, Beifall für die beachtliche rednerische Leistung des ansonsten eher wortarmen Oppositionschefs, daneben aber auch Anfeuerungsrufe für den Bürgermeister. Wiesenbrink pumpte Luft, seine Faust schwebte einen Moment lang drohend in der Luft.

Irritiert überflog er einen Zettel, den der für die Raumbeschallung zuständige Techniker hinterlassen hatte: »Bitte nicht auf das Pult schlagen!« Frechheit! Seine geballte Rechte fuhr dröhnend auf das Vortragsmöbel nieder.

»Mitbürger! Freunde! Baltimorer! Hört mich an! Selbst der Ministerpräsident, ein Mann der Nookes Verein angehört, war dabei, als wir vor zwei Monaten das Zukunftsprojekt Baltimore 2000 aus der Taufe hoben. Ein großartiges Projekt, ein wunderbares Projekt, das die Menschen unserer Gemeinde in Lohn und Arbeit halten soll. Was ist daran schlecht?«

»Tut sich doch nüscht!« nörgelte es aus dem Publikum. »Da draußen sieht es immer noch aus wie auf Pfeifers Acker!«

Wiesenbrink klappte der Unterkiefer herunter. Seit der Wiedervereinigung waren gerade einmal ein paar Wochen vergangen, und die Leute begannen schon wieder aufmüpfig zu werden!

Nooke hatte sein Stichwort nicht überhört.

»Eben!« donnerte er, Wiesenbrink beiseite schiebend in das Mikrophon. »Es tut sich absolut nichts! Auf der Baustelle da draußen...« – er wies erneut mit großer Geste auf die Gemarkung hinter dem Dorf – »...ging es die ganze letzte Woche etwa so geschäftig zu wie am 1. Mai! Und ich kann euch auch den Grund dafür verraten. Trotz großzügiger Förderung durch das Land und den Bund, trotz intensiver politischer Unterstützung durch die Gemeinde Baltimore leidet der Bauherr des ›Zukunftprojektes‹, ein Partei- und Duzfreund unseres verehrten Bürgermeisters, an chronischer Finanznot.«

Gemurmel kam auf. Rainer Blechl, ein schwäbischer Unternehmer, war im Dorf bekannt wie ein buntes Huhn. Nookes folgender Satz war daher eher an die Vertreter der Medien gerichtet als an die Dörfler.

»Wir alle kennen den Mann, über den ich spreche – den Unternehmer Rainer Blechl, der hier in Baltimore seit einigen Monaten das Ruder fest in der Hand zu haben scheint. Die hiesige Sparkassenfiliale hat diesem Herrn einen Kredit in Millionenhöhe bewilligt. Alle hier im Saal wissen, wie schwer es ist, den Banken einen Kredit aus den Rippen zu leiern, wenn man nicht gerade Haus und Hof verpfänden will! Aber natürlich liegt der Fall bei einem Herrn aus dem Westen etwas anders, zumal der Bürgermeister und damit die Kommune für den Kredit bürgt! Eine einzige Anfrage bei der Schutzanstalt für Kreditgeber reichte aus, um herauszufinden, daß diesem Blechl derzeit kein einziges seriöses Kreditinstitut auch nur eine müde Mark leihen würde!«

Ein Blick in Wiesenbrinks totenblasses Gesicht reichte aus, um die Tragweite der Anschuldigungen des Oppositionschefs zu erahnen. Am Ausgang des Saales wandten sich einige Köpfe um. Dort stand Erika Sommer, die Chefin der Baltimorer Sparkasse. Sie wurde noch eine Nuance blässer als der Bürgermeister, taumelte leicht und kollidierte mit Walter Matzmohr, einem dorfbekannten Kampftrinker.

Auf der Rednertribühne herrschte Totenstille. Nooke warf selbstgefällige Blicke in die Runde, während sich der Bürgermeister, sichtlich um Fassung ringend, mit Dommel und einigen weiteren Getreuen zur Beratung zurückzog. Das Palaver fand in der Nähe des Rednerpultes statt, und da das Mikrofon aufgezogen blieb, vernahmen diejenigen im Saal, die den Lautsprecherboxen am nächsten standen, gelegentlich Wortfetzen wie »skandalös« und »folgenschwer«.

Leise summend lief die Kamera des Landessenders. Sie schwenkte von dem leeren Rednerpult auf Wiesenbrinks Gefolgschaft und zoomte dann auf die schreckensgeweiteten Augen des Bürgermeisters. Der Kameramann fuhr entsetzt zurück: Diese Einstellung konnte man problemlos als Zwischenschnitt in einem Horror-Epos verwenden. Wiesenbrink erlebte den schwärzesten Tag seines Lebens.

11

Es hatte geregnet, Gablers Toyota folgte getreulich der dunklen Schneckenspur des Asphalts. Er stellte das Radio an.

»Angelo mio, bitte schau mich nicht so an /

ich weiß genau, was dann geschieht ...«

Das Vibrato des Barden schmirgelte an seinen Trommelfellen. Angewidert wechselte Gabler den Sender. Seine Augen grasten den marmornen Himmel ab: Ein Wetter zum Verrekken. Seine Stimmung war auf dem Nullpunkt.

In den zurückliegenden drei Wochen hatte er zwei Fälle sauber erledigt, zur vollen Zufriedenheit des Chefs. Niemand hatte ihm in die Arbeit hineingeredet. Diesmal sah es anders aus. Kriminaloberrat Klaus-Dieter Wieczorek, Leiter der Mordkommission, hatte ihm telefonisch zwei Dinge mitgeteilt. Zum einen, daß er glücklich sei, nunmehr einen Mitarbeiter mit Russischkenntnissen in seiner Abteilung zu wissen. Zum zweiten, daß er die Leitung der Ermittlungen in diesem Fall in die Hände von Kriminalhauptkommissar Horstmüller legen werde, der sich zur Zeit noch im Urlaub befand, aber für den Montag wieder avisiert war.

Gabler fluchte leise vor sich hin.

Hinter der Trabrennbahn kam das Militärgelände in Sicht, auf der anderen Seite der Mauer konnte man die Exerzierplätze und die Miniaturausgabe des Treptower Soldatendenkmals erkennen. Ein Dutzend Uniformierte tünchte die Kasernenmauer mit weißer Farbe. Es war nicht schwer, sich vorzustellen, was hier am Abend zuvor geschehen war: Unter dem schlecht deckenden, feuchten Weiß zeichneten sich deutlich die Parolen ab:

»RUSSEN RAUS!«

Am Straßenrand kuschelten sich die Wracks zweier Polizeiwagen aneinander. Die Planierraupe steckte immmer noch schräg im Baugraben. Gabler lief ein kalter Schauer den Rükken hinunter, als er sich vorstellte, wie es jetzt hier aussehen würde, hätten die russischen Wachtposten von ihren Maschinenpistolen Gebrauch gemacht. Er parkte den Toyota neben einem Funkwagen.

Eine halbe Minute später war er bei der Leiche.

In Situationen wie dieser hatte er häufig das Gefühl, er stünde auf einem U-Bahn-Schacht, eingeschlossen von den heißen, abgestandenen Luftmassen, die ein unter ihm dahindonnernder Zug nach oben presste. Er spürte ein Ziehen in den Fußsohlen, wie von einem Sog; kurz über seinem Steißbein begann ein nervöses elektrisches Knistern seine Wirbelsäule zu versengen.

Die Tote lag direkt am Rande des Hauptweges. Das Wäldchen war als Trinkwasserschutzgebiet ausgewiesen. Alle zweihundert Meter stieß man auf die in optimistischem Blau gehaltenen Hinweisschilder, die stillen Wanderern umweltbewußtes Verhalten ans Herz legten. Das Verstecken oder Verscharren eines Leichnams wurde allerdings nicht ausdrücklich untersagt.

Gabler zwang sich, den Blick erneut auf den blutigen Hinterkopf der Frau zu richten, die wie eine erstarrte Schwimmerin im vorjährigen Laub gestrandet war: Sie lag mit dem Gesicht auf dem weit nach vorn gestrecktem Arm, das rechte Knie hatte sie bis auf Hüfthöhe an den Körper herangezogen. Als der neben ihr knieende Arzt ihren Körper in die Rückenlage drehte, blickte Gabler in ihre starren Augen.

Eine junge Frau, wie er vermutet hatte; sie mochte etwas über dreißig gewesen sein. Dort, wo ihre Wange auf dem rechten Oberarm gelegen hatte, schimmerte ein wächserner, handflächengroßer Fleck. Zerlaufende Wimperntusche hatte unter ihren Augen stumpf glänzende Kanäle gezogen; auf ihren Lippen und auf ihren Jochbeinen erzeugte das Rouge ein seltsam vitales Glühen. Gabler prägte sich ihr schönes, empört wirkendes Gesicht genau ein. Unter seinen Fingerspitzen spürte er schon jetzt den Lacküberzug der Familienfotos: Unprofessionell, aber liebevoll gemachte Bilder, die an einen Urlaub oder ein Wochende bei Freunden erinnern sollten. Aufnahmen, die die Tote vor der Weltzeituhr oder im Tierpark zeigten. Wenn alles vorbei war, würden die Fotos von den Eltern oder dem Geliebten in den Rang von Reliquien erhoben werden, Ikonen der Trauer, aufbewahrt zwischen Strohblumen und vergilbten Briefen.

Er warf einen kurzen Blick auf den Endvierziger in Joggingkleidung, der von zwei Streifenpolizisten in die Mitte genommen worden war – dem derzeit üblichen deutsch-

deutschen Doppel: Ein Beamter aus Westberlin und, im grünen Bußkleid des Vopos, ein Wachtmeister aus dem Ostteil der Stadt.

Dann wandte er sich dem ranghöheren der beiden russischen Militärs zu, die sich am Rande des Wäldchens, etwa zwanzig Schritte vom Fundort der Leiche entfernt aufhielten, einem General, der mit mühsam unterdrückter Stimme auf seinen Begleiter einredete. Der General schien schnell auf hundertachtzig zu sein. Der Mann neben ihm – ein Major – hatte scharf geschnittene Züge, in denen sich kein Muskel rührte.

Zwei Soldaten, die Gabler für Fahrer oder Ordonanzen hielt, standen ein paar Schritte hinter ihren Vorgesetzten und beobachteten konzentriert, was geschah. Beide waren unglaublich jung. Einer kaute unablässig auf seiner Unterlippe, der andere erweckte den Eindruck, daß er gerne rauchen würde, es sich jedoch nicht traute, so nahe bei einer Leiche, deren Umgebung von den Militärs gründlich zertrampelt worden war, bevor die Spurensicherung mit ihrer Arbeit beginnen konnte.

»Hauptkommissar Gabler, Kripo Berlin.«

»Babitzkij. Ich bin Stellvertreter des Garnisonschefs.« Der cholerisch wirkende General reichte ihm die Hand. Der hagere, asketisch wirkende Major hieß Mak und war Militärstaatsanwalt.

Gabler zückte sein Notizbuch.

»Wann ist sie gefunden worden?«

Mak kniff eine Sekunde lang die Augen zusammen, als müsse er auf das Russisch des Hauptkommissars besondere Konzentration verwenden. Nachdem er festgestellt hatte, daß er von den Fremdsprachenkenntnissen des deutschen Polizisten keine Wunder erwarten konnte, bemühte er sich sichtlich, langsam und verständlich zu antworten: »Vor zwei Stunden.«

»Sie wissen, wer die Tote ist?«

»Ihr Name ist Vera Tozkaja.«

Der Militärstaatsanwalt diktierte ihm die kyrillischen Lettern in die Kladde. »Sie war die Frau eines unserer Offiziere. Er hat sie gestern früh zum letzten Mal gesehen. Heute morgen hat er dann General Babitzkij über ihr Verschwinden informiert.«

Gabler sah auf die Uhr. Inzwischen war es viertel nach fünf.

»Haben Sie eine Vorstellung, was die Frau hier tat?«

Mak schüttelte den Kopf.

»Sie sollten mit Hauptmann Tozkij darüber reden. Seine Wohnung liegt nicht weit von hier, keine zehn Minuten Fußweg.«

»Hält sich der Mann jetzt dort auf?«

»Mein Politstellvertreter ist bei ihm«, schaltete sich Babitzkij ein.

»Hat Tozkij seine Frau gesehen?«

»Ja.«

Man sah Gabler an, daß er sich darauf vorbereitete, einem von Zorn, Trauer und Hysterie geplagten Mann gegenüberzutreten.

»Tozkij ist Soldat«, erklärte ihm der General mißbilligend, offenbar in der Überzeugung, das olivfarbene Tuch der Sowjetarmee schütze seinen Träger vor jedweder Form seelischer Krisen. Gabler wollte sich an diesem Punkt nicht länger aufhalten.

»Gab es in jüngster Zeit weitere Übergriffe auf Angehörige Ihrer Einheit?«

Babitzkijs Gesicht überzog sich mit zorniger Röte:

»Wie Sie vielleicht wissen, Herr Kommissar, ist unser bloßes Vorhandensein vielen Menschen in dieser Stadt ein Dorn im Auge. Niemand erinnert sich daran, warum wir hierhergekommen sind – aber warum auch – schließlich sind die Deutschen Weltmeister im Vergessen. Das Jahr 45…«

In Gablers Erinnerung blitzte das Bild der zehnbändigen Geschichte des 2. Weltkrieges auf. An der Polizeischule hatte er gelegentlich darin lesen müssen, und daher wußte er: Der

Russe verfügte mit Sicherheit über den Stoff für einen komplexen historischen Vortrag...

»Selbstverständlich melden wir der Polizei alle Vorfälle«, schaltete sich der Miltärstaatsanwalt ein. Er warf einen besorgten Blick auf den schwer atmenden General. »Es tauchen immer wieder Nazi-Parolen an den Wänden unserer Wohnhäuser auf. Es gab Belästigungen. Aber nur selten Fälle von Gewalt. Oder gar Überfälle. Bis gestern...«, ergänzte er. Sein kantiges Gesicht wirkte bleich und müde, die Arbeit im Büro schien ihm nicht sonderlich zu bekommen.

»Und wie sieht es in der Kaserne aus? Schmuggel, Waffenschieberei, Händlerringe, organisierte Fahnenflucht?«

Im Gesicht des Generals arbeitete es. Seine Hand fuhr in die Innentasche seines Regenmantels und förderte eine zerknitterte »EXPRESS«-Ausgabe zutage, die er Gabler präsentierte wie den Aufmarschplan für ein kriegsentscheidendes Manöver. Gabler überflog die Schlagzeilen. Sie sagten ihm nichts, was er nicht bereits wußte – nach dem Überfall auf die Kaserne hatte es zwar umfangreiche Polizeikontrollen gegeben, aber keine Festnahmen. Er hütete sich, dazu einen Kommentar abzugeben.

Mak griff Gablers letzte Frage auf. »Wir werden gründlich prüfen, ob es Vorfälle gab, die in einem Zusammenhang mit dem Mord stehen könnten. Aber auch Sie...«, setzte er hinzu, »...sollten Ihre Arbeit tun. Gestern ist eine Maschinenpistole entwendet worden. Sollten diese Banditen bislang nicht bewaffnet gewesen sein – jetzt sind sie es. Glauben Sie mir: Wenn die deutschen Behörden auf diesen Fall nicht reagieren, ist in diesem Land in einem halben Jahr die Hölle los...«

»Gut möglich«, sagte Gabler.

»Gut möglich?« brauste Babitzkij auf. »Lesen Sie keine Zeitung? Jeden zweiten Tag...«

»Moment mal«, unterbrach ihn der Kommissar. Unter dem Stiefelabsatz der Generals blitzte ein metallischer Gegenstand auf. Gabler bückte und befreite ihn vorsichtig aus dem Schlammbad. Er war schmutzverkrustet. Das Emaille strahlte vielleicht nicht mehr ganz so stolz wie vor vierzig Jahren, aber daß es sich um ein Eisernes Kreuz zweiter Klasse handelte, war nach wie vor problemlos zu erkennen.

12

Nach der Bürgerversammlung hatte sich Walter Matzmohr eine Flasche Korn unter den Arm geklemmt und sich auf den Weg zum Baltimorer See gemacht. Mittlerweile ließ er sich längst von einem der alten Plastekähne aus ehemaligen MfS-Beständen in einen trostvollen Dämmerzustand hinüberschaukeln.

Die Sonne schien, der Schwimmer tanzte auf den Wellen, und der Schnaps blieb leidlich kühl in dem Netz, das der Aufnahme der gefangenen Fische dienen sollte. Was brauchte der Mensch mehr zum Leben. Matzmohr ächzte behaglich, rollte seine Kordjacke zusammen und schob sie sich als Polster unter den Nacken, nachdem er sich der Länge nach auf dem Boden des Kahns ausgestreckt hatte. Die Angelleine war mit einem kleinen Glöckchen verbunden, wie man es gewöhnlich beim Nachtangeln verwendet. Im Vertrauen darauf, daß ihr zartes Läuten ihn wecken würde, schickte sich Matzmohr an, ein Nickerchen zu machen. Eine Weile noch beobachtete er einen Seeadler, der einsam über dem See patrouillierte, ein alter Bursche mit weißem Sturz. Für Matzmohr war er ein guter Bekannter, sie waren sich unzählige Male beim Fischen begegnet. Der Angler nickte dem Adler einen Gruß zu und schloß die Augen. Dann hörte er das Blubbern eines Motors. Sicher der Blechl, dachte Matzmohr. Der Unternehmer besaß einen Bungalow direkt am See, eine Gratifikation des Bürgermeisters, der dem bislang größten Investor in Baltimore den Aufenthalt im Dorf so angenehm wie möglich machen wollte.

Der Schnaps und die Sonne erzeugten warme, glutvolle Kometenschweife in Matzmohrs Hirn, eine wohlige Müdigkeit hatte sich seiner bemächtigt, zugleich begann die Neugier in ihm zu bohren. Stöhnend richtete er den Oberkörper auf, um einen Blick über die Bordwand zu werfen. Es war nicht Blechls Wagen, der da vorgefahren war, sondern der des Bürgermeisters. Willi Wiesenbrink erklomm mit großen Schritten die flache Veranda zu Blechls Bungalow, klopfte mehrmals energisch gegen die verglaste Eingangstür und preßte dann das Gesicht gegen die Scheibe. Nichts. Matzmohr beobachtete, wie der vielleicht mächtigste Mann Baltimores zu seinem Daimler zurückschlurfte, sich in den Fahrersitz fallen ließ und gute fünf Minuten trübsinnig vor sich hinstarrte.

Der greise Seeadler zog weiter seine Runden. Mit weit ausgebreiteten Schwingen, fast ohne einen Flügelschlag glitt er über den blauen Spiegel des Sees. Ein Schwarm Enten, der in einer von dichten Schilfrändern gesäumten Bucht Rast machte, verbündete sich gegen ihn zu wütendem Haßgeschnatter. Irritiert ließ der hungrige Jäger von der vermeintlich leichten Beute ab.

Tja, dachte Walter Matzmohr bei sich. Auch die Großen dieser Welt haben es nicht immer leicht. Ein leises Gefühl der Wehmut überkam ihn. Vermutlich gab es in diesem Augenblick niemanden, der den alten Adler und den betrübt in sich zusammengesunkenen Bürgermeister besser verstand als er. Und dennoch würden sich beide nie herablassen, an ihn, Walter Matzmohr, Baltimores prominentesten Spritti, auch nur einen Gedanken zu verschwenden, geschweige denn einen Anflug von Zuneigung oder gar Achtung. Matzmohr seufzte.

Dann richtete sich seine Aufmerksamkeit wieder auf die Szene vor dem Bungalow, denn plötzlich stand Erika Sommer, die Chefin der Baltimorer Sparkasse vor Wiesenbrinks Wagen, eine für ländliche Verhältnisse fast zu elegant gekleidete, gut gebaute Dame, wenn auch schon ein bißchen in den Jahren. Matzmohr erinnerte sich nicht, Motorgeräusche gehört zu haben, also mußte die Sommer zu Fuß gekommen sein. Offenkundig entspannte sich zwischen ihr und dem Bürgermeister ein heftiges Wortgefecht, denn Wiesenbrink schien sich nach ein paar Sätzen genötigt zu sehen, aus dem Wagen zu klettern und sich vor der Sommer aufzubauen, woraufhin man weiter unter bewegten Gesten aufeinander einredete.

Matzmohr spitzte die Ohren, aber außer ein paar Wortfetzen konnte er nichts verstehen, sein Ankerplatz lag in zu großer Entfernung zum Schauplatz der Handlung. Er überlegte, ob er den Anker einholen und sich von den Wellen unauffällig in Richtung des Ufers treiben lassen sollte, aber da war das Palaver vor dem alten Stasi-Bungalow auch schon beendet. Wiesenbrink ließ wütend die Wagentür zufallen, der Motor sprang grollend an und der schwarze Daimler schwebte auf der Straße aus Betonschwellen aus Matzmohrs Blickwinkel. Wenig später war auch die Sommer verschwunden.

Matzmohr schüttelte verwundert den Kopf. Dann warf er einen Blick hinter sich, um zu sehen, was aus dem Seeadler geworden war.

In diesem Augenblick ging der riesige Vogel zum Tiefflug über. Mit ausgefahrenem Fahrgestell glitt er in bewundernswerter Präzision über die Oberfläche des Sees. Ab und an berührten seine Flügelspitzen das Wasser, seine krallenartigen Hinterzehen durchpflügten wie ein Enterhaken die sanfte Strömung, die sich unsichtbar am Saum des Westufers hinzog. Schließlich schlugen die Dorne seiner Zehen in die Beute ein: Ein fetter, altersmüder Karpfen, der sich fast ohne Widerstand aus dem Wasser ziehen ließ, obgleich er schwer genug war, um den Jäger zu mühevollen, rudernden Flügelschlägen zu zwingen. Schaukelnd und unsicher manövrierend schraubte sich der Adler in die Höhe, bevor er sich von den Aufwinden zu seinem Atzplatz tragen lassen konnte.

Matzmohr ließ sich in den Kahn zurückkippen, schob sich die Jacke unter den Kopf und sah dem Vogel nach. Wenig später war er eingeschlafen, und auch das leise Läuten des Glöckchens, das einen Fang vermeldete, vermochte ihn nicht mehr zu wecken.

13

Ritterlich hatte Gabler den beiden mit Hertie-Tüten beladenen Russinnen die Tür aufgehalten, dafür jedoch lediglich ein mißtrauisches Nicken geerntet. Im Hausflur machten sie ihm Platz. Gabler spürte ihren Blick auf sich ruhen, als er im zweiten Stock an der namensschildlosen Tür läutete; der schwere Duft ihrer Parfüme streifte ihn wie eine dunkle, feminine Drohung. Während er auf Geräusche aus dem Inneren der Wohnung lauschte, arbeitete seine Phantasie. Welche Auswirkungen können vier Stunden seelischer Beistand durch einen Politkommissar und der Inhalt einer Wodkaflasche auf einen Hauptmann der Sowjetarmee haben? Würde ihm ein betrunkener Rambo in Unterhemd und Militärstiefeln gegenüberstehen, eine Aura von Spiritus und Zorn um sich verbreitend?

Der Mann, der ihm die Tür öffnete, war klein und breitschultrig; seine Uniformjacke trug die Rangabzeichen eines Majors. In der linken Hand hielt er ein Buch, den Zeigefinger zwischen den Seiten, wo er aufgehört hatte zu lesen.

Der Politstellvertreter, registrierte Gabler. Er stellte sich vor; wortlos bat ihn der Offizier in die Wohnung.

Tozkij, ein blonder, mindestens ein Meter neunzig großer Schwerathlet, lag auf dem Sofa im Wohnzimmer, schwer atmend, Schweiß- und Alkoholschwaden ausdünstend. Er schlief, den Kopf auf ein Kissen gebettet. Ein Speichelfaden glänzte friedlich in seinem Mundwinkel.

Gabler weckte ihn nicht. Vielleicht half ihm ein trügerischer Traum über diese schreckliche erste Nacht des Alleinseins hinweg.

Die Wohnung war weitaus komfortabler eingerichtet, als es Gabler vermutet hätte. Das ›*Stalowaja*‹, das Wohnzimmer, wurde von einem riesigen »Blaupunkt« dominiert; auf dem Schreibtisch entdeckte er einen Laptop. Das einzig typisch Russische in diesem Raum waren die Reproduktion eines frühen Chagall und der elektrische Samowar auf einer Kommode mit Familienfotos. Eines davon zeigte Vera Tozkaja vor der Weltzeituhr auf dem Berliner Alexanderplatz.

Gabler wechselte ein paar Sätze mit dem Politstellvertreter und nahm einige der Fotos an sich. Dann ging er und ließ den schlafenden Hauptmann allein auf seinem Weg, der ihn bis ein Uhr morgens durch ein Labyrinth von Alpträumen führte…

14

Tozkij erwachte und starrte verwirrt in die Dunkelheit – eine schwarze Leinwand, auf der wirre Lichtpunkte knisterten wie mitternächtliches Feuerwerk. Ein Relais in seinem Hirn rastete ein und sorgte dafür, daß der in Reserve gehaltene Alkohol in die Pipeline hinter seinen Augen gepumpt wurde. Kalter Schweiß drückte sich durch die Poren seiner Kopfhaut. Ins Bad, dachte Tozkij. Den Kopf unter den Wasserhahn!

Er stützte sich auf das nächststehende Möbel, als er sich aufrichtete – die im Mondlicht glänzende, leere Wodkaflasche geriet ins Schwanken und trommelte einen kleinen Marsch auf die Tischplatte. Zu seinen Füßen schnarchte der Politstellvertreter auf einer Campingliege.

Benommen tastete sich Tozkij durch das Zimmer.

Am Fenster angelangt erstarrte er. Seine Sinne unternahmen eine Expedition in die Dunkelheit. Er glaubte, das Flüstern der Kiefern zu hören. Sie schienen ihn über einen ungeheuerlichen Vorfall unterrichten zu wollen, ein Ereignis, das irgendwie in Zusammenhang mit seiner Frau stehen mußte.

»Vera«, flüsterte er in die Finsternis hinein. Ein Windstoß wischte den Regen von den Zweigen der Kiefern.

Er machte kein Licht, als er die Wohnung verließ. Dennoch entging ihm nicht, daß aus den Rahmen auf der Kommode Veras Fotografien verschwunden waren. Er wunderte sich nicht darüber; in seinem Unterbewußtsein erklärte er es sich wohl mit dem allmählichen Verlöschen ihrer Gegenwart. Die leeren Flächen hoben sich als blinde, lichtlose Fenster aus der Dämmerung ab.

Er war völlig ruhig; aber er spürte, wie eine Woge der Trauer auf ihn zurollte. Leise schloß er die Tür hinter dem gleichmäßig atmenden Politkommissar.

Wenig später stand er auf dem Plattenweg vor seinem Wohnhaus und starrte über den feuchten Asphalt der Straße hinweg in das Wäldchen, in dem man Vera gefunden hatte. Er trug Militärstiefel und Breeches; im Gehen zog er sich eine alte Trainingsjacke über, die das Signet des Moskauer Armeesportvereins zierte.

Zwei Polizisten liefen am Saum des Wäldchens Streife. Sie bemerkten ihn nicht. Als sie fort waren, überquerte er die Straße und durchschritt das schwarze Spalier der Kiefern. Die Luft wurde ihm knapp; er blieb stehen und lehnte die Wange an einen der feuchten, harzigen Stämme.

Die rot-weißen Plastikbänder, die den Platz markierten, an dem man die Leiche entdeckt hatte, zitterten lautlos unter dem feinen Beschuß des Regens. Tozkij hockte sich nieder und steckte sich eine Zigarette an. Niemand registrierte den Lichtschein seines Feuerzeuges. Eine Windbö trug ihm die kratzenden Geräusche eines Walkie-Talkies zu, undeutliche, spröde Laute – verstümmelt wie ein kosmisches Signal. Regenwasser lief ihm über Augen und Lippen, nach einer Minute ging seine Zigarette aus, ohne daß er sie hätte zu Ende rauchen können. Er warf den Rest fort und lauschte auf die dröhnende Leere, die wie ein ausrangierter Brennstab in seinem Magen summte.

Zwei Stunden vor Tagesanbruch meißelte die Sonne einen Spalt in die Betondecke des Himmels. Der Regen versiegte, graues Licht flutete über die Skyline Ostberlins.

Als Tozkij nach Hause kam, waren seine Kleider fast trokken. Er lehnte sich müde mit der Schulter gegen die sich widerwillig öffnende Haustür und stieg dann langsam die vier Treppen zu seiner Wohnung empor. Der Politkommissar schlief. Eine Straßenlaterne sandte ihr verblassendes Licht auf das Stilleben auf dem Tisch: eine Schnapsflasche, Gläser und eine angebrochene Dose Dorschleber.

15

Auf eine entsprechende Frage hin hätte Horstmüller jederzeit zugegeben, wertkonservativ zu sein. Sozusagen ein sturer deutscher Polyp. Er lag vermutlich zehn Kilo Körpergewicht und zwei Bände Shakespeare über dem Durchschnitt eines deutschen Kripobeamten. Aber im Grunde – und das wußte er – entsprach er perfekt dem Typus des soliden, mäßig frustrierten Polizisten der Besoldungsgruppe A 9. Er liebte seinen pünktlichen Feierabend, seine Familie und den Wagen, die harmlosen Rituale, die seinen Alltag mit dem Duft von Weichspülmitteln und frisch gefiltertem Kaffee erfüllten. Bei Unregelmäßigkeiten neigte er zu Überreaktionen. Darauf war er nicht gerade stolz, aber er akzeptierte sich so, wie er war. Er kam klar mit sich.

Montagmorgen. Stop and Go, gleich hinter dem Spandauer Südpark, wo er sich in die motorisierte Arbeitnehmerkarawane eingereiht hatte. Er übte sich in Gelassenheit. Eine Bach-Kantate half ihm dabei.

Diese erste Woche nach dem Urlaub würde er ruhig angehen. Hier ein kleines Schwätzchen, dort ein vorsichtiger Blick unter einen Aktendeckel. Keine Hektik. Kein Stress. Möglichst kein Blut, keine Vernehmungen und mitternächtliche Observationen.

Das Auto fuhr von allein und Horstmüller hing seinen Urlaubserinnerungen nach: Frankreich. Fünf Tage an der Seine, danach zwei Wochen im Département Sâone-et-Loire.

Paris und die Bourgogne! Die dunklen Akkorde der Kathedralen und Brücken, Burgunder in grünen, geheimnisvoll schimmernden Flaschen. Die Stadt war ein Traum, und in der Bourgogne hatte er den Frieden von Millets »Angelus« wiedergefunden, das Annelies im Museé d'Orsay so begeistert hatte – ein wundervolles Bild und eine wundervolle Landschaft, der das Gemälde als Vorlage gedient haben könnte. Sie wies exakt die gleiche abendliche Lichtstimmung auf, warm und blutvoll, perfekt inszeniert, so als hätte der Schöpfer höchstpersönlich die Hand im Spiel gehabt.

Horstmüller ließ seinen BMW um den abgasumwölkten Ernst-Reuter-Platz kreiseln.

Genüßlich hing er seinen Erinnerungen nach.

Er verspürte einen leicht narzißtischen Stolz auf die Rückkunft seiner sexuellen Fitness. Annelies hatte das Ereignis mit einem Glas Pouilly-Fuisse gefeiert, dessen Rand sie neckisch gegen den höchsten Punkt seines Körpers stieß, als er wehrlos vor ihr auf dem Rücken lag.

»Weißt du, woran er mich erinnert?«

Plötzlich hatte er sich von ihrer glühenden Hand umschlossen gefühlt.

»Woran?«

»An den Felsen von Solutrè. Er ist einsam, unnachgiebig und irgendwie sehr beeindruckend.«

Fassungslos hatte er auf das laszive Kichern gelauscht, das aus der Dunkelheit zu ihm drang...

Die drei Urlaubswochen schienen Annelies in ein andere Frau verwandelt zu haben; und er war sich noch nicht ganz sicher, ob ihm das recht war oder nicht.

Ein Ahornblatt segelte an seiner Windschutzscheibe vorüber, einsam wie eine Taube aus Zeitungspapier, die ein gelangweilter Knacki aus seinem Zellenfenster stubst.

»Scheiße!« Irgendein impertinenter Idiot hatte seinen angestammten Parkplatz blockiert. Zähneknirschend schlug Horstmüller einen Bogen um den nagelneuen Toyota. Er wäre gern ausgestiegen, um eine kleine, aber dekorative Beule in den aufreizend glänzenden Kotflügel zu treten.

Ein Blick auf das Nummernschild versetzte ihm einen weiteren Adrenalinstoß: IB-23-79. Ein Ostler! So etwas hätte es früher nicht gegeben!

Als er schließlich eine Parklücke gefunden hatte, erschien ihm die Polizeidirektion mikroskopisch klein. Er bereitete sich seelisch auf ein Ereignis vor, das vermutlich als Langer Marsch von Schöneberg in die Polizeiannalen eingehen würde.

Der Fünfhundert-Meter-Marathon versetzte ihn in Hitze.

Als er in das Dienstzimmer stürmte, das er sich in den nächsten Jahren mit Gabler teilen würde, kaschierte die Sonnenbräune kaum mehr die Zornesröte in seinem Gesicht. Er fetzte den Telefonhörer von der Gabel und wählte eine vierstellige Nummer.

»Eine Kfz-Halter-Ermittlung. Ich brauche den Besitzer eines schwarzen Toyota mit der Nummer IB-23-79... Ja ich warte... Irgendein größenwahnsinniger Zoni hat seine Reisschüssel auf *meinen* Parkplatz gestellt!« erklärte er nach einem kurzen Blick auf Gabler.

Der Ostkommissar saß auf seinem Schreibtisch und war damit beschäftigt, einen Gebetskranz aus Büroklammern zu flechten: »Wie war gleich die Nummer?«

»IB-23-79. Ich parke dort seit fünfzehn Jahren, das weiß hier jeder.« Horstmüller seufzte entnervt. Dann stutzte er. Hier fehlte etwas!

»Wo sind denn Schorns Kampffische – endlich vor Langeweile ersoffen? Apropos Schorn...«, er wies auf Gablers Sitzgelegenheit, »...nimm mal den Hintern da runter, mein Kollege hat das nicht so gerne, wenn sich jemand auf seinem Schreibtisch rumflätzt.«

Gabler legte die Büroklammern beiseite und blickte Horstmüller tapfer in die Augen. So dramatisch hatte er sich die erste Begegnung mit seinem neuen Kollegen nicht vorgestellt. Der Mann schien tatsächlich zu kochen! Er unternahm den Versuch einer Erklärung: »Schorns Kampffische sind umgezogen. Schorn selbst auch. Vielleicht sollte ich mich besser mal vorstellen: Kommissar Jürgen Gabler. Vor drei Wochen hierher versetzt. Und der schwarze Toyota, dessen Halter Sie gerade ermitteln lassen, gehört mir.«

16

»Du warst keine zwei Tage im Urlaub, da hat Schorn seinen Schreibtisch ausgeräumt. Seit zwei Wochen leistet er dem Brandenburgischen Innenministerium Amtshilfe beim Aufbau einer demokratischen Polizei.«

Kriminaloberrat Klaus-Dieter Wieczorek, der von seinen Unterstellten der Einfachheit halber KaDeWe genannt wurde, hätte sich auf einem Werbeplakat der Berliner Polizei hervorragend gemacht. Er hätte sich auf *jedem* Werbeträger gut gemacht. Wäre er auf die Idee gekommen, Ölquellen, Flugzeugträger oder Lamadecken zu verkaufen – sie wären weggegangen wie warme Semmeln. Sein Haar war weiß, der Anzug aus reiner Schurwolle saß untadelig. Seine braunen Augen strahlten einen therapeutischen Glanz aus, der psychopathische Killer dazu brachte, sich beim Arbeiter-Samariter-Bund zu verdingen.

Der Leiter der Mordkommission saß auf dem Fensterbrett, hatte die Arme vor der Brust verschränkt und schaute scheinbar unbeteiligt aus dem Fenster.

Horstmüller war unglücklich.

»Ich faß' es nicht! Schorn läßt mich hier einfach so hängen!«

KaDeWe löste seinen Blick von dem faszinierenden Schauspiel, das der trübe Oktobertag bot, schritt zum Schreibtisch und legte Horstmüller tröstend die Hand auf die Schulter.

»Mensch, Markus. Gönn doch deinem Kumpel den Aufstieg. In fünf Jahren ist er Polizeidirektor.«

»Wenn schon. Einfach so abzuhauen. Wieso hat mir das keiner gesagt?«

KaDeWe zuckte mit den Schultern.

»Weil es niemand wußte. Es war eine sehr spontane Anfrage, der eine sehr spontane Zusage folgte.«

»Und dieser Dödel?«

»Von wem redest du? Von Gabler?«

Horstmüller nickte entnervt.

»Tja, das ist dein neuer Kollege.«

»Daß er mein neuer Kollege ist, hab' ich schon mitgeschnitten. Er hockt mit dem Arsch auf Schorns Schreibtisch und trägt eine Dienstwaffe. Wenn er der Hausmeister wäre, hätte er 'nen blauen Kittel an und eine Rohrzange im Holster.«

Wieczorek grinste müde.

»Vor drei Wochen – du warst gerade in den Urlaub abgedampft – ist Gabler aus Ostberlin gekommen. Ein guter Mann, glaube ich.« Er wirkte nicht besonders überzeugend, als er das sagte. »Ich fände es gut, wenn du dir ein wenig Mühe mit ihm geben würdest.«

»Ja, ja«, quengelte Horstmüller. »Mußtet ihr gerade mir so einen Alt-Genossen vor die Nase setzen? Seit wann bin ich hier der neue Ausländerbeauftragte?«

Wieczorek griff kommentarlos in den Aktenausgangskorb und schob Horstmüller einen Ordner über den Tisch. »Eine tote Russin in Ostberlin, da kommt dir der Gabler gerade zupaß.«

»Wieso – kommt er als Täter in Frage?«

»Hör auf zu blödeln. Der Mann kann ganz gut russisch.«

Horstmüller zog verächtlich die Augenbrauen hoch. »Wenn das alles ist, was er kann... Eine Russin? Wann ist es passiert?«

»Samstagnacht.«

»Hat Gabler den Fall?«

»Bislang ja. Jetzt habt ihr ihn gemeinsam. Natürlich unter deiner Federführung!«

»Wie stellt er sich an?«

»Er ist ein erfahrener Polizist.«

»Wenn er patzt, schick' ich ihn auf den Kudamm, die Busspur freihalten!«

17

Rainer Blechl verließ das Apartment seiner neuen Freundin gegen zehn Uhr morgens. Obwohl er erst ziemlich spät zum

Einschlafen gekommen war, fühlte er sich fit, und seine Laune war gut.

»Wohin darf ich Sie bringen, gnädige Frau?«

Maj-Brit Svendsen wünschte, zum ICC gebracht zu werden. Sie war die Tochter eines schwedischen Botschaftsrats und sah auch so aus.

Blechl strahlte sie an – ein Lächeln, das ganz allein ihr vorbehalten war. Nicht das Standardlächeln, das er sich während eines jener Kurse antrainiert hatte, die gewöhnlich nicht das Arbeitsamt finanziert.

Nach seinem üblichen Abstecher bei einem Zeitungshändler deponierte er seine Freundin und das Funktelefon im Wagen. Schließlich ließ er sich selbst in den gut gepolsterten Sitz seines taubenblauen Audi fallen: 140 Pfund bodybuildinggestählter Unternehmergeist, hochkonzentrierte Willenskraft, die sich in jedem Zug seines Gesichts verriet, auch wenn ihm der lohfarbene Anzug aus einem der besseren Läden des Kudamm-Karrees einen Anflug von Leichtfertigkeit verlieh.

Blechl brachte den Wagen auf den befohlenen Kurs und plauderte gelöst mit dem blonden Juwel, das er aus Schwedens Krone gebrochen hatte.

Als sie auf dem Kaiserdamm in den Stau gerieten, überflog er die Morgenzeitungen. Die Titelseiten der als seriös geltenden Tageszeitungen beschäftigten sich wie üblich mit Spekulationen über die bevorstehende Bundestagswahl.

»BILD« fuhr da andere Kaliber auf: Im Friedrichshain hatte der arbeitslose Maurer M. (39) seine Frau zu Tode geprügelt. Aus Versehen, wie er dem Haftrichter später erklären würde. Blechl lächelte amüsiert.

In Zehlendorff hatte Oberpostrat Philipp L. (48) im Halbschlaf unter seinem Kissen nach dem Asthmaspray gesucht, es jedoch mit seinem Revolver verwechselt und sich in den Mund geschossen. »Unglaublich, aber wahr«, befand die Headline der Meldung.

Der »EXPRESS« hatte einen anderen Aufmacher.

In Karlshorst war die Russin Vera T. (32) unweit einer

Kaserne der Roten Armee tot aufgefunden worden. Die Polizei vermutete Mord, aber die Motive lagen im Dunkeln…

Blechl verpaßte eine komplette Grün-Phase, während er die Meldung wieder und wieder las. Eine Sturmflut von Hupsignalen umbrandete seinen Audi, Kaskaden von Schmähungen ergoßen sich über ihn.

»Rainer!« wunderte sich Maj-Brit.

Er registrierte es nicht.

Erst als ein vierschrötiger Trucker die Faust auf das Dach seines Wagens niederfahren ließ, schreckte Blechl auf. Seine Hand zitterte, als er den Gang einlegte. Nachdem er seine Freundin abgesetzt hatte, fuhr er an den Straßenrand. Er schloß die Augen und atmete ein paar Mal tief durch. Dann versuchte er, die Gemeindeverwaltung in Baltimore zu erreichen. Nach ein paar Versuchen landete er glücklich im Ost-Netz, aber der Bürgermeister war nicht zu sprechen. Er war in die Kreisstadt zu einer Krisensitzung des Parteivorstandes gefahren.

Blechl lauschte verstört in den Hörer. Was für eine Krisensitzung, wollte er von der merkwürdig reserviert wirkenden Sekretärin wissen. Sie klärte ihn auf.

»Herr im Himmel!«

Blechl schloß niedergeschmettert die Augen.

Eine Politesse klopfte mit gezücktem Kugelschreiber an das Wagenfenster. Er stand im Parkverbot! Als sie in Blechls leichenblasse Miene blickte, machte sie sich erbötig, einen Notarzt zu rufen. Blechl lächelte gequält und startete den Motor. Während der Fahrt rief er seine Sekretärin an und bat sie, sämtliche Termine abzusagen. Er inhalierte eine Zigarette, lauschte eine Zeitlang irritiert auf sein heftig pochendes Herz und zerquetschte schließlich wütend die Kippe im Ascher. Diesmal schien alles ganz dick zu kommen!

18

Bis zum Mittag hatte Horstmüller reichlich Lesestoff. Er verzichtete auf den obligatorischen Besuch beim Italiener und begnügte sich stattdessen mit einem Sandwich, das er sich von Gabler mitbringen ließ, als der seinen Einstandskaffee holte. Es schmeckte wie die Fußsohle eines Yetis. Im übrigen würde er dem Mann irgendwann erklären müssen, daß er Styroporbecher verabscheute.

Während er las, pfiff er ein Stück aus »Parsifal«:

»Nun achte wohl und laß mich sehn/
bist du ein Tor und rein?/
Welch Wissen dir wohl mag beschieden sein?«

Er schaute zu Gabler hinüber, der beflissen auf seine Schreibmaschine einhackte. Keine Reaktion. Offensichtlich wußte der Ostler mit Wagner nichts anzufangen. Kein Wunder. Vermutlich wurde man dort drüben nur mit Kampfliedern beschallt.

Wie war Schorn nur auf die Wahnsinnsidee gekommen, sich in den Osten versetzen zu lassen. Freiwillig! Irgendwie erinnerte einen das an die christlichen Missionare, die sich im schwarzen Herzen Afrikas direkt in die Kochtöpfe der Buschmänner hineinmissioniert hatten. Was ihn anbelangte, so würden ihn keine zehn Pferde in den Ostteil kriegen. Schlimm genug, daß er den Bärenführer für diesen Genossen mimen durfte!

Die Akte Vera Tozkaja war bereits auf die Dicke des Branchenfernsprechbuches angeschwollen; ein untrügliches Indiz dafür, daß an dem Fall fleißig gearbeitet wurde. Gabler hatte die Anwohner in den Häusern rund um das Wäldchen befragen lassen. Zehn Klinkenputzer, die einen ganzen Sonntag lang unterwegs sind, produzieren eine Menge Papier, aber Hinweise auf den Täter gab es nicht.

Gegen elf brachte ein Bote eine Hausmitteilung, die über

die zeitweilige Schließung des WC's im zweiten Stock informierte. Um zwölf traf der Oduktionsbericht ein. Horstmüller machte für Gabler einen Abzug.

Die Russin war gegen einundzwanzig Uhr an ihren Schädel- und Gehirnverletzungen gestorben; an einer Hirndrucklähmung, die nach einer starken Blutung in der Schädelhöhle eingetreten war. Der Hinterkopf der Toten wies einen starken Bluterguß auf, an der Gegenstoßstelle hatten die Gerichtsmediziner eine Quetschung der Hirnrinde festgestellt. Zwei haarfeine Risse führten akkurat wie ein Meridian um den Schädel herum.

Horstmüller schob gähnend den Stuhl zurück, um seine italienischen Rindslederslipper auf dem Schreibtisch zu parken. Er war gerade dabei, sich mit den Details zu befassen, als das Telefon klingelte.

KaDeWe.

»Ich hab zu tun«, warnte Horstmüller. »Lese grad die Akte Tozkaja. Die Speisekarte vom ›Bamberger Reiter‹ ist interessanter.«

KaDeWe ging darauf nicht näher ein. Ihm schien etwas anderes am Herzen zu liegen.

»Eben war ein Herr vom Staatsschutz bei mir.«

»Ja, und?«

»Er hat mir unter dem Siegel der Verschwiegenheit mitgeteilt, daß es in der Ostberliner Weitling-Straße ein Mietshaus gibt, das von Rechtsradikalen besetzt ist.«

»Das stand kurz nach Ostern in der Zeitung!«

»Hm... Ein Sondereinsatzkommando wird dort heute nachmittag eine kleine Lehrvorführung geben. Ihr habt eine Karte für die erste Reihe.«

»Wann?«

»Siebzehn Uhr.«

»Sehen die Staatsschützer einen Zusammenhang mit dem Mord an der Russin?«

»Ähem... Möglich wäre das schon... Jedenfalls sind sie sich ziemlich sicher, daß die Burschen den Überfall auf die

Russenkaserne verbockt haben. Also – ich hoffe, ihr seid rechtzeitig da.«

KaDeWe legte auf.

Horstmüller warf einen nachdenklichen Blick auf Gablers Jeans und die schiefgelatschten Treter, die unter dem Schreibtisch seines neuen Kollegen hervorlugten. Er taxierte den Neuwert des Schuhwerks auf etwa fünfzig Mark. Komisch – einen Ostler erkannte man immer gleich an den Schuhen! Der Mann läuft ’rum wie ein Fritten-Verkäufer, konstatierte er besorgt.

»Was haben Sie denn bislang so getrieben, Gabler?«

Der Ostberliner schaute von seiner Akte auf.

»MUK Ostberlin.«

»Hm. Und davor?«

»Schupo in Teltow.«

»Hm. Und...wie lange?«

»Drei Jahre.«

Horstmüller nickte wohlwollend. Wenigstens schien der Mann auch die Straße zu kennen.

»Ich war zig Jahre auf Achse. Fünf davon in Neukölln. Immer an der Wand lang, wenn Sie verstehen, was ich meine. Auge in Auge mit dem Klassenfeind – also mit Ihren famosen Genossen von der NVA.«

Horstmüllers Blick wurde unscharf. Seine Gedanken unternahmen einen Ausflug in die Vergangenheit: Mauerbau, die erste Streifenfahrt auf der Grenzallee, das erste Rendezvous mit Annelies vor dem KaDeWe, sein Sieg über 50-Meter-Lagen beim 7. Polizeischwimmfest...

Als er wieder zu sich kam, sah er sich erneut mit der knallharten Realität konfrontiert – Gablers Wühltisch-Sakko fuhr ihm wie ein Schmiedehammer in das Zentrum seiner ästhetischen Empfindungen.

Versonnen strich er mit der Hand über den braunen Leitz-Ordner auf seinem Tisch.

»Vera Tozkaja. Angelegt am 22.10.1991.«

Irgendwo in einem Winkel seines Denkapparates richtete er einen Raum für die tote Russin ein. Dort begann sie als eine Sammlung von Tatsachen und Fotos ein gespenstisches Leben zu führen. Er spürte, daß Gabler auf seine Fragen wartete, aber er schwieg und blätterte scheinbar verträumt in der Akte.

Leise pfiff er sein Repertoire an Opernouvertüren vor sich hin, manchmal ein wenig schief.

19

Komischer Kauz, stellte Gabler auf dem Weg in die Karlshorster Kaserne fest. Erzählt mir irgendwelche olle Kamellen aus der Zeit der Rosinenbomber und Carepakete und erwähnt mit keinem Wort die Ermittlungsergebnisse!

Wie es aussah, hatten die Hitlerjungen die Frau erwischt, als sie sich auf dem Rückzug befanden. Zur falschen Zeit am falschen Ort, so geht das manchmal. Vermutlich ist sie mit dem Hinterkopf gegen einen Baum geprallt, ziemlich heftig, nach einem Stoß oder einem Schlag. Keine zerrissenen Kleider, keine Spuren von sexuellem Mißbrauch. Wäre auch kaum möglich gewesen. Die Polizei im Nacken – da blieb gerade mal Zeit für einen Schwinger im Vorbeilaufen, aber nicht für eine Vergewaltigung.

Tage der offenen Tür inszenierten die Sowjets auf Anweisung ihrer Armeeführung seit Anfang des Jahres – nach dem Vorbild der West-Alliierten und mit ähnlich martialischem Charme.

Als Gabler, vorbei an dem demolierten Kontrollposten, das Tor der Karlshorster Kaserne passierte, trug ihm eine Herbstbrise schwermütigen Marschgesang zu: Eine Kompanie Achtzehn- bis Zwanzigjähriger paradierte dröhnend an einer leeren Tribüne vorbei; sehnsüchtig und fordernd entrang sich ihren Lippen der Name *»Katjuscha!«*. Wie durch ein Wunder wandten alle mit einem Mal den Kopf nach rechts. Die Tribüne jedoch blieb leer, die kollektive Erwartung unbefriedigt – *Katjuscha* erschien nicht.

Auf der gegenüberliegenden Seite des Exerzierplatzes turnte ein halbes Hundert Kinder auf Panzern herum, unter der Aufsicht stolzer Väter und ein wenig besorgter Mütter. Ein dreiköpfiges ZDF-Team sprintete an Gabler vorbei. Auf Höhe des ersten T-72 ging der Kameramann in Stellung, um einen sechsjährigen Knaben abzulichten, der soeben eine Tafel Schokolade an die Sowjetarmee verschenkte.

Auch ein paar Fotoreporter hatten von der Sache Wind bekommen.

Blitzlichter zuckten.

Schüchtern lächelnd legte ein russischer Soldat die Schokolade neben sich auf den Panzer, wo sie vermutlich einen dezenten Dieselgeschmack annahm und sich Ölflecken auf der plüschigen Hose des Sarotti-Mohrs ausbreiteten.

Gabler hätte nie geglaubt, daß sich derart viele Menschen für das Innenleben einer russischen Kaserne interessierten: Etwa 200 Besucher – so schätzte er – flanierten über den Exerzierplatz und lauschten wohlgefällig der Militärkappelle, die in einem fort die Top Ten russischer Märsche schmetterte. Vor einem Holzkohlegrill, auf dem Schaschlik brutzelte, hatte sich eine lange Schlange gebildet.

Gabler sah Zeitungsreporter und halbwüchsige Rambos, Militaria-Sammler und Touristen aus dem fernen Nippon, Nekrophile, die ein merkwürdiges Interesse für den schillernden Leichnam der Siegermacht an den Tag legte, Videoamateure und melancholische Wehrmachtsveteranen, die beim Absondern ihrer Kriegserinnerungen verklärte Blicke bekamen. Dann war da noch ein Stadtrat, der soeben unter Anleitung eines Artillerieoffiziers ein Haubitzenrohr in den preußisch blauen Himmel leierte, selig lächelnd – vielleicht erinnerte er sich dabei an seine Zeit als Flak-Helfer.

»Durchs Gebirge, durch die Steppe zog/
unsre kühne Division...«

sangen die marschierenden Achtzehnjährigen. Ihre Gesichter wirkten wie eingefroren, nur ab und an riskierte einer der

Jungen einen Seitenblick auf die Fernsehteams und das amüsiert lärmende Publikum.

Tozkij's breitschultrige, hochgeschossene Gestalt ragte monolithisch aus dem Getümmel. Seine Anwesenheit an diesem Ort war absurd. Seit dem Tod seiner Frau waren keine 40 Stunden vergangen…

Gelegentlich wurde der Hauptmann angesprochen. Er reagierte nicht. Seine Augen strahlten eine trügerische Ruhe aus. Achselzuckend wandten sich die Besucher ab.

»Hauptmann Tozkij?«

Eine Zeitlupenaufnahme: Das breite, übernächtigte Gesicht des sowjetischen Offiziers, der sich in tagträumerischer Langsamkeit nach Gabler umdrehte.

»Hauptkommissar Gabler. Kripo Berlin.« Gabler zückte seinen »Vorläufigen Dienstausweis« – ein gelbes Stück Pappe, das aussah wie ein Monatsticket für die BVB. Vom Exerzierplatz her sickerte Marschmusik herüber – die Geräuschkulisse eines fernen Rummelplatzes.

»Was wollen Sie wissen?« fragte Tozkij.

Gabler suchte nach seinem Text. Nach den üblichen spröden Einleitungsfloskeln kam er zur Sache.

»Wissen Sie, ob Ihre Frau für den Samstagabend eine Verabredung hatte?«

Tozkij reagierte schroff.

»Vera tat, was sie für richtig hielt. Ich habe ihr keine Vorschriften gemacht.«

»So meinte ich das auch nicht. Es wäre ja möglich, daß sie ihnen erzählt hat, mit wem sie sich treffen wollte.«

Der Russe setzte die Mütze ab und begann, sie in seinen kräftigen Händen zu drehen. Dort, wo sie gesessen hatte, hinterließ sie einen deutlichen Abdruck in seinem Haar. Seine Lippen wirkten dünn und bleich wie ein Elfenbeinmesser, das man zum Öffnen von Briefen benutzt.

»Wissen Sie…«, flüsterte er, »mir ist immer noch, als wäre das alles gar nicht geschehen.«

Es war, als müsse er allein mit der Kraft seines Willens eine schwere Last bewegen.

»Ein- oder zweimal in der Woche traf sie sich mit einer Freundin, einer Deutschen…«

Katharina Bergmann. Gabler notierte sich den Namen und eine Adresse in Marzahn.

»In dem Wäldchen ging sie oft spazieren. Meist allein. Um nachzudenken, oder einfach nur, um etwas Ruhe zu haben. Ich kenne die Wege dort gut, manchmal, an den freien Tagen, waren wir gemeinsam dort.«

Gabler schaute auf die Uhr. Ihm blieben noch zwei Stunden bis zu dem SEK-Einsatz in der Weitling-Straße.

»Es wird nötig sein, daß wir einen Blick auf die persönlichen Dinge Ihrer Frau werfen: Briefe, Notizen, Geschäftsunterlagen, soweit vorhanden. Natürlich nur, wenn Sie nichts dagegen haben. Können wir das gleich erledigen?«

Tozkij nickte müde.

»Ich kann hier jederzeit weg. Eigentlich bin ich beurlaubt…«

»Sie wollen trotzdem weiter Dienst tun?« fragte Gabler.

»Zu Hause werde ich verrückt«, sagte der Hauptmann.

20

Vom Sonntagabend an beobachteten Zivilstreifen die Weitling-Straße 35 – ein düsteres Gemäuer, erfüllt vom diskreten Charme des Berliner Ostens. Nackte Ziegel, einsturzgefährdete Balkone mit verrosteten Ziergittern, blinde, mit Brettern verbarrikadierte Fenster. Dahinter Emailleeimer, bis zum Rand gefüllt mit Pflastersteinen: Die Einwohner der Weitling-Straße 35 befanden sich in permantem Kriegszustand. Nach verschiedenen Strafexpeditionen in linke und Schwulenkneipen rechneten die Besetzer mit Gegenangriffen; darüber hinaus bestand die Gefahr einer Räumungsaktion auf Weisung des Senats, die man nicht widerstandslos hinzunehmen gedachte.

Kurz vor fünf stoppten sechs Einsatzwagen unweit des Hauses. 120 Polizisten riegelten im Laufschritt sämtliche Zufahrtsstraßen ab; eine Operation, die von den Anwohnern interessiert verfolgt wurde.

Überall gingen Fenster und Balkontüren auf; die am günstigsten gelegenen Wohnungen erfreuten sich des regen Besuchs der Nachbarn.

»Oma, bring mal den Kaffee auf den Balkon!« ordnete der 64jährige Rentner Otto Schuricke an, der sich eben einen Stuhl neben die Reseda-Rabatte gestellt hatte. Seit er seinen Job als Betriebsschutzleiter einer Lichtenberger Transportfirma verloren hatte, laborierte er gelegentlich an Langeweile. Und bis zum Beginn des Vorabendprogramms war noch Zeit.

»Klingel mal bei Nachbars, Oma, sind Rudi und Elvira schon da?«

Schuricke schlurfte zum Fernseher, um sich sein Brillenetui zu holen. War eigentlich das alte Opernglas noch im Nachtschränkchen? Am besten wäre natürlich ein Scherenfernrohr, dachte er, wie wir es damals für die Beobachtung von Artilleriefeuer hatten.

Die Stiefel des Sondereinsatzkommandos nagelten über das Straßenpflaster.

»Oma, mach'n Fernseher leise, ich glaube, es jeht los.« Schuricke hockte sich auf seinen Gartenstuhl und schielte gespannt durch die Resedarabatte.

»Blopp!«

Die Explosion klang nicht sonderlich spektakulär, aber die Haustür flog ruckartig aus den Angeln und schredderte eindrucksvoll über den Gehsteig. Hinter Schuricke schepperten die Scheiben der Balkontüren, was der Rentner gelassen hinnahm, da hatte er bei Kiew ganz andere Sachen erlebt.

»Guck mal Oma, jetzt komm'se.«

Fünf Sekunden, nachdem sich der Rauch verzogen hatte, drang der erste SEK-Trupp in die Weitling-Straße 35 ein. Das düstere Haus schluckte die Gruppe. Die nächsten zehn

Mann folgten zwanzig Sekunden später. Gabler, der die Aktion zusammen mit Horstmüller aus sicherer Entfernung beobachtete, hörte die Funkkommandos der Einsatzleitung mit: Eine ruhige Stimme gab ihre Anweisungen, gelassen wie der Kommentator einer Schach-WM. Offenkundig war da ein Profi am Werk.

Ein Polizeioffizier bat das Publikum über die Lautsprecheranlage eines Streifenwagens, die Fenster zu schließen, aber jedermann ging anscheinend davon aus, diese Botschaft gelte ausschließlich den Nachbarn.

Als aus dem Inneren des Hauses erste, vereinzelte Protestschreie zu hören waren, stürzte der dritte Trupp die Treppen hinauf – an zersplitterten Wohnungstüren vorbei, die flügellahm in ihren Angeln hingen, hoch in die dritte Etage.

Göring saß im Büro und hämmerte auf der »Adler« herum: Er war damit beschäftigt, ein Flugblatt zu entwerfen.

Der Raum war akkurat eingerichtet – Aktenordner, ein kleiner Panzerschrank für internes Material, eine Glasvitrine mit Schaustücken: die Reichskriegsflagge, ein Porträt von Rudolf Heß, diverse Wehrmachtsreliquien. Nichts Verbotenes. In der Mitte des Büros stand ein länglicher Konferenztisch, an dessen Kopf der Versammlungsleiter saß, wenn sie eine Einsatzbesprechung abhielten oder mit Gästen aus Westdeutschland oder Österreich debattierten. Für die musikalische Unterhaltung sorgte bei Bedarf ein Volksempfänger, Baujahr 1937. Es gab sogar eine Hausbar und einen kleinen Eisschrank mit Biervorrat. Alles urgemütlich.

Eine Minute später segelte der 20-Liter-Eisschrank über die Köpfe von vier entsetzten SEK-Mitgliedern durch die Bretterverkleidung des Treppenhausfensters. Während Göring die Flugbahn begutachtete und bedauernd zur Kenntnis nahm, daß sich die Männer rechtzeitig duckten, pumpte er Luft in seine Lungen.

»Iiiiiiiihhhh«. Drei Sekunden lang zersägte sein Kriegsschrei die Trommelfelle der Polizisten. Dann nahm er einen kurzen Anlauf und warf sich wie ein Pogo-Tänzer die Treppe hinab. 230 Pfund Lebendgewicht durchschlugen die Mauer schützend erhobener Arme. Noch während er flog, überlegte er, ob es eine gute Idee war, sich mit vier Leuten gleichzeitig anzulegen. Als er unten ankam, wußte er die Antwort. Zum ersten Mal in seinem Leben kostete er das Gefühl aus, das man hat, wenn man in den Lauf einer P 6 blickt.

Alles ging ziemlich schnell. Ein paar Pflastersteine flogen, ohne Schaden anzurichten, wenn man einmal davon absieht, daß einer von ihnen die Frontscheibe eines Nissans durchschlug, der zwei Tage später vollständig ausgeschlachtet war. Das SEK sammelte die komplette Radikalen-WG ein, ohne daß jemand ernsthaften Widerstand leistete. Sechzehn Leute trabten folgsam die Treppe hinunter und kletterten in die geschlossenen Wagen. Nur Göring mußte getragen werden.

21

Wiesenbrink warf sich auf dem Klo ein paar Hände voll Wasser ins Gesicht. Nach der Sitzung des Vorstandes war er endgültig runter mit den Nerven. Niemand hatte sich mit ihm solidarisiert. Der Traum von BALTIMORE 2000, der Traum von einer Parteikarriere schien endgültig ausgeträumt…

Angewidert musterte er sein Spiegelbild: Das Gesicht eines müden, verbrauchten Mannes, der alle seine Chancen vertan hatte. Ein Verlierer, für den die Partei keine Verwendung mehr hatte. Eine feuchte Haarsträhne klebte über seiner Stirn, an den Wangen hing das Fleisch schlaff herab – ein tölpischer Fremder. Er mochte sich nicht mehr sehen.

Der Bürgermeister stolperte aus dem Klo, vorbei am Konferenzraum, aus dem noch immer halblautes Stimmengewirr drang. Der geschäftsführende Vorstand kam nicht zur Ruhe.

Mühsam angelte er sich seine Jacke vom Kleiderständer. Dann taumelte er auf die Straße.

Der schwarze Daimler stand unter der Gaslaterne wie im

Rampenlicht einer Automobil-Schau. ›Mobilität ist der Schlüssel zum Erfolg!‹ – das war auch so einer von Blechls markigen Sprüchen. Jeder in der Partei hatte gewußt, daß der Wagen eine ›Leihgabe‹ des West-Unternehmers war. Zehn Monate lang nahm niemand daran Anstoß. Und ausgerechnet Mechthild Müller, diese schmierige Zicke, die nur auf Grund der Quotenregelung in den Vorstand gelangt war, hatte sich heute über das Auto echauffiert. Was er sich wohl dabei gedacht habe, als er sich von einem Vertreter der Wirtschaft ›daimlern‹ ließ? Ob er den Spruch nicht kenne: Wes' Brot ich eß, des' Lied ich sing? Und das war nur das Vorspiel zu einem zweistündigen Verhör durch die Partei-'Freunde'... Warum nur war Blechl nicht gekommen. Er hätte alles noch retten können.

Wiesenbrink stocherte hilflos nach dem Türschloß. Seine Hände zitterten. Als er sich in das Polster des Sitzes fallen ließ, vermied er den Blick in den Rückspiegel. Eine große, dunkle Woge des Selbstmitleids überspülte ihn; er spürte, wie ihm die Tränen in die Augen traten. Er ließ den Motor an und steuerte den Wagen auf die Straße nach Baltimore. Für den Vorstand war alles klar: Er hatte die politische Zukunft der Partei und die wirtschaftliche Gesundung seines Dorfes aufs Spiel gesetzt. Er war den Werbungen eines dubiosen Wessies aufgesessen, ohne dessen Ruf und Liquidität geprüft zu haben. Alles sprach gegen ihn: Die Einstellung der Bauarbeiten durch den Nachfolger des ehemaligen Kreis-Baubetriebes, der sich wegen unterlassenener Lohnzahlungen beschwerte. Der Schuldenberg der »Internationalen Investitions- und Wirtschaftsberatungsgesellschaft«, deren Mitgesellschafter er war. Seine halbherzigen Rechtfertigungsversuche auf der vom politischen Gegner angezettelten Bürgerversammlung.

»Ich bin erledigt«, stöhnte Wiesenbrink. »Ich kriege in Baltimore nie wieder einen Fuß in die Tür.«

Der Vorstand hatte ihm heute zwar noch nicht den Rücktritt empfohlen, aber auf Betreiben von Mechthild Müller würde eine Parteikommission den Vorwurf der Bestechlichkeit und der Nötigung von Mitgliedern der Gemeindevertretung prüfen. Es habe sich herumgesprochen, daß der Bürgermeister einen recht autoritären Führungsstil praktiziere. Wie er diese Zicke haßte!

Wiesenbrink jagte den Daimler über die Asphalttrasse zwischen den dürren Kirschbäumen, ohne auf die Straßenführung zu achten. Die Tachometernadel pendelte um die Hundertzehn...

22

Seit zwei Stunden liefen die Vernehmungen auf Hochtouren. Gabler hockte auf einem Heizkörper, spürte, wie sich allmählich sein Hintern verformte, und schwieg frustriert.

Der siebzehnjährige, in die Phantasiemontur eines Jedi-Ritters gewandete Jüngling hieß Sebastian Karaseck. Er war der Sohn eines arbeitslosen Stasi-Offiziers. Vor drei Monaten hatte er die Wohnung seiner Eltern verlassen, weil er nicht mehr mit ansehen mochte, wie sich sein Vater allmählich zugrunde trank. Nach zwei Nächten auf dem Bahnhof Lichtenberg war er zu den Besetzern aus der Weitling-Straße gestoßen.

Die Vernehmung begann schleppend.

»Sie sind doch aus'm Osten«, stellte der Junge nach den ersten drei Minuten fest.

»Ja...und ?« fragte Gabler.

»Waren Sie bis jetzt arbeitslos?«

»Wie kommst du denn darauf?«

»Mit Ihnen rede ich kein Wort. Ihr roten Bullen wart genauso schlimm wie die Stasi – alles ein Gesocks, alles SED. Unter Honecker dicke da und jetzt mit dem Klassengegner auch keine Probleme.«

Er hatte einen Blick auf Gablers Schreibblock geworfen. »Kommt das auch ins Protokoll? Ich würde mich freuen, wenn Ihre Chefs das lesen.«

»Ich habe dich gefragt, was du am Samstag...«

Karaseck begann zu schreien: »Haben Sie's mit den Ohren, Mann? Ich habe doch gesagt, daß ich mit euch roten Sackgesichtern nicht mehr rede.«

Gabler spürte, wie ihm die Demütigung das Blut ins Gesicht schießen ließ. Als ihm dann noch das Wort »Beamtenbeleidigung« entschlüpfte, hätte er sich ohrfeigen können.

Karaseck nahm das Stichwort hohnlachend auf:

»Soll das ein Witz sein? Wieso dürfen *Sie* Beamter werden? Ist das jetzt schon Bedingung, daß man in der SED war? Was ist der Unterschied zwischen Ihnen und meinem Alten? Der muß nach Australien auswandern, wenn er auch nur irgendwo den Fußboden aufwischen will. Und Sie markieren hier den dicken Max!«

Danach schwieg er gute zehn Minuten lang.

Gabler hatte genug Zeit, sich den Jungen anzusehen: Lang und hilflos kauerte er in seinem Stuhl, die müden Augen auf die Decke gerichtet. Seine Lederklamotten umhüllten ihn wie ein Raumanzug. Gut möglich, daß er nicht die geringste Vorstellung besaß, worauf er sich eingelassen hatte, als er vor ein paar Wochen sein Nachtquartier vom Bahnhof in die Weitling-Straße verlegte.

»Es geht bei der ganzen Geschichte nicht um mich oder um deinen Vater. Vielleicht ist es ungerecht, daß es so gekommen ist, gut möglich. Vergiß das alles. Das ist nicht der Punkt.«

Der Junge verkroch sich in seiner viel zu weiten Lederjacke wie in einer schützenden Uniform.

»Wenn du weiter mit den Glatzen durch die Gegend ziehst«, sagte Gabler leise, »wird es passieren. Irgendwann. Vielleicht kein Mord, vielleicht kommt es nicht ganz so schlimm. Aber irgendwann wirst du wieder zu dir kommen, nach einem eurer Kriegszüge, und dich daran erinnern, daß du jemandem etwas Schreckliches angetan hast.«

Gabler saß keine zwei Schritt von ihm entfernt auf dem Schreibtisch und sah ihm in die Augen.

Karaseck wich seinem Blick nicht aus.

»Woher wollen Sie das alles so genau wissen?«

Gabler dachte nach. Dann stand er auf. »O.K. Ich hoffe, du hast starke Nerven.«

Er zeigte ihm die Fotos.

Ein offener Mund mit einem blutigen Fetzen darin.

»Das ist ein polnischer Junge, dem zwei Unbekannte die Zunge mit einer Gartenschere abgeschnitten haben.«

Ein verkohlter Rücken. Schwarzgeränderte blutrote Kavernen.

»Ein Penner, der die Nacht in einer Bushaltestelle zubringen wollte. Ein Trupp Skinheads hat ihn mit Benzin übergossen und angezündet.«

Ein blutverschmierter Arm, aus dem ein Knochensplitter wie eine Fahrradspeiche herausragte.

»Dieser Arm gehörte einem türkischen Mädchen, das mit ihrer Freundin im Kino war. Als sie nach Hause gingen, hatte sie eine unheimliche Begegnung mit einem kahlköpfigen Psychopathen. Ihr Arm verfault jetzt auf irgendeiner Müllhalde unter den Sonderabfällen des Britzer Krankenhauses.«

Ein schwarzes, deformiertes Gesicht. Zusammengepreßte Augen wie bei einem Fötus. Blut.

»Und das ist einer der beiden russischen Soldaten, die ihr euch am Samstag ›vorgenommen‹ habt. Willst du, daß das so weiter geht? Daß es ewig so weiter geht?«

Er warf dem Jungen die Fotos ins Gesicht.

Karaseck schwieg. Man konnte die Gespräche und die Schritte auf dem Flur hören. Auf der Straße versuchte jemand, einen bockenden Motor in Gang zu bringen.

Dann kniete er nieder, sammelte die Fotos auf und sah sich jedes einzelne genau an.

»Na und?« fragte er.

Er warf die Fotos auf den Tisch.

Gabler nahm sich einen Stuhl und setzte sich dicht vor ihn. Er roch den Geruch seiner Lederjacke: Trostloser Bahnhofs- und Kneipengestank.

»Ich könnte mit dir zu deinen Eltern gehen«, sagte er.

Karaseck zuckte mit den Schultern und verkroch sich wieder in seine Lederjacke.

»Meine Alten sind in letzter Zeit nicht besonders scharf auf

Besuche. Und überhaupt – Ihre Sozialarbeitermasche kommt bei mir nicht an. Brüllen Sie lieber 'n bißchen rum, wie es sich für einen richtigen Bullen gehört, meinetwegen hauen Sie mir ein paar in die Fresse. Aber kriechen Sie mir nicht in den Arsch!«

»Warst du schon mal im Knast?«

Karaseck verzog höhnisch die Lippen:«Jetzt also die Tour. Das is' ja 'n richtiges Kontrastprogramm. Mann, sind Sie öde drauf. Sie wissen doch, daß mir nix passieren kann. Ich bin siebzehn. Wenn ich will, kann ich den Funkturm in die Luft jagen, ohne daß ich in den Bau geh'. Ein Jahr lang hab' ich noch Zeit. Solange laß' ich die Sau raus, und dann werde ich vielleicht ein ganz braver Bürger, wie mein Daddy und meine Ma.«

»Wenn du so weiter machst, verbringst du deinen achtzehnten Geburtstag hinter Gittern. Selbst der verträumteste Jugendrichter wird bei Beihilfe zum Mord eklig.«

»Machen Sie nur weiter…«

Gabler klatschte das EK-Zwo auf den Tisch.

»Hast du das schon mal gesehen?«

Karaseck nickte.

»Wem gehört es?«

»Irgendjemandem, der schon lange vermodert sein dürfte.«

»Wir haben es neben einer toten Russin gefunden.«

»Ja und?«

»Die Frau lag keine zweihundert Meter von der Kaserne im Wald. Das EK-Zwo lag keine zwanzig Meter neben der Frau. Verstehst du das unter ›die Sau rauslassen‹?«

Karaseck blickte ungläubig auf.

»Das ist doch nicht Ihr Ernst, Mann! Was haben wir denn mit dieser toten Russin zu schaffen? Wir haben ein paar Steine geschmissen, aber niemanden umgebracht.«

»Ein brutaler Überfall, zwei schwerverletzte Soldaten und eine tote Frau. Versetz' dich doch mal in unsere Lage – was würdest du denn daraus schlußfolgern?«

»Soll ich jetzt auch noch Ihre Arbeit machen?« höhnte Karaseck.

Aber er schien nachdenklich geworden zu sein.

23

Das feuchte Laub raschelte kaum, als er sich den Heckenstreifen entlangarbeitete. Die Fliederhecke umschloß den Garten des letzten Hauses am Ortsausgang der 1000-Seelen-Gemeinde Baltimore, die wie ausgestorben da lag. Kein Stern war zu sehen, aber er kannte seinen Weg. Geduldig tastete er sich die grüne Grenze entlang; ein paar Schritte noch und er würde auf eine Lücke stoßen, die ihm den freien Zugang auf die Straße gewährte. Er spürte, wie die Jagdlust in ihm rumorte. Den ganzen Sommer über hatte er sich zu dieser Stunde auf den Weg gemacht. Sein Ziel war die Straße, deren dunkler Asphaltbelag die Wärme des Tages speicherte und so Myriaden von Insekten anzog. Sie waren es, die er inniglich begehrte; deshalb war er wie immer unterwegs, auch wenn es regnete und die Speisekarte heute Nacht wohl viele Gerichte aufweisen würde, hinter denen ein Kreuz stand. Wenn schon, er war nun mal ein Gewohnheitstier.

Er schob sich durch die Lücke in der Hecke und spähte in die Nacht hinaus. Unruhe hatte von ihm Besitz ergriffen, eine böse Vorahnung. Mit den Segnungen des Sommers schien ihn auch das Glück verlassen zu haben: Gestern erst war er mit Müh' und Not einem Anschlag auf Leib und Leben entronnen – der Laubhaufen, in dem er die ganze Woche lang getagt hatte, war von einem großen, zweibeinigen Lästling in Flammen gesetzt worden. Ein Scheiß-Biotop!

Er überquerte ein abgeerntetes Gurkenbeet, robbte durch ein klimatisch wertvolles Feldgehölz, kugelte durch einen Graben und stand vor der Straße.

Deprimiert schüttelte er den Kopf. Der Tisch war nicht gedeckt. Traurige Pfützen dämmerten vor sich hin. Kein einziger Fühler reckte sich in die Höhe, kein Chitinpanzer glänzte appetitlich im Mondlicht.

Ungläubig inspizierte er das Areal, Zentimeter für Zentimeter. Nichts! Er entschloß sich, den Heimweg anzutreten. Orientierungssuchend hob er das Köpfchen. Da sah er *ES*!

Etwas Gleißendes, Drohendes schraubte sich auf ihn zu – stechend wie Nadeln, röhrend wie das Feuer, das ihn zwei Tage zuvor aus dem Schlaf geschreckt hatte. Aber dies hier war schneller als das Feuer.

Es war schrecklicher als alles Schreckliche, das ihm in seinem Leben je begegnet war.

Und weil er wußte, daß es keinen Sinn haben würde zu kämpfen, rollte er sich zu einer kleinen stachligen Kugel zusammen, die gleich darauf von einer furchtbaren Gewalt erfaßt und wie eine ausgetrocknete Klette über die Straße geschleudert wurde. *ES* war über ihm!

Niemand hörte seinen einsamen Schrei.

Als das schwarze Auto vorüber war, blinzelte er bebend in die Dunkelheit. »So ein beklopptes Arschloch!« dachte der kleine Braunbrustigel.

24

Wiesenbrink jagte in seinem Daimler durch den Abend wie ein motorisierter apokalyptischer Reiter. Die tödliche Geschwindigkeit, der Protest der Stoßdämpfer über die unzumutbaren Straßenverhältnisse bereiteten ihm eine schmerzhafte Befriedigung. In der Kurve vor dem Ortseingang geriet der Wagen ins Schleudern. Er korrigierte die Kursabweichung mechanisch, ohne daß die Oberfläche seines Bewußtseins einen Anteil daran hatte. Der Daimler schlidderte ein paar Meter über den Wasserfilm, fing sich wieder und nahm seine normale Straßenlage ein.

Wiesenbrink grinste. Die Mächte, mit denen er im Bunde war, würden nicht zulassen, daß er sich in stockfinsterer Nacht um irgendeinen Baum wickelte.

Der Wagen schoß über die Dorfstraße, nahm mit quietschenden Reifen die Kurve am Löschteich und preschte an der Sparkasse vorüber, deren verspielte Silhouette wie ein Scherenschnitt gegen den mondhellen Himmel stand. Unwillig reduzierte Wiesenbrink die Geschwindigkeit.

Als er die Wagentür hinter sich zuschlug, verließ ihn der Rausch, das Hochgefühl, das ihm die kurze, wahnwitzige Jagd durch den Regen vermittelt hatte.

Eine kalte, feuchte Hand glitt über sein Herz.

Kalt, kalt, kalt, bibberte es in ihm.

Im Haus brannte kein Licht – seinc Frau war nicht daheim. Bevor er sich der Sitzung des geschäftsführenden Vorstandes zugesellte, hatte er sie zu ihrer Mutter gefahren, die südlich von Berlin einen kleinen Hof besaß. Sie würde erst am nächsten Tag zurückkommen, und das war ihm recht so.

25

»Ähem...«, hüstelte KaDeWe nach dem Ende der Vernehmungen, als sich Horstmüller zwei Becken neben ihm daran machte, den dünnen Vernehmungskaffee auszupissen. »Wie ist es denn so gelaufen?«

»Bis jetzt noch gar nicht«, sauigelte Horstmüller und zeigte mit der rechten Hand auf seine linke, die soeben in den Hosenschlitz eintauchte.

»Ähem...«, räusperte sich Wieczorek verschämt. »Also ich höre, wir haben den Rädelsführer nicht gekriegt.«

»Immerhin haben wir seinen Namen und seine Vita. Seine Kumpels halten dicht, aber der Wirt vom ›Grünen Eck‹ hat ihn anhand eines Fotos identifiziert. Stell dir vor – der Staatsschutz hatte zufällig eins da. Die müssen die DDR-Dateien ziemlich fix ausgeschlachtet haben.«

»Läuft denn die Fahndung?«

»Seit einer Stunde. Der Bursche heißt Harald Jäckel. Ist mal wegen eines Überfalls auf eine Kirchenveranstaltung zu drei Jahren verurteilt worden. Genosse Modrow hat ihn wieder ’rausgelassen.«

Horstmüller konstatierte, daß KaDeWe eine unbehagliche Nähe zu ihm suchte. »Du gestattest?« erkundigte er sich mit einem Distanz heischenden Seitenblick und verstaute etwas in seiner Hose.

»Pardon!« hüstelte der Oberrat verschämt.

Leise rieselten dünne Wassergirlanden in die braungekachelte Rinne hinunter, in der entblätterte Zigarettenfilter als friedlicher Konvoi auf den Abfluß zutrieben. Einen Moment lang umschloß die reine Sphäre von Desinfektionsmitteln und Spülsteinduft ihr gemeinsames Schweigen.

»Hör mal, Markus, da ist noch was! Rate mal, wer mich eben angerufen hat.«

Horstmüller dachte nicht daran zu raten, obgleich seine Trefferquote sicher groß gewesen wäre. Stattdessen bearbeitete er den Seifenspender über dem verdreckten Waschbecken mit der Handkante.

»Scheiß Ding!«

»Die Abteilung drei der Senatsinnenverwaltung wollte wissen, was Sache ist. Ich habe denen natürlich mitgeteilt, daß die Ermittlungen auf Hochtouren laufen.«

»Na ja, stimmt doch!«

»Na gut, aber spätestens morgen wird sich die Presse auf den Fall stürzen«, klagte Wieczorek. »Ich seh' schon die Schlagzeilen vor mir: ›*Das Ende einer Liebe: Neo-Nazis lynchen russische Offiziersfrau*‹. Hör mal, Markus! Wir müssen jetzt ganz hart am Ball sein! Wir brauchen möglichst rasch Erfolge!«

Horstmüller hatte dem Seifenspender einen dünnen, zähflüssigen Faden abgetrotzt und wusch sich ungerührt die Hände.

Ganz hart am Ball sein! Er war überzeugt davon, daß der geheimnisvolle Anrufer aus der Senatsinnenverwaltung Wieczorek diese Worte souffliert hatte. Der Handfön sprühte eine Funkengarbe und gab einen dünnen Furz von sich. Dann herrschte wieder Ruhe. Horstmüller kramte ein Taschentuch hervor.

»KaDeWe! Ich kenne dich lange genug. Da ist doch was im Busch…«

»Tja, wir sollen morgen mit dem Staatsschutz zusammen eine …ähem…Pressekonferenz machen. Die sind ganz wild darauf, ihre Beutestücke aus der Weitling-Straße zu präsentieren. Eine Kalaschnikow, Totschläger, Flugblätter und Gasrevolver – damit werden sie ganz schön Eindruck schinden. Glaubst du, daß wir bis dahin auch schon was zum Vorzeigen haben?«

»Tja«, orakelte Horstmüller und trat einen Schritt zur Seite, um KaDeWe ans Waschbecken zu lassen. »Vielleicht liegen wir ja mit der Nazitruppe völlig schief.«

Wieczorek starrte ihn an, als habe man ihm die Berlin-Zulage rückwirkend bis 1968 gestrichen.

»Aber es paßt doch alles zusammen, die Tatzeit, der Überfall…«

»Vera Tozkaja hat am Tatort offensichtlich auf jemanden gewartet. Glaube ich jedenfalls. Und mit den Jungnazis wird sie ja wohl nicht verabredet gewesen sein.«

Wieczorek musterte den Hauptkommissar skeptisch.

»Was willst du damit sagen?«

Horstmüller hielt ihm die Tür auf.

»Daß der Fall alles andere als sonnenklar ist. Wenn die Vernehmungen keine schlüssigen Indizien erbracht haben, stekken wir in einer Sackgasse und können froh sein, wenn das die Presseheinis morgen nicht schnallen.«

KaDeWe legte seine Stirn in sorgenvolle Falten:

»Siehst du denn einen plausibleren Ansatzpunkt?«

»Ich weiß noch nicht genau. Ich werde mal den früheren Arbeitgeber dieser Tozkaja checken. Und Gabler sollte sich ihren Mann noch mal vornehmen. Soweit ich weiß, haben die Russen ein feuriges Gemüt und sind für ein blutrünstiges Eifersuchtsdrama immer gut.«

KaDeWe nickte zustimmend und gab damit zu erkennen, daß sich auch seine Vorstellungen von der Natur der russischen Seele aus Filmepen wie »Dr. Schiwago« speisten. »Liebesgrüße aus Moskau« hatte er auch gesehen.

»Was den Arbeitgeber der Russin anbelangt, hast du da schon etwas herausgefunden?«

»Ein Import-Export-Unternehmer. Hat die Tozkaja als Übersetzerin angeheuert.«

»Und was ist das für ein Typ?«

Horstmüller gähnte.

KaDeWe hatte Gelegenheit, einen Blick auf das rosa Zäpfchen im Rachen seines Unterstellten zu werfen.

Dann ließ sich der Hauptkommissar zu einer Antwort herab: »Ein Nobody aus Schwaben. Hat sich vor ein paar Monaten in Berlin niedergelassen. Rainer Blechl heißt der Mann.«

26

Kurz nach elf verließ Gabler die Polizeidirektion. Es nieselte, aber nachdem er zum ersten Mal die frische Luft in seine Lunge gepumpt hatte, entschloß er sich, den Wagen stehen zu lassen und mit der S-Bahn nach Hause zu fahren. Ein Spaziergang würde ihm helfen, die Gehirnzellen auszulüften. Daheim erwartete ihn die Gesellschaft des Fernsehers und einer Flasche Bier. Beides lief ihm nicht davon. Er vergrub die Hände in den Taschen und marschierte den Kurfürstendamm entlang, Richtung Bahnhof Zoo.

Karaseck hatte schließlich geplaudert, als sei er zu einer Cocktailparty eingeladen: Seit dem Überfall war Jäckel in der Weitling-Straße nicht mehr aufgetaucht. Seine Kameraden hatten das gelassen hingenommen – Jäckel war ein Steppenwolf, der es liebte, tage- und nächtelang durch die Stadt zu streifen. Gelegentlich bezog er bei Freunden im Westteil Quartier, für eine Nacht oder zwei, und auch in Nauen und Oranienburg kannte er Kameraden, die ihn jederzeit aufnahmen. Karaseck hatte gesehen, wie Jäckel in dem Wäldchen verschwand, das der Kaserne gegenüber lag. Er gab an, das Eiserne Kreuz schon einmal bei Jäckel gesehen zu haben. Andere

Mitglieder der Gang waren ebenfalls im Besitz dekorativer Ehrenzeichen aus der Zeit des 2. Weltkrieges, aber keiner von ihnen besaß ein Eisernes Kreuz zweiter Klasse. Schließlich hatte Gabler von Karaseck einen Tip bekommen, wann und wo Jäckel das nächste Mal aufkreuzen würde!

Die Tür eines sündhaft teuren Restaurants öffnete sich und spuckte die Herbstkollektion von Carlo Colucci aus. Der Ärmel eines Mantels streifte Gabler, eine Mischung exotischer Düfte: Seine Nasenflügel reagierten mit einem närrischen Beben.

An der Gedächtniskirche präsentierten die Verzweifelten und Ausgestoßenen ihre allabendliche, von Alkohol und Drogen inspirierte Show. Mit Betäubungsmittel-Konsumenten hatte er im Dienst genug zu tun, also schlug er einen Bogen um sie, wie die Mehrzahl der Passanten auch.

Von der Plattform des Bahnsteigs aus bot sich ihm ein exklusiver Blick auf die Lichtgestalt der heillosen Stadt: Männer trabten in schamloser Einsamkeit in die hell erleuchteten Sex-Läden, Neurotiker führten ihre Ängste spazieren, vermögende Geschäftsleute ihre zwanzig Jahre jüngeren Frauen. Wie immer, wenn er darüber nachdachte, kam es ihm wie ein Wunder vor, daß diese unbekannte Stadt, dieser von einer fremden Rasse bevölkerte Dschungel seit kurzem sein Arbeitsplatz war.

Die S-Bahn in Richtung Erkner fuhr ein. Gabler spürte die Fahne eines routinierten Wirkungstrinkers in seinem Nakken und flüchtete sich in das Innere des Abteils.

Während der Fahrt beobachtete er vor der blauen Folie des Abends das Spiegelbild einer jungen Frau. Sie las Tschechow. Ihre Augen waren blau, ihr Gesicht schien gezeichnet von einer klaren, geduldigen Güte, die ihm einen schmerzhaften Stich versetzte.

Das Gesicht einer Madonna. Er überlegte, wie ihre Stimme klingen mochte, und wußte, daß er sie nie hören würde.

Am Bahnhof »Tiergarten« stieg sie aus.

Dann perlten plötzlich Akkordeon- und Geigenklänge

durch das S-Bahnabteil, ein kleiner Rumänenjunge, vielleicht der Enkel eines der beiden graubärtigen Musikanten, streckte Gabler die Coca-Cola-Büchse mit dem Geldschlitz entgegen. Der Junge hatte große braune Augen und ein schmutziges Gesicht. Gabler gab ihm ein Zwei-Mark-Stück und wurde rot dabei.

Unter den Klängen eines melancholischen Tangos überquerte der Zug die dunkle Zone des Niemandslandes. Gabler ertränkte seine Sehnsucht im schwarzen Wasser der Spree.

27

Kalt, kalt, kalt.

Die Uhr ging auf zehn.

Wiesenbrink fror, obwohl er betrunken war wie ein Stint. Was immer das sein mochte – ein Stint.

Kalt, kalt, kalt...

Zwei Stunden lang hatte er die Rechnung seines Lebens aufgemacht. Was unter dem Strich herauskam, war ein inflationärer Fehlbetrag. Alles umsonst, befand Wiesenbrink. Ich, Bürgermeister Willi Wiesenbrink, Eiterbeule am Leib der Partei, Plaque auf dem lächelnden Antlitz der Welt, Buchhalter meiner eigenen Erbärmlichkeit, erkläre meinen Konkurs!

Neben der Schnapsflasche lag eine Bibel, zwischen seinen Beinen die Schrotflinte seines Vaters.

Laß die zuschanden werden, die mich verfolgen, und nicht mich, las Wiesenbrink, nachdem er das Buch an einer x-beliebigen Stelle aufgeschlagen hatte. *Laß sie erschrecken, und nicht mich. Laß den Tag des Unheils über sie kommen und zerschlage sie zwiefach!*

Wiesenbrink lächelte trocken. Er legte das Jagdgewehr beiseite, taumelte auf den Sekretär zu und entnahm ihm ein ledergebundenes Tagebuch. Aufstieg und Fall des Bürgermeisters von Baltimore, dachte Wiesenbrink und wog das schmale Heft in seiner Hand, die Chronik seines Scheiterns.

Er durchblätterte es angeekelt, warf es schließlich auf den Schreibtisch und ließ sich wieder in den Sessel fallen.

Dann entsicherte er das Jagdgewehr. Er probierte aus, wie es sich anfühlte, wenn er die Mündung in den Mund nahm. Der Geschmack erinnerte ihn an Ölsardinen. Auf dem Hof erstarb ein Motorgeräusch, eine Autotür schlug zu. Wiesenbrink nuckelte an der Mündung, spielte mit der Zunge in der rauchigen Höhlung des Laufes und dachte dabei an etwas Obszönes.

Dann überkamen ihn Schuldgefühle, weil er an seine Frau denken mußte. Was mochte sie wissen von dem, was in ihm wirklich vorging? Seit Monaten redeten sie miteinander, als stünden sie an zwei verschiedenen Ufern eines tosenden Flusses. Wann war ihr zum ersten Mal bewußt geworden, daß er ihre stumpfe Haut nicht mehr berühren mochte, ihr eindimensionales Gerede nicht mehr ertragen konnte? Und hatte sie die Zeichen zu lesen verstanden: seine Wortkargheit und Müdigkeit, die Phasen der Hochstimmung, die er mit seinem wachsenden Einfluß bei den Potsdamer Parteifreunden erklärte, den fremden Geruch, den er mit sich trug wie eine Trophäe? Ahnte sie nicht, daß sie längst ersetzt worden war durch eine andere Frau, daß seine unzähligen Dienstfahrten immer mehr einer Flucht zu ähneln begannen, die ihn erst in einer kleinen Ostberliner Neubauwohnung zur Ruhe kommen ließ?

Das Schlagen einer Tür schreckte ihn auf.

Er setzte den Lauf wieder ab, lauschte auf die Schritte, die sich auf der Treppe seinem Arbeitszimmer näherten.

Ihm blieb nicht mehr viel Zeit, sich zu entscheiden.

28

Es war Nacht in Baltimore/BRD.

Ein bleicher Mond lugte voyeuristisch durch einen Spalt in den Wolken und begleitete einen einsamen Zecher auf seinem Weg nach Hause.

Walter Matzmohr hatte eine zweite Flasche Nordhäuser zu sich nehmen müssen, um die Ereignisse des Tages verarbeiten zu können: den Tumult im Gasthof, das mysteriöse Zusammentreffen des Bürgermeisters mit der Sparkassinchefin an Blechls Bungalow. Warum der Wiesenbrink dem Westunternehmer auf die Bude rückte, war ja verständlich, aber was wollte die Sommer bei ihrem Kunden? Vielleicht war ja am Ende doch etwas dran an den Gerüchten, die wissen wollten, daß Erika Sommer und Rainer Blechl…

Matzmohr kicherte in sich hinein.

In den meisten Häusern war es bereits dunkel. Nach wie vor ging man in Baltimore früh zu Bett.

Wie es wohl in jenem anderen Baltimore aussehen mochte, jenseits des Atlantik?

Matzmohr setzte sich auf die Grasnarbe, die den Gehweg zierte, und lehnte sich mit der Schulter gegen einen Kilometerstein, um in Ruhe über diese Frage nachdenken zu können. Er nahm einen Schluck aus der Flasche, schloß die Augen, öffnete sie wieder und glaubte plötzlich auf ein Lichtermeer herabzublicken, das sich zu seinen Füßen ausbreitete – ein Talkessel, eine gewaltige Arena voller Licht, warm und glühend wie lebendiges, pulsierendes Gewebe, überwölbt von einem blauschwarzen fremden Himmel. Walter Matzmohr hörte fernes Autohupen, Musik und Gelächter, eine ferne Klangkulisse, unwirkliche, fast zarte Laute… Dann ein berstendes Geräusch…

Er wachte auf und stellte fest, daß ihm die Flasche entglitten war und klirrend über den Bordstein rollte. Er hechtete ihr hinterher, um zu retten, was zu retten war – eine kümmerliche Neige. Benommen blinzelte er in die Dunkelheit. Er hatte keine Ahnung, wie spät es war – die alte Kirchturmuhr stand seit Jahren still. Baltimore schien sich endgültig zur Ruhe gebettet zu haben, nur im Haus des Bürgermeisters brannte noch Licht. Vor dem Haus parkte ein Wagen, der in dieser Gegend nicht besonders häufig war – ein taubenblauer Audi 100.

29

KaDeWe warf einen entnervten Blick auf die Batterie Mikrofone, die ein Rudel emsiger Funkleute vor ihm aufgebaut hatte. Seine Augen brannten, er hatte gestern zu lange in den Akten gelesen und dann kurz und schlecht geschlafen.

Die Pressekonferenz war besser besucht, als ihm lieb sein konnte. Sensationen hatte er nicht zu verkünden. Die Ermittlungsergebnisse im Fall »Vera Tozkaja« waren dünn gesät, auch wenn die Papierberge, die sich vor ihm auf dem Tisch türmten, eine andere Sprache zu sprechen schienen.

Er schaute auf die Uhr – noch zwei Minuten.

Die Kamerateams hatten ihre Stative im Halbkreis aufgebaut und stürzten sich nun auf die verbliebenen Kaffee- und Keksvorräte. Vor den Ruinen der Gebäck-Pyramiden spielten sich Szenen menschlichen Elends ab, die Wieczorek veranlaßten, den Blick schaudernd zur Seite zu wenden.

Aus der Tiefe des Saales tauchten Horstmüller und Gabler auf.

»Arschloch!« grunzte Horstmüller nach dem Zusammenprall mit einem Kameramann, der sich mit seiner speckigen Skimütze voller Bahlsen-Keks auf dem Rückzug befand. »Natürlich – wieder die Privaten!«

Als das erste rote Lämpchen an einer Kamera aufleuchtete, verbannte KaDeWe jeden Ausdruck der Besorgnis aus seinem Gesicht und ersetzte ihn durch eine preußisch-straffe Haltung.

Polizeisprecher Hemmerich war mit Lockerungsübungen für seinen nachfolgenden Auftritt befaßt. Er beförderte kleine schleimige Botschaften aus dem Rachenraum in die Mundhöhle und wieder zurück.

KaDeWe hatte eine Eingebung: »Kommissar Gabler! Kommen Sie doch bitte zu uns ins Präsidium!«

Gabler erstarrte wie ein Kaninchen, das die Scheinwerfer eines Lastzuges auf sich zurasen sieht. Ein Dutzend Kameras folgte dem Ost-Kommissar auf seinem Weg auf den Olymp.

»Hmhm«, räusperte sich der Sprecher Hemmerich erneut.

»Kriminaloberrat Kronsfoth, Inspektionsleiter der Arbeitsgruppe Rechtsextremismus beim Politischen Staatsschutz wird Ihnen zunächst eine kurze Zusammenfassung der Geschehnisse von gestern abend geben.«

Kronfoth erging sich in einer blumigen Schilderung des SEK-Einsatzes, die stilistisch etwa zwischen dem spätviktorianischen Roman und »Jerry Cotton« anzusiedeln war; in der Endphase nahm er deutliche Anleihen bei den fünf Büchern Mose.

Horstmüller hatte sich irgendwo in der letzten Reihe aufgebahrt. Die Hände über dem Bauch gefaltet, die rechte Braue leidend abgewinkelt, verfolgte er den Fortgang der Ereignisse.

»Erste Ermittlungsergebnisse«, so führte Kronsfoth soeben aus, »beweisen, daß mehrere Einwohner des Hauses in Straftaten verwickelt sind: Körperverletzung, unerlaubter Waffenbesitz, Einbruch und schwere Sachbeschädigung. Inzwischen konnte der Mehrzahl der Besetzer die Beteiligung an dem gemeinschaftlichen Überfall auf die Kaserne in Karlshorst nachgewiesen werden.«

Kronsfoth hatte das typische Kudamm-Oufit: gestylte Hornbrille, Studiobräune und handkolorierte blaue Augen. Sein Einreiher im V-Schnitt mit Paspeltaschen stammte nicht von der Stange. Daß er sich durch die Ausdünstungen von Gablers ordinärem Rasierwasser belästigt fühlte, ließ er sich nicht anmerken.

»Wie Sie bereits wissen, wurde in unmittelbarer Nähe des Militärobjektes die Leiche einer jungen Frau aufgefunden. Es handelt sich um die Ehefrau eines russischen Offiziers, der in Karlshorst stationiert ist. Vera Tozkaja, 32 Jahre. Wir haben keinen Zweifel daran, daß ihr Tod gewaltsam herbeigeführt wurde. Und zwar etwa zeitgleich mit dem Überfall auf die Kaserne!«

»Wie ist die Frau umgekommen?«

Eine kleine Atempause hatte einem Journalisten gereicht, um die erste Frage abzuschießen.

»Dazu möchte ich nichts sagen. Umstände, die nur dem

Täter bekannt sein können, halten wir in Fällen wie diesem gewöhnlich zurück.«

»Sie meinen also, der Tod dieser... Tozkaja geht auf das Konto der Rechtsradikalen?«

Kronsfoth dachte kurz nach und übergab das Wort an KaDeWe.

»Ähem, naja. Dazu liegen uns bislang nur bedingt gesicherte Erkenntnisse vor. Unter Berücksichtigung aller zur Zeit herbeiziehbaren Ermittlungsergebnisse scheint ein Zusammenhang jedoch nicht unwahrscheinlich.«

»Könnte nicht auch die russische Mafia ihre Hände mit im Spiel haben ?« fragte der »EXPRESS«.

»Darauf deutet momentan kaum etwas hin.«

»Was heißt ›kaum etwas‹?«

»Nichts!« verbesserte sich Wieczorek. »Darauf deutet nichts hin! Zum gegenwärtigen Zeitpunkt erscheint es sinnvoll, die weiteren Ermittlungsergebnisse abzuwarten. Vielleicht kann ja unser Ostberliner Kollege gleich noch etwas dazu sagen...«

Gabler zuckte zusammen. Diesmal schien es ernst zu werden. Er räusperte sich. Wie sollte er anfangen?

Kronsfoth nahm ihm das Problem ab.

»Von meiner Seite vielleicht noch folgendes: Der Rädelsführer der Rechtsradikalen ist flüchtig. Es handelt sich um den Ostberliner Harald Jäckel, 26 Jahre. Einschlägig vorbestraft.«

»Ist die Frau vielleicht vergewaltigt worden?« jibberte der »EXPRESS«.

»Die gerichtsmedizinische Untersuchung hat keine Anhaltspunkte dafür erbracht«, erklärte KaDeWe.

»Unsere Leser würde interessieren, wie sie sich gegen die Übergriffe von Straßengangs schützen können«, behauptete die »Berliner«.

»Sie sprechen das Phänomen der in Banden organisierten links- und rechtsradikalen Jugendlichen an«, stellte Polizeisprecher Hemmerich fest.

Der Reporter der »Berliner« nickte, erfreut über soviel Verständnis.

»Ja, vielleicht könnten Sie noch mal, Herr Kronsfoth?«

Der Mann von der AG Rechtsextremismus sammelte sich. »Ahäm… ein schwieriges Problem. In der Tat bereitet uns das Phänomen linker und rechter Gewalttäter zunehmend Sorgen. Zumal im Ostteil der Stadt. Trotz der sukzessiven Durchmischung des Personalbestandes mit erfahrenen Beamten aus Westberlin sind die Kollegen dort vielfach schlechthin überfordert…«

Das »Neue Deutschland« meldete sich zu Wort: »Meinen Sie etwa, daß die diskriminierenden Fragebogenaktionen…«

»Ich hatte mich früher gemeldet!« mischte sich die »TAZ« ein, »ist es nicht so, daß der rechtslastige Polizeiapparat…«

»Bleiben wir doch beim Thema!« beschwerte sich die »Welt«. »Tatsache ist doch, daß immer noch Dutzende Stasi-Leute…«

»Ja, aber…«, insistierte die »Berliner«, »meine Frage!«

»Aja«, nahm Kronsfoth das Zuspiel an. »Es geht um die Sorgen unserer Berliner! Dazu kann ich Ihnen eines ans Herz legen: Besuchen Sie unsere kriminalpolizeilichen Beratungsstellen am Platz der Luftbrücke beziehungsweise am Ostberliner Alexanderplatz! Fachkompetente Spezialisten mit ähm… hoher Fachkompetenz werden dort mit Rat und Tat…«

Die Kameraleute drehten sich nach ihren Redakteuren um.

Sollen wir das Gelaber drehen?, fragten ihre Augen. Ein halbes Dutzend Redakteure schüttelte entsetzt den Kopf.

Lediglich der Autor eines satirischen Fernseh-Magazines nickte begeistert.

30

Als Horstmüller vom Mittagessen zurückkam, war Gabler damit befaßt, eine 3-Mark-Pizza aufzubrechen, die aussah, als hätte er sie gebraucht gekauft. Neben der Pizza lag das Vernehmungsprotokoll »Karaseck«.

Horstmüller rümpfte angewidert die Nase.

»Mensch, Gabler – wie können Sie sowas nur essen!«

Der Vorgang erinnerte ihn an seine Schulzeit – in der achten Klasse hatte er einmal einen Hamster sezieren müssen.

Gabler warf ihm einen giftigen Blick zu.

»Ich kann es mir nicht leisten, jeden Tag in der Kneipe zu essen.«

Das Wort »Kneipe« ließ Horstmüller zusammenzucken. Nach einem letzten Blick auf die verschlungenen Innereien der Pizza (Hamsternierchen, Hamsterherz, Hamstergedärm) griff er panikartig in ein Fach seines Schreibtisches, in dem er eine Flasche »Henessy« aufbewahrte. Für besondere Anlässe. Er trank gleich aus der Flasche.

»Wissen Sie was, Gabler«, erklärte er aufstoßend, »wir sollten eine Verabredung treffen. Setzen Sie mich doch rechtzeitig davon in Kenntnis, wenn Sie wieder einmal vorhaben, sich Ihr Mittagessen aus der Gerichtsmedizin zu holen. Ich werde dann beizeiten einen Flug nach Grönland buchen.«

Gabler schaute verdutzt auf. Horstmüller schien es ernst zu meinen. Er schüttelte den Kopf und machte sich wieder über seine Pizza her.

»Übrigens«, warf Horstmüller ein, »Ihr Auftritt auf der Pressekonferenz – also ich muß schon sagen: Gaaanz souverän!«

Gabler lief rot an. Das Plastikmesser brach ab, ein Happen von ketchupgetränktem Hefeteig schlidderte über das Protokoll.

»Scheiße! Verarschen kann ich mich allein!«

»Nicht doch«, heuchelte Horstmüller. »Ich meine, wie Sie diesen ganzen Schwachsinn so gelassen an sich abprallen ließen – da spürte man den Profi!«

Nachdem Gabler mit dem Stumpf des Messers den Teigbatzen aus dem Ordner gekratzt hatte, sah er aus, als hätte jemand einen Matjeshering als Lesezeichen benutzt.

»Hätte ich mich an diesen idiotischen Spekulationen beteiligen sollen? Überhaupt ist das eine Wahnsinnsidee, in diesem Stadium der Ermittlungen die Medien zusammenzutrommeln. Eine Pressemitteilung hätte es auch getan.«

Er entfernte einen Restposten Champignons.

Horstmüller hörte das Schaben des Messerstumpfes und bemühte sich, den Kalender der Polizeigewerkschaft im Auge zu behalten. Er verspürte keine Lust auf eine Wiederbegegnung mit den überbackenen Zucchini, die er vor einer halben Stunde in seinem Lieblingsrestaurant genossen hatte.

»Wie sieht eigentlich Ihre Version der ganzen Geschichte aus?« fragte er, um sich abzulenken.

Gabler stocherte nachdenklich auf seinem Pappteller herum.

»Es ist ein Wunder, daß die beiden Soldaten nicht umgekommen sind. Diese Chaoten schlagen zu, ohne nachzudenken.«

»Und was schließen Sie daraus?«

»Die junge Frau ist vermutlich mit dem Hinterkopf gegen einen Baum geschlagen worden. Ein oder zwei Mal. In jedem Fall sehr heftig. So was hätten die Jungs ganz nebenbei erledigen können.«

»Sie wissen, daß zu einem Mord auch ein Motiv gehört?«

»Warum gehen Sie nicht als Dozent an die Polizeischule?«

»Wie war das gleich – habe ich die Leitung der Ermittlungen oder Sie?«

Horstmüller grinste voller Häme.

Gabler lief rot an.

»Der Untersuchungsführer sind Sie…«, erklärte er überflüssigerweise.

Horstmüller nickte beifällig. Er hatte zwar nicht studiert wie dieser junge Schnösel aus dem Osten, aber dennoch würde er sich von ihm nicht dämlich kommen lassen.

»Also, wie war das mit dem Motiv?«

Der Ostberliner kochte vor Wut.

»Vera Tokaja war Russin. Russen sind Ausländer und von denen gibt es zu viele. Die Deutschen sind ein Volk ohne Raum. Und sie war eine Zeugin. Ist das kein Motiv?«

»Eine Zeugin?«

»Die Skins, die durch das Wäldchen türmten, dürften nicht mehr vermummt gewesen sein!«

Horstmüller lächelte herablassend.

»Das ist doch alles Humbug! Da gibt Ihnen ein Vorgesetzter den Parteiauftrag ›Nazis verfolgen‹ und Sie schnüffeln wie ein treudoofer Pinscher einer Spur nach, die so kalt ist, daß Ihnen die Eier abfrieren.« Er tippte sich gegen die Stirn. »Selber denken, Mann! Die Zeiten haben sich geändert.«

Gabler lief rot an. Plötzlich schaukelte ein Plastiktütchen mit einem metallisch funkelnden Gegenstand vor Horstmüllers Augen.

»Was ist das?« fragte Horstmüller trocken.

»Ein EK-Zwo.«

»Ich seh selber, daß es kein Vaterländischer Verdienstorden ist. Wo haben Sie das her?«

»Ich habe es am Tatort gefunden. Keine 20 Schritt von der Leiche entfernt. Ein russischer General stand mit dem Stiefelabsatz drauf.«

»Hm.«

»Der Wirt vom ›Grünen Eck‹ hat zu Protokoll gegeben, daß Jäckel ein Hundehalsband mit einem EK-Zwo trug.«

»Klingt alles ein wenig simpel!«

Gabler dachte an die Wohnung in der Lüneburger Straße und die mit dem Küchenmesser verstümmelte Freundin des Tierwärters.

»Neunzig Prozent aller Tötungsdelikte sind ›simpel‹. Ein Säufer vermöbelt seine Frau und irgendwann, lange nachdem sie aufgehört hat, sich zu wehren, stellt er fest, daß sie nicht mehr atmet. Ein Penner erschlägt den anderen wegen einer Flasche Schnaps. Ein Skinhead betritt ein S-Bahnabteil und zwei Minuten später liegt ein Mann auf den Gleisen, den er nie zuvor gesehen hat. Seit wann ist Totschlag Ausdruck höherer Intelligenz? Haben Sie mal einen Blick in die Akte von diesem Jäckel geworfen – er hat als Siebzehnjähriger drei Besucher eines Punkkonzertes in der Zionskirche krankenhausreif...«

»Ich habe meine Schulaufgaben gemacht. Und die drei Jahre Knast scheinen ihm nicht besonders bekommen zu sein.«

»Scheint so«, knurrte Gabler. Er wies auf das mit Ketchup und Öl beschmierte Protokoll. »Wenn es stimmt, was mir Karaseck gesagt hat, greife ich mir den Jäckel heute abend!«

»So?«

»Karaseck meint, daß er heute im ›Leichenkeller‹ aufkreuzen wird – 'ne rechte Szenekneipe in Neukölln.«

Horstmüller stand nachdenklich auf und trat an das Fenster. Selbst die kleine Kaktee auf der Fensterbank hatte seinen Urlaub nicht überstanden. »Wenn Schorn noch da wäre, wäre das nicht passiert!« monierte er.

Betrübt musterte er die gelbliche Mumie der *Lobivia boliviensis.* »Sagen Sie mal, Gabler, woher wissen Sie denn, daß das Eiserne Kreuz dem Jäckel gehört? Sind seine Fingerabdrücke drauf?«

»Es sind überhaupt keine Fingerabdrücke drauf. Es lag eine Nacht im Schlamm, und dann ist dieser cholerische General darauf rumgetrampelt.«

Horstmüller grinste. »Ein tolles Beweisstück! Übrigens sollten Sie es lieber in die Asservatenkammer geben, anstatt damit durch die Gegend zu spazieren. Es wird Ihnen noch abhanden kommen.«

Er schickte ein stilles Gebet zur Zimmerdecke und beerdigte die Kaktee im Papierkorb.

»Naja!« faßte er sein Gespräch mit Gabler vieldeutig zusammen. »Dann werde ich mal die Firma der Toten unter die Lupe nehmen. Dafür hatten Sie offensichtlich bislang keine Zeit. Aber Sie können sich ja heute abend mit Ruhm bekleckern, indem Sie den Jäckel festsetzen. Am besten, Sie ordern gleich ein paar Streifenwagen. Für den Fall, daß wir mit den Leuten knapp sind, sollten Sie ein Bataillon BGS anfordern. Bislang durften die ja hier in Berlin nicht rumturnen, aber inzwischen macht der Innenminister vielleicht schon mal 'ne Ausnahme!«

31

Blechl haßte Krankenhäuser. Er haßte das quietschende Geräusch, das seine Schuhsohlen auf dem gebohnerten Linoleum erzeugten. Er haßte die Patienten, deren leidende Blikke ihm zwischen den Schulterblättern klebten. Er haßte den Geruch des Essens, der aus der kleinen Stationsküche drang...

»Jetzt ist aber keine Besuchszeit!«

Das junge, blonde Ding war aus dem Schwesternzimmer aufgetaucht. Gar nicht mal so übel, stellte Blechl fest. Wenn sich das Aschenputtel mal richtig 'rausputzen würde!

»Seien Sie doch nicht so streng, Schwester!« Er versuchte es auf die nette Tour. »Ich habe mich heute früh um vier auf die Socken gemacht, um meinen alten Freund Wiesenbrink zu sehen. Acht Stunden Autobahn, davon zwei Stunden gleich hinter Düsseldorf im Stau; ich bin fix und fertig. Und am Nachmittag habe ich dann schon den nächsten Termin in Frankfurt. Frankfurt am Main natürlich. Ich weiß nicht mal, ob ich meinen Flieger rechtzeitig kriege.«

»Aber der Bürgermeister hatte gerade erst Besuch von seiner Frau. Im übrigen ist er nur ab und an bei Bewußtsein. Eigentlich sollte er völlige Ruhe haben!«

»Natürlich«, sagte Blechl pastoral. »Ich will ja auch gar nicht mit ihm reden. Nur eine Minute bei ihm sein und ihm die Hand halten. Wissen Sie, der Willi hat mir mal das Leben gerettet, bei einer Bergwanderung in den Alpen, und in dieser schweren Stunde...«

Ein feuchter Schimmer erschien in seinen Augen.

»Na gut«, gab sie nach. »Aber nur zwei Minuten!«

Blechl lächelte dankbar. Dann legte er seine Stirn augenblicklich wieder in sorgenvolle Falten:

»Sagen Sie, Schwester, wie konnte es nur zu diesem schrecklichen... Unfall kommen? Ich war ja völlig konsterniert, als ich davon hörte.«

Die junge Frau blickte sich sichernd um.

»Eigentlich darf ich ja darüber nichts sagen, aber unser Stationsarzt meint, daß der Bürgermeister sich sozusagen im Vollrausch das Leben nehmen wollte. Vielleicht hat er es sich ja in letzter Sekunde noch überlegt, oder ihm ist einfach nur die Waffe entglitten... jedenfalls hat ihn die Ladung am Hinterkopf erwischt.«

»Soso!« Blechl nickte nachdenklich. »Was sagt denn der Bürgermeister selbst zu der ganzen Geschichte?«

»Ich sage Ihnen doch, der Mann ist völlig benommen. Er war bis jetzt nur zwei, drei Mal bei Bewußtsein und hat immer nur ganz wenige Worte gesprochen. Ich glaube fast, er kann sich an nichts mehr erinnern.«

»Tatsächlich nicht?«

»Wenn ich's doch sage!«

Blechl nickte zufrieden, drückte der Schwester warm und dankerfüllt das Händchen und öffnete die Tür zu Wiesenbrinks Zimmer.

Der Bürgermeister schlief. Er hatte die Hände auf den Bauch gefaltet und träumte den trügerischen Traum vom Ruhm. Sein Kopf war ein Kokon aus Mullbinden.

Sieht aus wie ein Überraschungsei, fand Blechl.

Mal schütteln, vielleicht steckt ja was drin!

Wiesenbrink riß entsetzt die Augen auf. Als erstes erblickte er den Tropf, der tanzend wie eine Boje bei Sturm gegen seine Aufhängung schlug. Das Bett schien unter schwerem Seegang zu schwanken. Irgendjemand traktierte ihn mit Ohrfeigen.

»Rainer!« stammelte Wiesenbrink fassungslos.

»Na also!« sagte Blechl. Er öffnete die linke Faust, die sich wie eine Baggerkralle in Wiesenbrinks Nachthemd geschlagen hatte. Das Bett winselte unter dem Aufprall des Kranken.

»Jetzt hör mir mal zu, Dicker. Ich hasse Leute mit schwachen Nerven.«

Die junge Krankenschwester schaute herein und drohte Blechl mit dem Finger: »Nicht zu lange, Herr Blechl! Der Patient braucht absolute Ruhe!«

»Alles klar«, beruhigte er sie. Dann setzte er das Verhör fort: »Wie ist das denn passiert?«

Sein ausgestreckter Zeigefinger wies auf Wiesenbrinks bandagierten Kopf.

Kleine Speichelbläschen zerplatzten auf den Lippen des Bürgermeisters: »Ich weiß nicht. Es ist alles so... trübe. Ich erinnere mich nicht.«

Wiesenbrinks Lider flatterten; seine Augen drehten sich zur Zimmerdecke. Ein krampfartiges Zittern durchfuhr seinen Körper. Das Bettgestell jaulte, erneut begann der Tropf zu tanzen und gegen seine Aufhängung zu schlagen.

»Mein Gott«, schrie eine Krankenschwester.

Blechl zuckte mit den Achseln. Er hatte eine plausible Erklärung für alles: »Die Freude hat ihn umgehauen!«

32

Das Büro der »Internationalen Investitions- und Beratungs-G.m.b.H.« lag in einem maroden Eckhaus in der Nähe des Flughafens Tempelhof. Es schienen Jahre vergangen, seit der Eigentümer einen letzten, halbherzigen Versuch gewagt hatte, zumindest die Substanz des Gebäudes zu retten. Horstmüller schüttelte wissend den Kopf: Das Ganze stank zehn Meilen gegen den Wind nach einem charakterlosen Luxussanierer.

Blechls Operationsbasis nahm zusammen mit einer Zahnarztpraxis und einem Maklerbüro die gesamte erste Etage ein. Das Firmenschild war eine in Schwarz und Gold gehaltene Kriegserklärung an den guten Geschmack. Horstmüller klingelte.

Nach dem vierten Versuch legte er das Ohr an die Tür. Deutlich hörte er Plärren eines Radiogerätes. Für den Nachmittag wurde Regen angekündigt.

Er holte aus und donnerte mit der rechten Faust gegen die massive Eichentür.

Drinnen schien man wach geworden zu sein.

»Moment!«

Horstmüller hatte sich am Morgen rasiert. Der Moment

währte so lange, daß er spüren konnte, wie sich die glatte Oberfläche seiner Wangen allmählich wieder mit Stoppeln bedeckte.

»Was machen die denn da drin – ein Drogenlabor auseinandernehmen?« fragte er sich halblaut.

»Hallo?« rief eine energische weibliche Stimme.

»Hier auch Hallo!« behauptete Horstmüller.

»Hier ist niemand!«

Er war echt verblüfft.

»Spreche ich mit dem Anrufbeantworter?«

»Nein. Hier spricht die Putzfrau!«

Horstmüller massierte den Rücken seiner rechten Hand und kramte in seinem Fundus für witzige Sprüche.

Schließlich sagte er:

»Machen Sie auf. Hier ist die Polizei!«

Ein Schlüssel wurde im Schloß herumgedreht und er blickte in ein markantes Frauengesicht – eine Mischung aus Romy Haag und Brigitte Mira.

»Is' was passiert?«

»Ja, ich hab mir die Hand ruiniert. Warum haben Sie nicht sofort aufgemacht?«

»Ich habe die Anweisung, niemanden hereinzulassen, wenn niemand da ist.«

»Wenn *niemand* da ist?«

Er war erschüttert über das mangelnde Selbstwertgefühl deutscher Putzfrauen.

»Gilt diese Weisung auch für die Polizei?«

Die Frau ging in sich.

Er hatte genügend Zeit, ihren beigen Faltenrock, die kanariengelbe Bluse und den Scheuerlappen in den Farben von Hertha BSC zu bewundern. Ein schrilles Outfit, befand er. Als seine Blicke bei ihren braunen, schiefgetretenen Stiefeln ankamen, war die Frau mit ihren Überlegungen am Ende.

»Woher weiß ich, daß Sie von der Polizei sind?«

Horstmüller zog seine Brieftasche hervor und hielt ihr das aufgeklappte Lederetui vor's Gesicht.

Das entlockte ihr nur ein Lächeln.

»Eine Visakarte habe ich auch!«

Er tippte auf seinen Polizeiausweis.

»Mar…kus…Horst…müller«, buchstabierte sie und meinte dann: »Ein schöner Name. Ich hätte meinen Sohn auch gern Markus genannt, aber mein Mann war mehr für Reginald. Ein Onkel von ihm hieß so, der war Postmeister in Landsberg, das is' heute in Polen…«

Horstmüller schob die Frau beiseite und betrat die Diele.

»Halt! Sie rühren sich nicht vom Fleck!«

In Erinnerung an seinen letzten Schußwechsel verharrte er mitten im Schritt.

Die Putzfrau knallte ihm einen Wischlappen vor die Füße.

»Ich bin gerade fertig mit der Diele. Machen Sie die Schuhe sauber, bevor Sie weitergehen.«

Der Hauptkommissar gehorchte kommentarlos. Seine Folgsamkeit wurde postwendend belohnt.

»Möchten Sie einen Kaffee?«

Noch bevor er verneinen konnte, hatte sie aus einer Thermoskanne eine Tasse dampfender brauner Brühe abgezapft. »Ich heiße übrigens Elisabeth Majikowski.«

Dann heißt ihr Sohn also Reginald Majikowski, überlegte sich Horstmüller. Ein Name für eine Trickfilmfigur!

Elisabeth monologisierte weiter, während Horstmüller, aufmerksam lauschend, die Büroräume in Augenschein nahm. Er erfuhr ohne weitere Zwischenfragen, daß Frau Majikowski seit zwölf Jahren und vier Monaten im gesamten Haus putzte, daß ihr Mann wegen seiner Prostata in Behandlung war, Sohn Reginald(!) seinen neuen Fiat verbeult und Firmeninhaber Blechl am Montagmorgen angekündigt hatte, daß er in den nächsten zwei Tagen nicht im Büro erscheinen werde.

»Das issa!« sagte Elisabeth und wies mit dem Schrubberstiel auf ein Foto, das über einer futuristischen Skyline aus Aktenschränken prunkte. »Der Chef!«

»Oha! Zusammen mit dem Brandenburgischen Landesvater. Wie heißt er doch gleich?«

Elisabeth wußte es auch nicht genau. »Ich glaube, wie so eine ostdeutsche Autobahnabfahrt.«

Er nahm das Bild von der Wand und drehte es um. »Zur Erinnerung an die Grundsteinlegung für das Zukunftsprojekt Baltimore 2000 am 1. Juli 1990. Willi Wiesenbrink, Bürgermeister.«

»Sehr hübsch!« sagte Horstmüller. »Aber seit wann liegt Baltimore in Brandenburg?«

Er verspürte das Bedürfnis, sich zu setzen. Rein zufällig nahm er an Blechls Schreibtisch Platz.

»Es gibt nicht nur ein Baltimore in Brandenburg, sondern auch noch ein Philadelphia und ein Neu-Boston«, klärte Elisabeth Majikowski den Polizisten auf.

»Aja! Das ist ja bemerkenswert! Wird eigentlich nicht gearbeitet, wenn der Chef auf Achse ist?«

»Die Frau Bergmann, das ist die Sekretärin, ist schon weg. Ihr Sohn hat sich in der Kita mit einem Mädchen geprügelt und dabei ordentlich eins vor die Gusche gekriegt – sie mußte mit ihm zum Doktor. Ansonsten gibt es hier nur Teilzeitkräfte – ein Kommen und Gehen, sag' ich Ihnen. Ich bin ganz froh, daß heute niemand da ist. Wissen Sie, bei diesem Sauwetter reicht es, wenn hier einer mit seinen dreckigen Latschen durchmarschiert; schon sieht es aus wie ein Saustall. Ich benutze übrigens nur umweltschonende Putzmittel…«

»Lassen Sie sich durch mich nicht stören, Frau Majikowski. Ich finde schon alleine zurecht.«

Die Putzfrau zog erstaunt die Augenbrauen hoch. Sie überlegte eine Weile, ob sie beleidigt sein sollte, dann griente sie Horstmüller verschwörerisch an.

»Sie haben recht. Man kommt schnell ins Plaudern. Ich hab noch das Klo vor mir. Heute muß pünktlich Schluß sein.«

Ein altes sudetendeutsches Volkslied trällernd zog sich Elisabeth diskret zurück. In der Tür wandte sie sich noch einmal um:

»Aber ich habe Sie hier nicht reingelassen, daß das mal klar ist!«

Horstmüller nickte abwesend und strich dabei zärtlich über das matt glänzende Gehäuse des Computers. Seine Finger fanden automatisch den Power-Schalter. Er konnte der Versuchung nicht wiederstehen. Der Monitor präsentierte ihm ein farbenfrohes Kunstwerk und wünschte ihm einen arbeitsamen Tag...

»Brauchen Sie noch lange?«

Elisabeth Majikowski stand in der Tür. Aus dem zerzausten Kanarienvogel war eine ansehliche Mitfünfzigerin geworden. Ihre Klamotten waren vielleicht nicht gerade der neueste Schrei, der Lippenstift ein wenig ungeschickt aufgetragen, das tellergroße Gehänge am rechten Ohrläppchen eine Nuance überdimensioniert, aber alles in allem machte Elisabeth Majikowski nicht den Eindruck, als wäre sie auf dem Weg zu einem Batikzirkel.

»Donnerwetter!« entfuhr es Horstmüller.

»Ich habe Feierabend!«

Er warf einen Blick auf seine Armbanduhr.

»Das kann nicht wahr sein! Ich sitze schon eine Stunde am Computer?«

»Sie haben nicht mal gemerkt, daß ich Ihnen Kaffee nachgeschenkt habe.«

Horstmüller schenkte ihr ein Lächeln, von dem seine Frau drei Wochen gezehrt hätte. Er zog eine Diskette aus dem Laufwerk, ließ sie in der Jackentasche verschwinden und schaltete den PC aus.

»Ich habe das Ding übrigens nie angefaßt.«

»Sie waren nicht mal im Büro. Ich darf nämlich niemanden reinlassen, wenn niemand da ist!«

Horstmüller grinste komplizenhaft.

»Gehen Sie aus?«

»Ich hab' eine Verabredung im ›Eiszeit‹.«

»Ein Revuetheater? Sowas wie ›Holiday on ice‹?«

»Quatsch. Das is'n Szenekino in Kreuzberg.«

»Und was läuft?«

»Das Kettensägenmassaker von Texas.«

33

Der »Leichenkeller« lag im Souterrain einer stillgelegten Brauerei – ein obskurer Schuppen, dessen Publikum nicht danach aussah, als ließe es sich seine Drinks mit Weihwasser mixen. Bei Einbruch der Dunkelheit nahm Gabler die Jugendbegegnungsstätte unter die Lupe. Er ahnte sehr bald, daß er einen Fehler gemacht hatte. Es war keine gute Idee gewesen, allein hierher zu kommen.

Taktisch gesehen bot der Laden einen entscheidenden Vorteil – er besaß keinen zweiten Ausgang, durch den Jäckel womöglich stiften gehen konnte. Er hatte aber auch einen entscheidenden Nachteil – er besaß keinen zweiten Ausgang, durch den Gabler selbst verschwinden konnte, wenn er erst einmal drin war...

Deprimiert beobachtete er den Einzug der Gäste.

Schwarz und zur Abwechslung auch einmal Tiefschwarz schienen die Farben für diesen Herbst zu sein, die Materialen Leder und Metall. Ein Teil des Publikums schleppte komplette Eisenwarenhandlungen mit sich herum: Stahlketten, dekorative Schlagringe und Helme, wie man sie vor Stalingrad zu tragen pflegte. Eine Couture des Wahnsinns, befand Gabler.

Den frühen Gästen folgten weitere. Blaue Qualmwolken zogen über die Straße. Gegen neun war die menschenleere Seitenstraße mit Motorrädern zugeparkt.

Jäckel ließ sich nicht sehen.

Gabler schlug den Mantelkragen hoch, drückte sich in einen Winkel und begann, sich wie der Mann im Trenchcoat zu fühlen, der in Spielfilmen gewöhnlich durch einen Schlitz in der Jalousie ausgespäht wird. Er leistete sich die Gesellschaft eines Eukalyptusbonbons und betrachtete die trostlose Kulisse der Straßenzeile: Fabrikgebäude, Lagerhallen, ein einsames Mietshaus mit einer verblichenen Waschmittelwerbung aus den 50ern. Die kreisrunden Spots der Laternen warteten auf den Auftritt eines verirrten Stars, der nie erscheinen würde; eine alte Frau zeigte ihrem strubbeligen Pudel die große, weite Welt. Sie schlurfte brabbelnd an Gabler vorüber, ohne ihn zu bemerken. Wie auf Anweisung eines unsichtbaren Regisseurs legte sich ein fein gesponnenes Regennetz über die Szenerie; wenn sich die stählerne Eingangstür des Rocker-Clubs öffnete, spiegelte sich rotes Neon-Licht auf dem nassen Pflaster wieder. Dazu hätte ein melancholisches Bandonion-Solo gepaßt, ein klagender, todtrauriger Wohlklang, der selbst die Seele eines stahlharten Polizisten anzurühren vermag. Statt dessen reduzierten sich die akustischen Botschaften aus dem »Leichenkeller« auf das Sägen einer elektrischen Gitarre und das dumpfe Dröhnen der Bässe. Das Ganze klang ungefähr wie die Pogoversion des Deutschlandliedes.

Gabler seufzte. Szenen wie diese hätte er lieber in einem gutgepolsterten Kino-Sessel genossen, eine Tüte Erdnüsse auf den Knien und eine Frau an seiner Seite, die einen Nerv für Schwarz-Weiß-Filme und einen guten Plot hat. Simona zum Beispiel.

Simona!

Er geriet ins Träumen.

Welch merkwürdige Veränderungen waren mit dieser Frau vorgegangen, seit sie die beliebte Drei-Städte-Reise Berlin-Budapest-Gießen gebucht hatte. Das Leben im Westen schien ihr zu einer neuen Identität verholfen zu haben, mühelos war sie in ihr neues Image geschlüpft: Gutaussehende Karrierefrau mit 1-A-Aufstiegschancen.

Was war von der kleinen Laborantin geblieben, die ihn auf den Ringermatten der Ascherslebener Polizeischule in die Geheimnisse des Sex eingeweiht hatte?

Einen seligen Augenblick lang umfächelte ihn die Erinnerung an den Leder- und Schweißgeruch, den die Matten und das Turnhallenparkett ausgestrahlt hatten – ein Baldachin strenger Düfte.

Simona war der Traum eines halben Hunderts Polizeischüler gewesen, deren Werben so vergeblich blieb wie die preußische Belagerung von Olmütz. Gabler hatte nie herausgefunden, warum sie ausgerechnet ihn mit ihrer Liebe geadelt hatte.

Er besann sich ohne Mühe auf das seltsame Gefühl zweifacher Befriedigung, das er verspürt hatte, als er nach dem Beischlaf ihren Schweiß und den seiner Konkurrenten roch. Sie hatten ihre Ausdünstungen während hunderter Wettkämpfe in das Leder der Ringermatten geknetet und waren so unsichtbar mit anwesend, als er über Simona herfiel wie ein ausgehungerter tartarischer Krieger.

Damals in der Sporthalle der Polizeischule…

Der Einlasser trat vor die Tür, um ein bißchen frische Luft zu schnappen. Er kaute gelangweilt an seinem Schnauzer; seine nackten Oberarme glänzten ölig in der Dämmerung. Der Mann machte nicht den Eindruck, als hätte er im »Leichenkeller« eine ABM-Stelle als Sozialhelfer. Gelangweilt ließ er seinen Blick in die Runde schweifen – ein seelenloser Radar, dem nichts entging.

Gabler verdrückte sich hinter seine Hausecke. Er war sich nicht ganz sicher, ob der Glatzkopf seinen vorläufigen Dienstausweis als Club-Karte akzeptieren würde. Wenn es sich vermeiden ließe, würde er auf eine Unterredung mit diesem Herrn gern verzichten, von einem Ausflug in das Innere des Heavy-Metall-Reaktors ganz zu schweigen.

Zwei nicht sonderlich unterhaltsame Stunden gingen ins Land. Gabler hatte genug Zeit, ausgiebig über Horstmüllers permanente Frotzeleien und ein stumpf glänzendes EK-Zwo nachzudenken.

34

Horstmüller mochte den Geruch alter, von Geschichten erfüllter Häuser. Häuser mit geheimnisvoll knarrenden Dielen, mit Wundmalen im feucht gewordenen Verputz und klobigen Eichenholztüren, die nicht bei jedem Puff nachgaben. Wenn es sein mußte auch mit dem charaktervollen Duft der Außenklosetts, auf denen alte Männer zeitungsraschelnd ihre Pfeife rauchen und über den Sinn des Lebens nachdenken.

Den Geruch dieses Hauses mochte er nicht.

Seine eindringlichste Komponente schien aus den süßlichen Ausdünstungen des Müllschluckers zu bestehen, die ihn über die endlose Gerade eines türlosen Ganges verfolgten.

An den Wänden parkte allerlei Zivilisationsmüll aus den Tagen des Arbeiter- und Bauernstaates: ein rostiges MIFA-Rad, eine Rolle antiker »Auslegeware« und das Skelett eines Kinderwagens, Marke »ZEKIWA«, was vermutlich für »Zentrales Kinderwagenwerk« stand. Vermutlich. Genau wußte es Horstmüller nicht.

Bergmann, 17. Etage. Die Sektretärin der Import-Export-Gesellschaft wohnte alles andere als luxuriös. Nachdem er geklingelt hatte, hörte er das Rasseln einer Sicherungskette – die Tür öffnete sich nur einen Spalt breit.

»Bitte?«

Als er ihr sagte, daß er von der Kripo sei, zog sie mißtrauisch die Augenbrauen hoch.

»Haben Sie einen Ausweis?«

Horstmüller präsentierte seine Marke.

»Sie halten mich sicher für albern, aber in der vergangenen Woche wurde ein paar Etagen tiefer eine junge Frau überfallen. Am hellichten Tag, von einem Kerl, der sich als Versicherungsvertreter ausgab.«

Katharina Bergmann lächelte verlegen. Sie trug Jeans und T-Shirt, ihr Haar war kurz wie das eines Jungen.

Horstmüller mochte sie sofort.

»Es ist schon gut, daß Sie mißtrauisch sind«, versicherte er ihr. »Wenn ich eine Tochter hätte, die in einem Neubau lebt, würde ich ihr raten, ebenso vorsichtig zu sein.«

Im Wohnzimmer gab es kaum Möbel. Zwei Bücherregale, ein Tisch mit Metallstühlen, eine HIFI-Anlage auf einem aussrangierten Teewagen. Ein Vierjähriger mit einem Pflaster über der rechten Augenbraue spielte mit einem Plattencover. Sting: Nothing like the sun.

»Tja«, sagte Horstmüller, »man sollte sich eben genau überlegen, mit wem man sich anlegt! Frauenpower ist angesagt!«

Er tätschelte dem Jungen altväterlich die Wange.

Katharina Bergmann lächelte. »Sie scheinen ja über alles Bescheid zu wissen.«

»Ich war in Ihrer Firma«, erklärte Horstmüller. »Sie haben eine sehr mitteilsame Putzfrau. Sollte der kleine Raufbold nicht längst im Bett sein?«

Das Stichwort »Bett« veranlaßte den Jungen, Horstmüller einen empörten Blick zuzuwerfen.

Das breite Balkonfenster gab den Blick auf die Konturen von Marzahn frei: Hunderte Häuserblocks, ein Zufallsmuster aus Betonklötzen, Straßen ohne Gesicht.

Dort draußen lebten die Zugezogenen – Sachsen und Thüringer und Mecklenburger, die den Bautrupps in die Satellitenstädte gefolgt waren, kaum daß der Beton ausgehärtet war: Mitarbeiter der DDR-Ministerien und Ämter, Funktionäre, Bauarbeiter, NVA-Offiziere und Stasi-Leute. Auch viele junge Ostberliner hatten in den sauren Apfel gebissen und waren in die Betonwüste gezogen, weil sie in Treptow oder im Prenzlauer Berg nie eine Wohnung bekommen hätten.

Inzwischen hatte der Bezirk eine gewisse innerdeutsche Berühmtheit erlangt. Fernseh-Teams waren nächtelang unterwegs, um dem staunenden Publikum vorzuführen, wie ein Trupp ehemaliger FDJler ein Ausländerwohnheim auseinandernimmt. Der Leiter des Polizei-Abschnitts brachte täglich eine Stunde damit zu, zukünftige Grimme-Preisträger bei ihren Recherchen zu unterstützen. In jedem zweiten Streifenwagen, der um Mitternacht vor einem Jugendklub lauerte, saß eine Hörfunk-Redakteurin mit laufendem Aufnahmegerät.

Horstmüller studierte fasziniert die Aussicht. Die Gropius-Stadt war nichts dagegen.

»Sie kommen wegen Vera«, machte Katharina Bergmann auf ihre Anwesenheit aufmerksam.

Horstmüller nickte. »Sie wissen Bescheid?«

Sie sagte nichts von all dem, was er in Situationen wie dieser bereits gehört hatte. Vorsichtig nahm sie auf einem der Stühle Platz. Auf dem Tisch nebem dem Sessel lag die Nachmittagsausgabe des »EXPRESS«. Der Fall Vera Tozkaja hatte sich die Seite 1 erobert.

»Wir haben uns vor etwa zehn Monaten kennengelernt. Blechl suchte damals nach einer Übersetzerin für die Verträge, die er mit seinen Partnern in der Sowjetunion abschloß. Nachdem wir uns besser kannten, besuchte mich Vera oft, und dann plauderten wir, auf dem Balkon, bei einem Glas Wein und Kerzenlicht – das kam billiger als ein Restaurantbesuch. Außerdem wird man so nicht so oft angequatscht. Wenn es dunkel wird, ist es hier draußen fast schön, besonders im Sommer, wenn das Radio läuft… Manchmal war es einfach wunderbar.«

Horstmüller ließ Katharina Bergmann reden, ohne sie zu unterbrechen. Sie hockte auf der Kante ihres Stuhles wie ein übertrieben schüchterner Gast, als wäre sie nicht daheim in ihrer eigenen Wohnung, sondern auf einem Amt, umzingelt von arroganten, gehirnamputierten Bürokraten. Er selbst hatte sich in den einzigen Sessel im Zimmer sinken lassen, nahm ab und an einen Schluck von dem Kaffee, den Katharina ihm gekocht hatte, und versuchte, möglichst nicht wie ein Polizist auszusehen.

»Ich glaube, es war ein tolles Gefühl für Vera, diesen Job zu haben. Sie lud mich sogar ein paar Mal zum Essen ein. Nicht, daß sie über die Stränge schlug. Sie war sehr ehrgeizig, sehr diszipliniert und hielt ihr Geld ganz gut zusammen. Am Anfang machte sie nur die Übersetzungen, aber nach einer Weile bahnte sie für den Chef auch eine ganze Reihe von Kontakten an.«

»So?« fragte Horstmüller interessiert.

»Ich glaube, Vera hat einen Freund oder einen nahen Verwandten im Moskauer Außenhandelsministerium.«

»Wissen Sie seinen Namen?«

»Das müssen Sie schon Blechl fragen.«

Horstmüller klopfte mit dem Stift auf sein Notizbuch.

»Wie war denn das Verhältnis zwischen den beiden? Ich meine, Vera war eine sehr attraktive Frau…«

»Sie meinen, ob Blechl etwas von ihr wollte?«

Er nickte.

Katharina schüttelte heftig den Kopf.

»Ich glaube, da lief nichts. Das heißt, ich bin mir ganz sicher! Affären gab es bei ihr nicht, das hätte ich gespürt. Sie liebte ihren Igor, auch wenn die beiden in den letzten Wochen ein paar Mal Streit hatten.«

»Etwas Ernsthaftes?«

»Irgendwann hatte Vera es sich in den Kopf gesetzt, in Deutschland zu bleiben. So verrückt war das gar nicht; alle Welt redet von den großen Chancen der neuen Bundesländer im Osthandel und Vera war inzwischen eine Top-Sekretärin und Übersetzerin… Sie hatte einen Computerkurs belegt, brachte ihre Deutschkenntnisse auf Vordermann und wollte auch Igor dazu überreden, Deutsch zu lernen – das fand der aber nicht so gut… Wissen Sie, die Russen haben jahrzehntelang in der DDR gelebt, ohne daß sie mit diesem Land wirklich vertraut werden konnten, und Igor merkt man das ziemlich an. Er wirkt verschlossen, fast schüchtern, obwohl er so ein kräftiger, gutaussehender Kerl ist. Ich schätze, er ist ziemlich eifersüchtig; nach dem, was Vera mir erzählt hat, muß er sich manchmal aufgeführt haben wie ein Idiot. Vera war da ganz anders. Sie hatte so etwas… Ernsthaftes, Überlegenes. Sie hätten sie erleben sollen – Sie hätten geglaubt, daß sie Paris und Venedig aus dem eff-eff kennt. Dabei ist sie jahrelang kaum aus der Kaserne herausgekommen. Das Leben dort läuft ab wie in einem Kloster, für alles gibt es Regeln und Vorschriften, und Vera war unglaublich glücklich darüber, daß sie aus dieser Tretmühle raus konnte. Als Blechl sie vor sechs Wochen vor die Tür setzte, war das ein echter Schlag für sie. Ärger gab es keinen, zwischen ihr und dem Chef – nur die Rußlandgeschäfte hatten sich eben erledigt.«

»Soso!« sagte Horstmüller.

Der kleine Junge hatte sich von irgendwoher einen Filzstift besorgt, warf dem Fremden einen verschwörerischen Blick zu und begann, das Plattencover mit seinem eigenwilligen, verästelten Autogramm zu verzieren. Er drückte den Stift so fest auf, daß es quietschte. Horstmüller spürte, wie sich die Haare auf seinen Armrücken aufrichteten. In der Nachbarwohnung mußte jemand den Fernseher eingeschaltet haben, das »Glücksrad-«Jingle dröhnte durch die dünne Wand.

»Wie genau wußte Vera über die Rußlandgeschäfte ihres Chefs Bescheid?«

Katharina zog ratlos die schmalen Augenbrauen hoch.

»Ziemlich gut?« stocherte Horstmüller weiter.

»Ich denke schon.«

»Wissen Sie, ob Vera Tozkaja am Samstagabend eine Verabredung hatte?«

Katharina Bergmann wurde bleich.

Der kleine Junge hörte auf zu malen und schaute verwundert zu seiner Mutter empor.

»Ja«, sagte sie schließlich. »Vera hatte eine Verabredung. Mit Willi Wiesenbrink.«

Horstmüller durchforstete sein Gedächtnis nach dem Namen. Er glaubte, ihn kurz zuvor gelesen zu haben. Schließlich fiel ihm das Foto in Blechls Büro ein.

»Wiesenbrink ist Bürgermeister in diesem brandenburgischen Nest mit dem amerikanischen Namen!« stellte er fest.

Katharina nickte traurig. »Baltimore. Aber da ist noch etwas. Eine Zeit lang war er… mit mir zusammen…«

Horstmüller klappte der Unterkiefer herunter.

»Sie meinen… Sie hatten ein Verhältnis mit dem Mann?«

»Ja«, sagte Katharina. »Aber es war längst vorbei mit uns, auch wenn er es nicht wahrhaben wollte. Ich hatte Vera gebeten, ihm das ein für alle Mal klarzumachen.«

Sie seufzte. »Er hat mir seit Wochen keine Ruhe gelassen…«

Der Fernsehlärm aus der Nachbarwohnung füllte die Stille des Zimmers. Horstmüller versuchte, sich Katharina Bergmann in den Armen jenes vermutlich selbstgefälligen und übergewichtigen Mannes vorzustellen, den er auf dem Foto in Blechls Arbeitszimmer gesehen hatte. Es gelang ihm nicht.

Er warf einen Blick auf den kleinen Jungen zu seinen Füßen, auf die karge Wohnungseinrichtung und sah dann zum Balkonfenster hinaus. Inzwischen war es dunkel geworden, hunderte hell erleuchtete Fenster ließen erkennen, daß die Betonklötze dort draußen tatsächlich von lebendigen Menschen bewohnt waren. Er rief sich seine Irrfahrt durch die uniformen Straßen, die Schmierereien im Fahrstuhl und den süßlichen Geruch des Müllschluckers in Erinnerung.

Katharina Bergmann brachte ihrem Sohn ein Blatt Papier, ein paar Buntstifte und einen Versandhauskatalog als Malunterlage. »Noch zehn Minuten, dann mußt du aber wirklich ins Bett«, flüsterte sie, als sie sich zu ihm herunterbeugte.

Horstmüller warf einen Blick auf ihr Haar und den schmalen, weißen Nacken. Eine Prinzessin, dachte Horstmüller, eine Prinzessin, eingesperrt in ein Betonverlies im 17. Stock eines Plattenbaus, bewacht durch einen Drachen, der Einsamkeit heißt.

Eine Sekunde später wunderte er sich bereits über seine merkwürdigen poetischen Anwandlungen.

Der Fernsehlärm aus der Nachbarwohnung schwoll an. Man konnte jedes Wort verstehen.

»Ich möchte lösen«, erklärte »Klaus«, der ein geschichtliches Ereignis zu erraten hatte:

»Die Einführung der Kartoffel nach Europa!«

Frenetischer Beifall begrüßte die Tatsache, daß »Klaus« einen Volltreffer gelandet hatte und deshalb für 19 000 DM einkaufen durfte.

35

Jäckel kam nicht allein. Er war in Begleitung einer Schutzstaffel, deren Mannschaftsstärke in etwa jener der Heeresgruppe Ost entsprach. Eine Sekunde lang spielte Gabler mit dem Gedanken, sich mit angelegtem Ballermann auf die Gruppe zu stürzen, Jäckel zu packen und in den Wagen zu zerren. Von dieser Idee trennte er sich rasch wieder. Schließlich war er kein Vietnamveteran namens Rambo, der einen sechs Meter über sich fliegenden Hubschrauber anspringt und mit bloßen Händen zur Landung zwingt. Und schon gar nicht für 1200 Mark Bruttomonatsgehalt! Selbst die Opferbereitschaft ostdeutscher Polizisten hat eine Schmerzgrenze. Jäckel verschwand, eskortiert von lebenden Kleiderschränken. Gablers Denkapparat lief auf Hochtouren.

Es mußte ihm gelingen, Jäckel *allein* vor die Tür zu kriegen, ansonsten waren seine Chancen gleich null. Sollte Jäckel den Laden bei Veranstaltungsende wieder mit einem Dutzend Kameraden verlassen, würde er ihn niemals zu fassen bekommen. Und dann würden ihm KaDeWe und Horstmüller die Hölle heißmachen!

Der Einlasser musterte ihn von Kopf bis Fuß:

»Du hast dich in der Tür geirrt, Mann!«

Gabler schlug einen gehetzten Tonfall an: »Quatsch keinen Scheiß, Junge. Ich suche einen Typ, der ungefähr vor 'ner halben Stunde hier aufgekreuzt sein muß. Sein Name ist Jäckel.«

»Kenn' ich nicht«, behauptete der Rausschmeißer.

Das tintenfarbene Herz auf seinem rechten Oberarm glänzte blutrot. Auf den linken Bizeps – der Haßseite – war ein grinsender Schädel eintätowiert.

»Ein kräftiger Kerl, kurze, rote Haare, Lederklamotten. Trägt manchmal ein Hundehalsband um den Hals«, erklärte Gabler mit einem Blick auf den Schädel. Er dachte dabei nicht gerade an Hamlet.

»Was willste denn von dem?«

Das war der schwierigste Teil der Geschichte.

»Es ist wichtig«, beschwor ihn Gabler. »Ich hab' einen Tip für ihn, und wenn du nicht willst, daß ihn die Bullen schnappen, geh rein und hol den Mann.«

»Warum kommst du nich' rein und suchst den Kerl selbst?«

»Hör mal, jeden Augenblick können die Bullen hier auftauchen. Das check' ich lieber von hier draußen, damit ich mich rechtzeitig dünn machen kann. Also geh jetzt rein und sag ihm Bescheid, ich warte hier.«

»Hm.«

Die Stahltür fiel ins Schloß.

Gabler zählte bis zwanzig, um sich zu beruhigen.

Was war er für ein mieser Schauspieler!

Und wer schrieb ihm bloß diese beschissenen Texte?

Welcher Teufel hatte ihn geritten, als er sich entschloß, die Sache im Alleingang zu regeln!

In Nordrhein-Westfalen – so hatte er gelesen – gab es neuerdings ein Stresstraining für Polizisten. Eine nützliche Sache, dachte er, während er versuchte, das Hämmern seiner Herzkammern zu ignorieren. Kurz vor der Festnahme eine Minute Meditation, und du nagelst den brutalsten Killer fest, ohne daß dein Puls höher geht als achtundsiebzig.

Er wischte sich seine schweißnassen Hände ab und warf einen Blick auf die menschenleere Straße. Wenn sie mich hier aufklatschen und liegen lassen, kriegt das kein Aas mit – bis morgen früh die Straßenreinigung kommt... Er tastete nach der Ausbuchtung unter seiner linken Achselhöhle und löste den Verschluß des Holsters. Die Stahltür schwang auf.

Er sprang zurück, aber er war nicht schnell genug. Ein ätzender Gasstrahl schlug ihm ins Gesicht; der Schleifaufsatz einer Black & Decker fuhr ihm über die Pupillen. Er war blind. Jemand nagelte ihm eine Faust auf den Solarplexus; ohne die Handballen aus den tränenden Augenhöhlen reißen zu können, stürzte er rückwärts auf das nasse Pflaster.

In seinem Gehirn ging eine blutrote Sonne auf.

»Scheißkerl«, sagte eine Stimme.

Gabler spürte einen betonschweren Stiefelabsatz auf seiner Brust.

Göring beugte sich triumphierend über seine Beute, lehnte sich zurück und begann, sich mit den Fäusten auf seinen schwammigen Brustkorb zu trommeln. Aus dem gewaltigen Resonanzraum antwortete ein sumpfiges Dröhnen, die Ketten an seiner Kleidung rasselten wie ein Tambourin.

»Iiiiiiiihhhhh!«

Gabler fühlte, wie ihm Görings Siegesschrei wie eine Nadel in das Gehirn fuhr.

Dann erloschen die Lichter der Großstadt.

Lange, lange Zeit war es sehr, sehr dunkel.

Als er wieder aufwachte, sah er ein Gesicht, das er nicht übermäßig mochte.

Horstmüller lächelte ihm aufmunternd zu: »Gut gemacht, Gabler. Gaaanz souverän.«

Er kicherte amüsiert.

Gabler hustete und spuckte ein bißchen Blut auf die Straße, die mit einer Steigung von siebzig Grad direkt in den Andromedanebel zu führen schien. Die blaue Signalleuchte eines Streifenwagens geriet in sein Blickfeld.

»Wo ist Jäckel?«

Horstmüller tätschelte ihm tröstend den Arm.

»Wir hätten ihm ja gern 'ne Acht angelegt, aber er hat nicht auf uns gewartet!«

Gabler stöhnte verzweifelt. Dann streckte er Horstmüller die Hand entgegen.

»Helfen Sie mir beim Aufstehn.«

»Willst du dich nicht lieber noch ein bißchen ausruhen? Du machst einen ziemlich niedergeschlagenen Eindruck!«

»Helfen Sie mir beim Aufstehn.«

Gabler wartete, bis die Straßenzeile wieder lotrecht stand und ließ dann probeweise Horstmüllers Schulter los. Wie durch ein Wunder blieb er in der Vertikalen. In der Zentrifuge seines Schädels wirkten seltsame Fliehkräfte.

Horstmüller bugsierte ihn in den Wagen. Er wartete, bis der Streifenwagen den Weg freigemacht hatte, ließ die Zündung kommen und steuerte schweigend den Heimathafen an.

»Sind Sie sauer?« wollte Gabler wissen.

»Wieso denn?«

»Ich habe gegen jede Vorschrift verstoßen!«

Horstmüller bog bei Rot rechts ab, kicherte kindisch und

erklärte: »Auch Polizisten tun manchmal Dinge, die sie eigentlich nicht tun sollten.«

»Mensch Gabler«, sagte er, als sie zehn Minuten später in der Direktion saßen und Kaffee tranken. »Da bist du ja noch einmal mit einem blauen Auge, Rippenprellungen, einer Quetschung, Atembeschwerden und einer Platzwunde davongekommen. Wenn ich mir überlege, daß du fast drei Stunden danach angestanden hast. Das ist übrigens eine gute Gelegenheit, sich einen neuen Anzug zuzulegen.«

Gabler betrachtete deprimiert die Abschürfungen an seinen Handflächen. »Woher wußtest du, daß ich es allein machen wollte?«

Das »Du« ging ihm schwer über die aufgeplatzten Lippen.

»Tja«, sagte Horstmüller. »Irgendwie hab' ich mich gefragt, ob ich heute nachmittag nicht ein bißchen grob mit dir war. Da hab ich die Einsatzleitung angerufen und gefragt, wieviele Leute du angefordert hast.«

»Keinen«, sagte Gabler. »Eine Einheit in der Stärke Null-Null-Null! Ich wußte doch, daß du wütend bist.«

»Nö«, beharrte Horstmüller. »KaDeWe wird dir ganz schön was erzählen. Warum soll ich mich da auch noch aufregen. Deine 5-Minuten-Terrine Angst und Schrecken hast du für heute weg und vielleicht lernst du ja was daraus. Du weißt ja...«, er grinste Gabler an. »Ein langer Schwanz reicht nicht aus – Fuchs mußt Du sein!«

Gabler verdrehte die Augen.

»Hör mal«, sagte Horstmüller und warf dabei einen Blick auf Gablers zerschlissenen Anzug, »ich habe immer eine Ersatzkluft im Spind; für den Fall, daß mir mal ein Autoknacker ein fettiges Montiereisen auf das Sakko haut. Ich meine, gegen die Schürfwunden auf deiner Fassade kann man im Moment nicht viel machen, aber wenn du dich in meinen Anzug wirfst, würdest du gleich viel adretter ausschauen.«

Gabler schaute Horstmüller nachdenklich in die Augen.

Er stand auf, schob seinen Stuhl nach hinten und zog sich den Gürtel aus der Hose.

Horstmüller kramte in seinem Spind.
»Obacht!«
Mit ausgebreiteten Armen stürzte ein Sakko auf Gabler zu.
»Englische Wolle«, prahlte Horstmüller. »Darin sieht sogar ein Zoni nach was aus...haahaahaa... Nichts für ungut, war nur ein Spaß.«
Wieder einer seiner unerträglichen Scherze. Gabler lächelte säuerlich. Dennoch war dies der erste Moment, in dem er für Horstmüller einen Hauch von Sympathie empfand. Es war ein Augenblick verzeihlicher Schwäche. Seine Glieder schmerzten, die Zunge war geschwollen wie eine Kanzlerrede. In Situationen wie dieser würde sich jedes menschliche Wesen nach Wärme und Zuwendung sehnen, nach ein paar tröstlichen Worten und etwas Mitgefühl, selbst wenn es von einem Wessi stammte.

36

»SKINS, WARUM SEID IHR SO BÖSE?«
Jäckel las die Schlagzeile des »EXPRESS«, den er sich am U-Bahnhof Kottbusser Tor gekauft hatte, und lächelte. Das konnte einem ja richtig zu Herzen gehen. Weit weniger gefiel ihm, daß ihn dieses Sudelblatt mit dem Mord an der Russin in Verbindung brachte. Das Foto, das die Bullen der Redaktion gespendet hatten, war zwar älter als die Braunkohle; es sah aus, als wäre es kurz nach seiner Jugendweihe aufgenommen worden. Aber auf einem danebenstehenden Bild hatte ein Zeichner seine Züge mit einer rotgefärbten Bürste versehen, und dieses Porträt kam seinem jetzigen Aussehen ziemlich nahe! Wenn er diesen Polizei-Michelangelo jemals in die Finger bekam, würde er ihm gründlich die Fresse polieren. Der Typ hatte ihm zwei häßliche Falten um Nase und Mundwinkel verpaßt, die ihn dreinschauen ließen wie einen Kinderschänder, der sich von ABC-Schützen den Schwanz lutschen läßt! Jäckel schüttelte sich angewidert.
Als nächstes würden diese Schmierfinken vermutlich bei

seinen Eltern und bei seiner alten Horterzieherin auftauchen, wahrscheinlich würden sie sogar rauskriegen, daß er in der zweiten Klasse einmal ein Eichhörnchen mit dem Katapult erlegt hatte. Was für widerliche Arschlöcher diese Welt bevölkerten! Jäckel beschloß, von nun an jeden Journalisten, der nicht von der »Nationalzeitung« oder vom »NS-Kampfruf« kam, von der Artenschutzliste zu streichen.

Am U-Bahnhof Hermannplatz stieg er aus und ließ sich mit dem Strom der Warenhausbesucher ans Tageslicht treiben.

Seine Gehirnzellen arbeiteten im Akkord.

Die Bullen hatten offenbar eine Fahndung nach ihm ausgeschrieben. Nur so war zu erklären, daß sie ihm sogar vor dem Leichenkeller aufgelauert hatten. Merkwürdig war nur, daß ihn dieser blasse Greifer offenbar im Alleingang festnehmen wollte. Noch mal würde er das wohl nicht versuchen, so wie ihm Göring die Fassade verunziert hatte!

An einem Zeitungskiosk musterte Jäckel die Titelseiten der anderen Boulevardblätter – er schien zum Liebling der Medien geworden zu sein. Höchste Zeit, ein paar Tage aus Berlin zu verschwinden. Das Problem war nur, daß man mit einem Blauen nicht besonders weit kam. Aber ihm war da schon etwas eingefallen!

Geduldig darauf wartend, daß eine Fußgängerampel auf Rot sprang, faßte Jäckel einen Parkstreifen neben dem Kaufhaus ins Auge. Er fand den Opel Kadett auf Anhieb, das Anfängerschild an der Heckscheibe war nicht zu übersehen.

Im Vorübergehen einen Blick in den Innenraum – alles schien beim alten!

Ein paar Schritt hinter dem Wagen überquerte er die Straße. Dann kaufte er sich einen Döner und machte es sich auf einer Bank am Hermannplatz bequem. Eine halbe Stunde lang sondierte er das Terrain. Keine Auffälligkeiten. Keine Bullen.

Ein wenig später hievte er sich auf den Fahrersitz des roten Kadett. Die Tür war unverschlossen, den Zündschlüssel hatte er im Handschuhfach liegen lassen. Ein Wunder, daß der

Wagen noch nicht geklaut worden war, die Handtasche auf dem Beifahrersitz mußte doch förmlich dazu eingeladen haben!

Im Handschuhfach fand er eine Packung Tampons, eine Taschenlampe und einen Autoatlas. Er griff neben sich auf den Sitz und filzte ein weiteres Mal die Handtasche. Das Portemonnaie enthielt nur noch Kleingeld, aber in der Seitentasche steckte ein Dutzend Visitenkarten.

Jäckel betrachtete die geschwungenen Schriftzüge lange und feierlich. Eine der Karten nahm er an sich. Er stieg aus, ließ die Wagentür hinter sich zufallen und schloß ab. Die Schlüssel verschwanden in seiner Lederjacke.

37

Die letzten Seiten der Tageszeitungen übten eine mysteriöse Anziehungskraft auf Gabler aus. Dabei nahm er die Berichte über Erdbeben, Flugzeugabstürze und Flutwellen eher beiläufig zur Kenntnis.

Sein eigentliches Interesse galt den individuellen Tragödien – originell inszenierten, beängstigend bizarren Katastrophen, die erkennen ließen, daß das Buch des Schicksals von einem Psychopathen geschrieben wird.

Erneut las er die kurze Meldung, die unter der Überschrift »Tod im Lift« angekündigt war. Es handelte sich um den Fahrstuhl eines 25-geschossigen Verwaltungsgebäudes in Rom. Ein Tod im Fahrstuhl, überlegte Gabler, ist zunächst mal nicht ungewöhnlicher als der Tod in der Badewanne oder im Auto. Fahrstühle können abstürzen oder Schauplatz von Herzattacken und Hirnschlägen sein. Die Überschrift, so entschied Gabler, hätte auf den außergewöhnlichen Umstand hinweisen müssen, daß der beklagenswerte Italiener im Fahrstuhl *ertrunken* war.

»Das ist ja wunderbar!«

Horstmüller ließ einen voluminösen Computerausdruck

auf den Tisch klatschen und rieb sich dann grinsend die Hände.

»Das paßt ja alles hervorragend zusammen.«

Gabler löste seinen Blick verstört von der Zeitung.

Er spürte, wie entsetzlich seine Augen schmerzten. Er stützte seinen schweren Kopf in die Hand, seine Fingernägel kratzten einen Streifen Schorf von der zerschundenen Kinnpartie. Die Halbmonde seiner Nägel färbten sich rot. Mit schmerzenden Augen und sacht blutendem Kinn fragte er Horstmüller: »Was denn?«

Sein Partner lehnte sich zufrieden in seinem Bürostuhl zurück und beförderte seine Füße auf die Schreibtischkante. Diese Pose – soviel wußte Gabler inzwischen – pflegte Horstmüller im Stadium größten Wohlbehagens einzunehmen, in der Regel also unmittelbar nach dem Mittagessen.

»Sieh mal«, erklärte Horstmüller komplizenhaft und wedelte mit seiner Beute aus Blechls Büro:

»Diese 5,25-Zoll-Computer-Floppy-Disk dürfte für die Klärung unseres Falles weit wichtiger sein als irgendwelche ominösen Spuren am Tatort. Übrigens gibt es ja keine, dein dubioses EK-Zwo mal ausgenommen.«

Gabler warf einen bedauernden Blick auf die Rubrik »Vermischtes«. Eigentlich stand ihm nicht der Sinn nach einem von Horstmüllers selbstgefälligen Vorträgen.

»Das gesamte Innenleben von Blechls Imperium ist auf dieser Diskette abgespeichert: Rechnungen, Zolldeklarationen, Verträge. Seit Januar will Blechls Firma DDR-Waren im Wert von sechs Millionen Mark nach Rußland verkauft haben: Computer, Damenunterwäsche, Schweinehälften. Für die einzelnen Posten sind zum Teil kosmische Preise bezahlt worden: 2000 Rubel für einen PC von Robotron! Meinst du, daß die Dinger das wert sind?«

Hast du einen dummen Sohn, schicke ihn zu Robotron, erinnerte sich Gabler an eine Volksweisheit aus der DDR. Natürlich würde er einem Wessi diesen Spruch nicht auf die Nase binden. Im übrigen hatte er keine Ahnung, ob ein Robotron-Rechner 2000 Rubel wert war.

»Ich weiß nicht«, erklärte er also.

Horstmüller rümpfte die Nase.

»Natürlich nicht! 2000 Rubel für einen Steinzeitrechner! Und für jeden dieser Rubel zahlte die Deutsche Außenhandelsbank 2,34 DM aus! Die DDR – was dir nicht ganz unbekannt sein dürfte – lebte vom Ostgeschäft; hätte sich die Bundesregierung geweigert, die Rubelerlöse in D-Mark auszuzahlen, wären tausende Zonenbetriebe schon am 1. Juli pleite gewesen.«

Gabler versuchte, Horstmüllers Kurs in Volkswirtschaftslehre zu folgen. Der tigerte inzwischen angeregt durch ein unsichtbares Audimax, hatte die Hände auf dem.Rücken verschränkt und lächelte seinen fünfhundert BWL-Studenten aufmunternd zu. Ab und an, im Vorübergehen, tätschelte er liebevoll seinen Computerausdruck.

»Also versprach der Kanzler, daß die Geschäfte der maroden volkseigenen Firmen mit den Comecon-Staaten noch eine Weile so weiter laufen dürfen, wie gehabt – auf Kosten der Bundesregierung. Und siehe, es war gut, Handel und Wandel florierten weiter, als sollte es die DDR ewig geben.«

Horstmüller lächelte bei diesem Gedanken.

»Am 1. Juli – der Tag, der unseren Brüdern und Schwestern die D-Mark brachte – wurden die Privat- und Geschäftskonten umgestellt. Auch unser Freund Rainer Blechl wollte kassieren. Ein paar Millionen Rubel sollten sich über Nacht in deutsche Mark verwandeln. Aber die Bank war inzwischen mißtrauisch geworden, denn ein Teil der Ostgeschäfte, die plötzlich allerorten Hochkonjunktur zu haben schienen, war offensichtlich nicht ganz koscher. Zum einen wurden No-name-Produkte aus Taiwan oder Hongkong einfach als DDR-Erzeugnisse deklariert. Zum anderen zahlten die Russen oder die Ungarn für Lieferungen, die niemals ankamen. Kannst du mir folgen?«

Gabler gab zu verstehen, daß er in groben Zügen mitbekommen hatte, worum es ging. Horstmüller nickte oberlehrerhaft.

»Als die Bank das spitzkriegte, begann sie routinemäßig

alle Anträge auf Kontenumstellung zu prüfen. Bei Blechl wurde sie offenbar mißtrauisch und sperrte die Konten. Ein Ermittlungsverfahren durch die Staatsanwaltschaft lief an, wurde aber wegen Personalmangel auf Eis gelegt. Hast du eine Vorstellung, wie Blechl bei dieser Geschichte abgesahnt hätte?«

»Nö«, räumte Gabler ein.

»Auf dem Schwarzen Markt bekommst du für eine Mark zwanzig Rubel. Nehmen wir mal an, Blechl ist es gelungen, einen russischen Geschäftspartner zu finden, der bei dem ganzen Spiel mitmachte. Ein paar tausend Mark gingen in die Sowjetunion und wurden dort in Rubel umgemünzt. Sagen wir mal hundert Mark in zweitausend Rubel. Mit dem Geld bezahlten Blechls Geschäftspartner dann beispielsweise den Robotron-PC. Die zweitausend Transferrubel wurden auf Blechls Geschäftskonto überwiesen, das zum 1. Juli auf D-Mark umgestellt werden sollte. Der Reinertrag des Geschäfts, Schmiergelder, Transportkosten und so weiter abgezogen: drei- bis viertausend Mark. Besonders effizient wurde das Ganze natürlich, wenn die sogenannten DDR-Waren lediglich auf dem Papier standen. Für den Fall brauchte er nur ein paar gefälschte Lieferscheine und Zolldeklarationen!«

»Und über all das war Vera Tozkaja im Bilde«, sinnierte Gabler.

Horstmüller klopfte ihm anerkennend auf die Schulter.

»Auf jeden Fall besser als die Staatsanwaltschaft. Was die Kollegen bis dahin herausgefunden haben, ist eher dünn. Immerhin dürfte Blechl die Sperrung seines Kontos ganz schön ins Schlingern gebracht haben… Herr im Himmel, was ist das für eine Sauerei? Das kriegen wir doch nie wieder raus!«

Horstmüller blickte entsetzt auf Gablers zerschürftes Kinn, von dessen Spitze alle acht Sekunden ein kleiner Blutstropfen auf die Kaschmirjacke tropfte. Gabler folgte dem Blick seines Partners und kratzte sich dann verlegen den Hinterkopf.

»Nimm's nicht persönlich!«

Horstmüller nahm es persönlich. Er schien wirklich sauer zu sein. Verdrossen angelte er seinen Mantel vom Haken.

»Ich schau mich mal in Baltimore um. Guck' nicht so komisch, aber das Nest in Brandenburg heißt wirklich so! Blechl zieht dort mit einem Parteifreund eine Riesennummer ab. Wiesenbrink heißt der Mann und ist zufällig auch noch der Bürgermeister von Baltimore. Und jetzt kommt der Clou: Wiesenbrink hatte zur Tatzeit eine Verabredung mit der Tozkaja – auch wenn er es nicht wußte!«

Auch wenn er es nicht wußte? Gabler hätte gern erfahren, was sich hinter dieser dunklen Formulierung verbarg, aber da war Horstmüller schon verschwunden.

38

Die Sparkasse von Baltimore residierte in einem Gebäude, das einer Moschee aus der Glanzzeit der Mogul-Herrscher nachempfunden war: ein kurioses Bauwerk mit zwei kupfergedeckten Türmchen und einem bunten Keramik-Mosaik über dem Spitzbogen der Eingangstür. Das Ganze entsprang der Laune eines preußischen Star-Architekten, der sich – will man seinem Tagebuch glauben – mit diesem Feenmärchen eine langweilige Vakanz auf dem Landgut eines Freundes vertrieben hatte. Für märkische Verhältnisse war das Bauwerk reichlich exotisch.

Natürlich – der Zahn der Zeit hatte seine Spuren hinterlassen. Und im fahlen Licht des Oktobertages wirkte das Spiegelbild des Baltimorer Geldinstitutes auf der glatten Oberfläche des Löschteichs wie die traurige Karikatur eines indischen Grabmals.

Zwei Episoden aus der jüngeren Geschichte des Bauwerks hatte das kollektive Gedächtnis der Einwohner sorgsam bewahrt. Im Sommer 1946 – das ein Jahr mit einer exorbitanten Kartoffelernte werden sollte – wurde die Sparkasse von einem Trupp maskierter Männer überfallen. Ihre Beute betrug 11 000 Mark, die Räuber flüchteten zu Fuß. Sie kamen bis zur Mühle, an der sie sich ein blutiges Feuergefecht mit dem Landpolizisten lieferten, der ihnen auf dem Fahrrad nachgesetzt war. Als der Schutzmann gefunden wurde, trieb er im Mühlbach. Auf der Rückseite seiner umgefärbten Wehrmachtsuniform gähnte ein blutiger Krater: die Austrittsstelle eines 9-mm-Geschosses, das an der Spitze abgefeilt worden war.

Eine zweite Geschichte handelte von einem Angestellten der Sparkasse, der sich an einem grauen Herbsttag des Jahres 1958 aus Liebeskummer erschoß – ein gutmütiger Kauz, dem es der Greta-Garbo-Verschnitt am Kuchenstand des Konsums angetan hatte.

Es war die Zeit eines bescheidenen Aufschwungs. Den Menschen ging es allmählich etwas besser, sie waren zu einem gewissen Wohlstand gelangt. Es hätte sich eine hübsche kleine Romanze entspinnen können – zwischen dem Bankkassierer und der rassigen Verkäuferin vom Kuchenstand – eine erfüllte sozialistische Ehe, garniert mit Bienenstich und Bero-Kaffee. Aber es kam anders.

An jenem düsteren Herbsttag erschoß sich der Bankangestellte mit einem alten Trommelrevolver aus dem Ersten Weltkrieg.

Er hatte erkannt, daß ein Mann mit Ärmelschonern und Doppelkinn in einer Welt erhitzter Frauenphantasien nicht viel auszurichten vermag…

Für Erika Sommer stellte die Sparkasse seit ihrer Scheidung den Inhalt ihres Lebens dar. Die spröden Rituale des Geldgeschäftes bestimmten das Gleichmaß ihrer Tage, die welke Farbe an den Wänden des Schalterraums markierte die Grenzen ihrer Wünsche und Begierden. So war es seit Jahren gewesen.

Die Leitung der Filiale hatte sie erst im Frühjahr übernommen. Ihre einstige Chefin war aus dem Verkehr gezogen worden, weil sie 1962 zu scharfsinnige Schlüsse aus einer plötzlichen Kontoauflösung gezogen hatte. Der Inhaber – ein Großbauer und erklärter LPG-Gegner – wurde von der

Staatssicherheit in letzter Minute davor bewahrt, sich in die Arme des Klassenfeindes zu werfen. Für seine versuchte Republik-Flucht bekam er vier Jahre und die wachsame Sparkassinchefin die Kündigung, wenn auch mit 28 Jahren Verzögerung…

Wie ein mutiger Kapitän hatte Erika die ihr anvertrauten Kollegen durch die Fährnisse der Währungsumstellung geführt. Die D-Mark kam und mit ihr Blechl, ein Prinz aus dem Reich der schnittigen Autos und der bernsteinfarbenen Drinks, die den Kopf verwirrten und die Welt zum Drehen brachten wie ein Karussell. Lichter und weiter wurde es um sie herum, und ihre Träume stießen sich nicht länger an den gläsernen Barrieren des Schalterraums. Sie wechselte vom Demokratischen Frauenbund zu einer vom Wählerwillen begünstigten Partei, begann Reitstunden zu nehmen und ihre Kleidung am Kudammm zu kaufen, der nach dem Mauerfall nur noch eine Autostunde entfernt war.

Eines Tages stand ein schmucker neuer Kadett vor ihrer Tür, und sie verschrottete ihren Trabi, soweit man ein Plaste-und-Elaste-Auto verschrotten kann.

Im Amt des Bürgermeisters gab es eine Liste mit den Namen der Leute, die bei gesellschaftlichen Anlässen zu laden waren. Ihr Name stand auf dieser Liste an sechster Stelle. Bei der Grundsteinlegung für Baltimore 2000 stand sie neben dem zukünftigen Ministerpräsidenten und dem Bürgermeister, als das Blitzlichtgewitter losbrach.

Die Türen zur Welt außerhalb des Kassenraums öffneten sich mit einem sphärischen Klang; ein Engel mußte sie für sie aufgestoßen haben, gerade als sie es sich am sehnlichsten wünschte.

Seit zwei Tagen jedoch wirkte alles schon wieder in sein Gegenteil verkehrt, und der lückenlos graue Oktoberhimmel über Kriegerdenkmal und Dorfteich erschien ihr wie ein vollkommenes Abbild ihrer inneren Verfassung.

Zur Mittagszeit war die sechsköpfige Belegschaft stark ausgedünnt. Sachbearbeiter Böseke befand sich auf einem zweiwöchigen Lehrgang, in dessen Ergebnis er vermutlich erkannt haben würde, daß der Lombardsatz nichts mit grammatikalischen Formeln gemein hatte. Frau Mempel genoß ihren Haushaltstag und die Grambacher tauschte bei ihrem obligatorischen Bauernsalat im Dorfkrug mit der Wirtsfrau den neuesten Tratsch aus, ein Ritual, das sie gern als *women's chat* bezeichnete, denn sie hatte unlängst einen Englisch-Kurs an der Volkshochschule in der Kreisstadt belegt. Die Belegschaft war damit auf zwei Kolleginnen zusammengeschrumpft, aber was machte das schon, schließlich wies das Finanzimperium von Baltimore wenig Ähnlichkeiten mit den großen Geldinstituten in Berlin oder Frankfurt oder auch in Baltimore/USA auf. Der Kundenstrom war eher ein schmales Rinnsal und führte selbst dann nicht zum Stau, wenn den ganzen Tag über nur ein einziger Schalter offengehalten wurde.

Der junge Mann, der sich kurz nach zwölf vor eben diesem Schalter einfand und ausdrücklich die Sparkassen*chefin* zu sprechen verlangte, war offenkundig ein Ortsfremder.

Erika Sommer erstarrte, als der Azubi auf den Herrn mit dem roten Bürstenhaarschnitt und der schwarzen Lederjacke wies. Mit vielem hatte sie gerechnet, damit nicht.

Das Lächeln, das sie zustande brachte, war zweifelsohne nur die Karikatur eines Lächelns. Um Zeit zu gewinnen, kramte sie ohne erkennbaren Sinn in einem Stapel Überweisungsformulare. Schließlich wurde ihr klar, daß sie nicht den Rest der Geschäftszeit damit zubringen konnte, sich tot zu stellen. Sie mußte mit ihm reden.

»Was kann ich für Sie tun?«

»Frau Sommer?«

Jäckel bot ihr und ihren zwei Angestellten die perfekte Persiflage eines Gentleman. Es gab einen kleinen Knall, als er die Hacken seiner Springerstiefel zusammenschlug.

»Wir hatten bereits das Vergnügen!«

Sie schluckte.

»Ja, ich kann mich dunkel erinnern!«

»Kein Wunder! Es war auch schon dunkel.«

Jäckel lachte und präsentierte ein gnadenlos strahlendes Gebiß.

Irritiert warf die Sparkassenchefin einen Blick über die Schulter. Ihre beiden Kolleginnen schienen keine Notiz von ihrem Gespräch zu nehmen.

»Ich habe draußen Ihre Werbung gelesen«, erklärte Jäckel. »›Bargeld sofort!‹ Da habe ich mir gedacht: Hier bist du richtig!«

Sie wischte sich eine Strähne aus ihrem Gesicht.

»Das ist kein Problem«, sagte sie und versuchte dabei gelassen und entspannt zu wirken. »Nur eine Frage der Sicherheiten!«

Jäckel grinste.

»*Ich* bin *Ihre* Sicherheit, Lady!«

Er war sehr diskret, senkte seine Stimme, als er mit ihr sprach. Was konnte er wollen? Es fiel ihr schwer, ihm diese Frage nicht ins Gesicht zu schreien. Sie zwang sich zu einer unverbindlichen, keinerlei Erregung verratenden Geste:

»Ich sehe schon, es wird etwas länger dauern. Vielleicht unterhalten wir uns besser in meinem Büro weiter.«

39

»Himmelherrgottnochmal! Ob mir mal einer erklärt, was hier los ist?«

Das Dutzend ostdeutscher Bauarbeiter schwieg stoisch.

»Scheiße! Ist das ein wilder Streik, oder was? Kann man denn hier nicht mal 'ne Woche verschwinden, ohne daß gleich alles gegen den Baum geht?!«

Ein Panzerschrank mit hochgekrempelten Ärmeln löste sich aus der Gruppe. Blechl mußte den Kopf in den Nacken legen, um dem Mann in die Augen blicken zu können. Seine Kehle war plötzlich trockener als die drögeste Sketch-Parade der ARD.

»Was ist los?«

»Stellen Sie sich nicht blöd, Mann. Wir haben seit sechs

Wochen keine Kohle mehr gesehen – das ist los! Meine Alte fragt mich, ob ich noch dafür kann, für'n Appel und Ei zu malochen. Arbeiten Sie für Null-ouvert, Mensch? Sieht nicht danach aus!«

Der Mann wies mit einer Kopfbewegung auf Blechls Audi, der im Schatten einer Planierraupe von 200 Kilometern freier Linksspur träumte.

Blechl ließ sich Zeit für ein gründliches Studium des Abgrundes, in den er blickte. Er gelangte zu dem Schluß, daß er bei jedem weiteren Schritt nach vorn seinen Hals riskierte.

»O.K.«, nuschelte er. »Ein paar Dinge sind nicht so gelaufen, wie wir es uns alle gewünscht hätten. In drei, vier Tagen ist alles geregelt. Versprochen! Und vor allem denkt an eins…«

Theatralisch marschierte er an der langen Reihe der Leute vorüber. Er schaute jedem einzelnen in die Augen. Dann schwoll seine Stimme allmählich wieder an: »…das hier ist das einzige größere Bauvorhaben weit und breit. Zufällig lebt ihr in der Wüste Gobi. Die Aufträge liegen nicht einfach so auf der Straße, das wißt ihr ja wohl. Wenn die Nummer hier platzt, ist auch für eure piefige, kleine Bauklitsche der Ofen aus. Dann wartet auf euch nur noch das Arbeitsamt. Dann könnt ihr eure angezahlten Autos und Geschirrspülautomaten wieder abliefern. Ist euch das klar, ihr Traumtänzer?!«

Schreiend erhob sich der Vogelschwarm über der Müllkippe. Blechl forschte in den Augen der »Werktätigen« nach dem Eindruck, den seine Ansprache hinterlassen hatte. Er war zufrieden.

Mit durchgedrückten Schultern stakte er langsam zu seinem Wagen zurück.

In einer Stunde konnte er in Berlin sein; vielleicht würde ihm Maj-Brit mit ihren weitreichenden Verbindungen unter die Arme greifen.

40

Eine halbe Stunde vor der mittäglichen Rush-hour war Horstmüller in seinem BMW dem Großstadtverkehr auf die Autobahn in Richtung Rostock entkommen. Die vorgeschriebenen hundert Stundenkilometer nervten, aber weil er die Auffassung vertrat, daß sich ein Polizist stets vorbildlich zu verhalten hat, fuhr er selten schneller als hundertdreißig. Unlängst war der Berliner Polizeidirektor Heinz Ernst als Tiefflieger auf dem Autobahnzubringer Heiligensee enttarnt worden; und das – so fand er – war ja dann doch irgendwie peinlich.

Das Schleichtempo gab ihm Gelegenheit, seine Mission zu überdenken. Wenn Wiesenbrink die Tozkaja tatsächlich kurz vor deren Tod getroffen hatte, war er entweder ein wichtiger Zeuge oder… ihr Mörder. Vorstellbar wäre es. Nur mal angenommen, er flippt aus, nachdem ihm die junge Russin eröffnet hat, daß ihm seine Geliebte den Laufpaß gibt. Alle Details im Obduktionsbericht legten nahe, daß die Frau in Folge einer Auseinandersetzung getötet wurde, der Täter im Zustand äußerster Erregung gewesen sein mußte. Totschlag also. Ein vorsätzlicher Mord hätte anders ausgesehen. Vermutlich war die Frau nicht einmal tot, als sie der Mann sich selbst überließ. Vielleicht ist sie sogar noch einige Schritte gelaufen, bevor der allmählich wachsende Bluterguß in ihrem Schädel begann, seinen tödlichen Druck auf die lebenswichtigen Zentren im verlängerten Rückenmark auszuüben. Hätte man die Frau rechtzeitig gefunden, wäre sie unter Umständen sogar zu retten gewesen, gesetzt den Fall, sie wäre an einen cleveren Arzt geraten. Eine Öffnung der Schädelhöhle, um das belastende Blutgerinnsel auszuräumen, und die attraktive Russin würde heute noch dem kompletten Offizierskorps der Roten Armee den Kopf verdrehen. Er war gespannt darauf, diesen Wiesenbrink kennenzulernen. Übrigens war Blechl noch keineswegs aus dem Schneider. Nach dem, was die Tozkaja über seine Geschäftspraktiken wußte, hätte sie vor Gericht eine glänzende Kronzeugin abgegeben.

Wiesenbrink oder Blechl? Blechl oder Wiesenbrink? Welcher der beiden war wohl der aussichtsreichere Kandidat für den elektrischen Stuhl?

Er nahm die Abfahrt bei Neuruppin, drosselte das Tempo und genoß die schattigen Alleen mit ihren ineinander verwachsenden Baumkronen und den Blick auf die schwarzen, abgeernteten Felder beiderseits der Straße, auf denen Krähen und Möwen ihre Nachlese hielten. Kurz vor Baltimore schoben sich die Wolken zu einer bleigrauen Wand zusammen; die ersten Regentropfen zerplatzten auf der Windschutzscheibe, als er den Wagen vor der Gemeindevertretung parkte.

Der Bürgermeister residierte in einem ehemaligen preußischen Militärwaisenhaus, dessen Seitenflügel durch die Gerüste einer Baufirma bewehrt waren, die dem bröckelnden Putz zu Leibe rückte. Offensichtlich war man auch im brandenburgischen Baltimore der Auffassung, daß sich der Aufschwung Ost zunächst einmal in einer Verschönerung des Rathauses manifestieren sollte.

»Hier können Sie aber nicht stehenbleiben!«

Horstmüller schaute sich erstaunt um.

Der Pförtner hatte die Deckung seiner Kabine aufgegeben und eilte auf ihn zu.

»Wieso denn nicht?« begehrte der Kommissar zu wissen.

»Haben Sie denn das Schild nicht gesehen? *NUR FÜR MITARBEITER DER GEMEINDEVERWALTUNG!«*

»Aber hier ist doch noch jede Menge Platz.«

»Wenn schon. Der Parkplatz für Besucher ist auf der anderen Straßenseite. Wo kommen wir denn hin, wenn hier jeder macht, was er will.«

Alte Schule, dachte Horstmüller. Das ostdeutsche Pendant zum westdeutschen Law & Order-Typ: Hier Deutschland – hier Ordnung! Aber so lief das nicht! Wenn er schon im Osten arbeiten mußte, würde er sich nicht von jedem dahergelaufenen Zooaufseher anpinkeln lassen. Er tankte Luft, bis er ein paar Zentimeter abhob, verzerrte seine Züge zu einer dämonischen Maske und ließ einen Schrei ab, der dazu führte, daß sich der Putz in großen Fladen vom Mauerwerk des angeschlagenen Rathauses verabschiedete. »Sind Sie des Wahnsinns, Mann? Wissen Sie überhaupt, mit wem Sie reden? Sind Sie nicht in der Lage, ein Auto-Kennzeichen zu lesen?«

Der Pförtner blinzelte zunächst kurzsichtig in Richtung des BMW und schaute dann wieder auf Horstmüller. Auf den ersten Blick sah dieser Fremde überhaupt nicht aus wie ein Angehöriger des Diplomatischen Korps.

»Ich binde mir den halben Tag ans Bein, düse von Miami in die finsterste Provinz, um mit meinem alten Freund Willi den Aufschwung Ost anzukurbeln, und Sie kommen mir hier mit der preußischen Parkplatzordnung! Was haben Sie denn früher gemacht, Kampfgruppenkommandeur?«

Er mußte ins Rote getroffen haben. Stotternd ergriff der Türhüter die Flucht nach vorn: »Da hätten Sie ein bißchen früher kommen müssen, junger Mann. Der Herr Wiesenbrink liegt nämlich im Krankenhaus. Wie man hört, ist er bewußtlos. Ich weiß schon, was Sie jetzt fragen wollen! Also ein Unfall war das nicht. Unter uns gesagt, man munkelt von Selbstmord!«

Er legte seine Stirn in gramvolle Falten, seine Furcht vor dem unbekannten Intimus des Regierenden Bürgermeisters entlud sich in unkontrollierter Geschwätzigkeit: »Wer hätte geglaubt, daß es mal soweit kommen würde. Ich meine... vor einem halben Jahr war das Fernsehen hier und die Zeitungen, der künftige Ministerpräsident und all die führenden Repräsentanten. Da dachte doch jeder: Jetzt geht es aber bergauf mit Baltimore! Und nun das...«

»Tja, ja«, machte Horstmüller, einigermaßen versöhnt. Wie alle Polizisten mochte er Leute, die von sich aus reden.

»Seit einer Stunde läuft so etwas wie eine Krisensitzung«, erklärte der Pförtner und wies mit dem Zeigefinger auf den zweiten Stock.

»Passen Sie gut auf meinen Wagen auf!«

Horstmüller nahm Kurs auf Wiesenbrinks Amtsräume.

»Fassen wir noch einmal zusammen«, sagte Gemeindevorsteher Dommel, der am Morgen das Heft des Handelns entschlossen in die Hand genommen hatte. Das nichtssagende Gesicht des ehemaligen LPG-Advokaten trug den Stempel unverhofften Machtzuwachses.

»Ein Rücktritt des Bürgermeisters steht vorerst nicht zur Disposition. Im Dialog mit den Bürgern müssen wir deutlich machen, daß wir Willi nicht allein lassen!«

»Willi braucht jetzt unsere Hilfe!« erntete er spontane Zustimmung aus der Runde.

Dommels Blick glitt suchend über den Zettel mit den Notizen.

Über dem Beratungszimmer hing ein unsichtbarer schwarzer Flor. Die Stilmöbel aus der Nierentisch-Ära knarrten traurig, aus dem Sekretariat war das Schluchzen der Kaffeemaschine zu hören. Der rechteckige weiße Fleck auf der Blümchentapete erzählte eine Geschichte von der Vergänglichkeit allen irdischen Ruhms: Hier hatte zu SED-Zeiten das Bildnis des Generalsekretärs seinen Platz gefunden. Die Baltimorer Volksvertreter verfolgten die Ausführungen des Vizes mit gebührender Aufmerksamkeit. Die wichtigsten Gedanken pinselte man mit.

Die Gemeinderatssekretärin steckte den Kopf durch die Tür: »Da draußen ist ein Herr…«

»Das schüttelt doch den Hund samt Hütte!« tobte Dommel. »Ich habe doch gesagt, daß wir nicht…«

»…von der Kriminalpolizei.«

»Oha!« meinte der Vize verblüfft. »Das paßt jetzt aber gar nicht.«

Horstmüller schob sich ins Beratungszimmer. »Tach. Kriminalhauptkommissar Horstmüller.«

»Ja, wie?« stammelte Dommel schockiert.

»Wie Sie vielleicht wissen, zieht jeder Suizidversuch zwangsläufig eine polizeiliche Recherche nach sich. In diesem Fall spricht einiges dafür, daß sich hinter dem Selbstmordversuch des Bürgermeisters mehr verbirgt als eine persönliche Krise wegen eines politischen Mißerfolges…«

Horstmüller warf einen Blick in die Runde, den er selbst für einigermaßen eindrucksvoll hielt. Niemand wurde ohnmächtig.

»Ach, bitte«, wandte sich Horstmüller an die Sekretärin, die mit weit aufgerissenen Augen in der Tür eingefroren war, »würden Sie uns wohl eine Tasse Kaffee holen. Und bringen Sie den Terminkalender des Bürgermeisters mit!«

Zwei Stunden später saß er bei einem alkoholfreien Bier im Gasthof und wartete auf seine Bratkartoffeln. Den Bürgermeister hatte er sich für den Nachmittag aufgehoben. Von seinem Platz aus hatte er einen guten Blick auf den Dorfplatz. Auf dem Kriegerdenkmal hockte ein preußischer Adler, der die Totentafel mit steinernen Flügeln vor dem Regen schirmte. Unter den dunkel glänzenden Blättern der Kastanien ritt der Malboro-Cowboy durch den grauen Oktobertag.

In der Gaststube war wenig los. Vier LPG-Bauern, die sich seit dem Ausbruch der Marktwirtschaft Vollerwerbslandwirte nennen durften, saßen am Stammtisch und spielten Skat, obwohl es eigentlich zu früh dafür war. Zwei Bauarbeiter fütterten das in ostdeutschen Kneipen obligatorische Groschengrab mit Münzen, während sie auf ihr Essen warteten. Sie tranken ihr Bier schneller als die alten Männer, die mit fleckigen Händen die Karten ordneten und wenig sprachen. Horstmüller stellte fest, daß er ihre Gesichter mochte, ihre wachen, in Nestern von Falten liegenden Augen, die ab und an interessiert zu ihm herüberwanderten.

Nach den Bratkartoffeln und einem zweiten Bier erkundigte er sich nach Blechl. Augenblicklich galt ihm die ungeteilte Aufmerksamkeit aller Gäste.

»Tja«, sagte der Wirt zögernd. »Wenn er hier ist, wohnt er in einem Bungalow am See. Hat früher mal der Stasi gehört. Sind Sie… ein Geschäftspartner von dem Mann?«

»Nö«, sagte Horstmüller. »Kann man so nicht sagen.«

Er spürte, daß Blechl hier nicht sonderlich beliebt war. »Im Gegenteil. Ich bin von der Polizei.«

Die beiden Bauarbeiter kauten bedächtiger; die alten Män-

ner hielten die Karten nur noch zum Schein in der Hand.
»Aus Berlin?« fragte der Wirt und wies mit einer Kopfbewegung auf den Wagen, der vor dem Gasthof parkte. Horstmüller nickte.

»Kripo?« wurde er hoffnungsvoll gefragt.

»Ja.«

»Aaahaa!«

»Das scheint Sie nicht besonders zu überraschen.«

»Wissen Sie, wenn man vierzig Jahre hier gelebt hat, überrascht einen überhaupt nix mehr!«

»Sie hätten am Sonntag hier sein sollen«, mischte sich einer der Bauarbeiter ein, »da war hier die Hölle los. Da hat sich der Bürgermeister was anhören dürfen wegen seinem Freund Blechl.«

Er stand auf, verließ die Gaststube und kehrte mit einem regennassen Plakatfetzen zurück.

»Zukunftsinitiative Baltimore 2000 – ein Flop!«, las Horstmüller, *»Wiesenbrink verscherbelt Baltimore an Schieber und Spekulanten...»*

41

Verschiedene unglückselige Umstände müssen aufeinandertreffen, damit ein italienischer Staatsdiener im Fahrstuhl eines Verwaltungsgebäudes ertrinken kann – eine Folge von nahezu unglaublichen Zufällen. Trotz einer ausdrücklichen Warnung auf einem Hinweisschild hatte der Mann eine lebensgefährliche Leichtfertigkeit an den Tag gelegt, als er den Fahrstuhl benutzte. Eine Leichtfertigkeit, die Gabler zu einem fassungslosen Kopfschütteln veranlaßte.

Das Schild wies auf eine Überschwemmung im Kellergewölbe hin, informierte den womöglich erschrockenen Fahrgast jedoch auch darüber, daß der Fahrstuhl seine Fahrt unweigerlich im Erdgeschoß beenden würde. Routinierte Mechaniker hatten die Steuerung entsprechend manipuliert.

Theoretisch hätte nichts passieren dürfen, konstatierte Gabler. Er warf einen betrübten Blick auf das Revers seines Anzuges. Er hatte es mit Salz und Scheuerpulver versucht, und das sah man ziemlich deutlich. Immerhin, der *Blut*fleck war raus.

»Wo ist Horstmüller?«

KaDeWe war in der Tür aufgetaucht wie eine Klappscheibe in einem Rummelplatzschießstand.

»In Baltimore!« erklärte Gabler wahrheitsgemäß.

Wieczorek zog mißbilligend die Brauen hoch.

»Wieso werde ich nicht gefragt? Auslandsreisen genehmigt hier immer noch einer – ich! Und was macht der Mensch jetzt in den USA?«

Gabler weihte ihn in die ortsnamenskundlichen Besonderheiten Brandenburgs ein.

»Und was treibt er in diesem Baltimore?«

Gabler hatte den Eindruck, daß er wieder mal auf dem falschen Fuß erwischt worden war. Seine diffusen Erklärungen trugen anscheinend wenig dazu bei, Licht in die Angelegenheit zu bringen.

»Hm.« KaDeWe warf einen nachdenklichen Blick aus dem Fenster. Außer einem freien Parkplatz gab es da draußen nichts Bemerkenswertes. Er wandte sich wieder Gabler zu:

»Sie reden doch gelegentlich miteinander? Ich meine Sie und Horstmüller? Wenn ich mich recht entsinne, arbeiten Sie beide am selben Fall.«

Gabler schwieg trotzig. Was konnte er dafür, wenn sich Horstmüller einer Wortwahl befleißigte, die kryptisch war wie die Sprüche der Gauck-Behörde?

Der Chef seufzte.

»Nun ja. Wenn Markus zurück ist, wird er mir sicher erklären können, was er in Baltimore verloren hat. Aber zu Ihnen, Kommissar Gabler: Ob Sie wohl eine halbe Stunde Zeit hätten, Vera Tozkajas Mörder zu vernehmen? Er hat sich vor zehn Minuten beim Pförtner gemeldet…«

42

Seine Augen waren ausdruckslos wie die Augen eines Blinden. Seine Wahrnehmung schien vollständig nach innen gekehrt. Die Dinge, die ihn umgaben, ließ er wie ein Schlafwandler an sich vorüberziehen. Auf die Geräusche seiner inneren Welt verwandte er die Konzentration eines meditierenden Mönches. Er war 52, zwei Jahrzehnte seines Lebens hatte er in Gefängnissen und psychiatrischen Anstalten zugebracht. Sein Gesicht schimmerte wie die Oberfläche eines zugefrorenen Sees, seine Hände ruhten in seinem Schoß wie nutzlose Werkzeuge.

Mit diesen Händen hatte er vor drei Tagen Vera Tozkaja getötet.

Behauptete er.

Ein Beamter brachte Gabler die Akte »Werner Grosser«. »Boni's Ranch!« erklärte er verächtlich.

Beim Überfliegen der Akte ging Gabler auf, daß »Boni's Ranch« vermutlich die forensische Abteilung der »Bonhoeffer-Nervenklinik« in Reinickendorf bezeichnete.

Als er den Ordner zuklappte, fragte er sich, ob es eine gute Idee gewesen war, Werner Grosser die Handschellen abnehmen zu lassen. Sicherheitshalber nahm er den Kugelschreiber vom Tisch.

»Gut, Grosser – reden Sie!«

Seine erstorbenen Augen waren auf einen Punkt gerichtet, der sich ein Stück oberhalb von Gablers Schulter befinden mochte. Dort befand sich nichts, abgesehen von einem Plakat, das zum diesjährigen Kripoball einlud. Es zeigte einen hübschen kleinen Revolver, der Noten spuckte. Es sah nicht so aus, als würde Grosser dem Plakat besondere Aufmerksamkeit widmen. Seine Stimme hatte einen leiernden Tonfall. Der Mann schien völlig abwesend.

»Ich habe es am Samstagabend getan.«

Pause. Gabler entschloß sich, ihm Zeit zu lassen. Irgendwann würde das Rinnsal seiner Erzählung zu einem Strom werden.

»Es war am Samstagabend. Ich war in dem Wäldchen, um den Bäumen zuzuhören. Jeder Baum hat eine andere Stimme. Ein Wald ist wie ein Orchester.«

Gabler fand, daß er recht hatte. Ein Wald kann tatsächlich wie ein Orchester sein. Er fragte nicht, wie Grosser aus seiner Wohnung in Spandau nach Karlshorst gelangt war und was er dort zu suchen hatte. Er erkundigte sich auch nicht, warum er dem Orchester der Bäume nicht in der Gatower Heide oder im Grunewald lauschte. Alles, was er wissen mußte, würde Grosser von allein erzählen.

»Sie war blond und schön. Wir lauschten gemeinsam dem Abendwind. Sie hatte keine Angst vor mir. Ich versprach, ihr einen Ort zu zeigen, den sie noch nie zuvor gesehen hatte...«

Grossers Stimme nahm den singenden Tonfall eines Priesters an; sein Körper wippte im Rhythmus seines Singsangs vor und zurück. Immer heftiger. Gabler lief es kalt über den Rücken. Er hatte nicht die geringste Vorstellung, wie er sich verhalten sollte.

»Einen Ort, den sie noch nie zuvor gesehen hatte. Einen magischen Ort. Stube und Küche. Stube und Küche...«

Gabler versuchte es mit einer Frage.

»Grosser... Grosser!! – Welche Kleider trug die junge Frau?«

»...ein Ort, an dem dir nichts geschehen kann... grüner Mantel – sie trug einen grünen Mantel. Sie war nackt darunter, ihre Brüste waren wie die Sphären zweier Planeten. Stube und Küche; ein Ort, an dem dir nichts geschehen kann...«

Die schwebende Bewegung seiner Hände ging in ein Zittern über, er schwankte wie eine außer Kontrolle geratene Marionette. Noch eine Sekunde und er würde vom Stuhl kippen. Gabler stand so langsam wie irgend möglich auf. Grosser schien es nicht zu bemerken. Die Oberfläche seiner Haut, die Wölbung seiner Pupillen schienen für äußere Eindrücke undurchlässig wie ein gut konstruierter Damm. Die Akte *»Grosser«* lag auf dem Tisch wie eine Gebrauchsanweisung, deren flüchtiges Studium sich jetzt rächte. Als Gabler

Grosser beruhigend die Hand auf die Schulter legte, wußte er, daß er etwas Falsches tat…

Grosser biß zu und hielt die Haut zwischen Daumen und Zeigefinger mit den Zähnen fest.

Gabler schrie einmal vor Schmerz und Überraschung auf; dann rührte er sich nicht mehr. Der Druck von Grossers Kiefer war eben noch zu ertragen; aber jede Bewegung konnte ihn veranlassen, ein Stück Fleisch und Sehnen aus seiner Hand zu beißen.

Grosser hielt die Hand mit den Zähnen fest und starrte abwesend in die Luft. Den Rest seiner Geschichte versuchte er mit den Händen zu Ende zu erzählen. Gabler grübelte, ob die Feuchtigkeit auf seinem Handrücken Speichel oder Blut war. Er erinnerte sich an keine Situation in seinem Leben, die auch nur annähernd so absurd gewesen war wie diese.

Grosser dirigierte mit zitternden Händen den Strom seiner Visionen. Er verarbeitete den Stoff einer Schlagzeile, die ihm am Morgen von den Titelseiten entgegengeschrien hatte – die Geschichte einer Russin, die am Rande von Skinheadausschreitungen umgekommen war. Viel mehr mußte er dem Chaos der äußeren Welt nicht entnehmen, um das Arsenal seiner Phantasie aufzurüsten.

Gabler starrte auf seine Hand und begann zu zittern. Vera Tozkaja war nicht blond, sie hatte keinen grünen Mantel getragen, und Grosser war verrückt wie der Märzhase an der Teetafel des Uhrmachers und würde ihm früher oder später unsäglichen Schmerz zufügen.

Das Gefühl, daß der Fall Vera Tozkaja etwas anders lief, als er sollte, verließ ihn auch nicht, nachdem ihm der Schlagstock eines Polizisten die Freiheit wiedergegeben hatte.

Grosser sackte vom Stuhl; Gabler warf einen fassungslosen Blick auf seine Hand.

»Tja, Mann,« erklärte der Beamte, während er Grosser wieder mit Handschellen bestückte, »das müssen Sie nähen lassen!«

43

Der Leiter der Unfallstation des Kreiskrankenhauses, ein arroganter, junger Mensch, hatte den Hergang des Suizidversuches überzeugend rekonstruiert. Mit viel Liebe zum Detail: Die Schrotladung, und das war einigermaßen ungewöhnlich, hatte Wiesenbrink am Hinterkopf erwischt. Sie rasierte ihm oberhalb des Nackens einen handtellergroßen Teil der Kopfschwarte weg und schlug dann in die Decke ein.

An dieser Stelle lächelte der weißgekittelte Schönling anerkennend, als sei es eine besondere sportliche Leistung, sich einen Teil seines Skalps eigenhändig abzuschießen...

Wiesenbrink begann heftig zu bluten. Da er unter Schock stand, hatte er zunächst keine Schmerzen. Er versuchte zu telefonieren, bekam aber mit den zitternden Händen die Tastatur des Funktelefons nicht unter Kontrolle, das der CDU-Ortsverband Datteln dem Patendorf Baltimore zur Verfügung gestellt hatte – in einem Akt tätiger Solidarität mit den brandenburgischen Parteifreunden.

»Er versuchte also, einen Arzt zu rufen, kam aber nicht mit dem Telefon klar. Dann kam er vermutlich auf die Idee, die Nachbarn zu alarmieren, aber auf halbem Wege zur Tür klappte er schließlich bewußtlos zusammen: Das Resultat: eine Kieferfraktur, eine ausgerenkte Schulter, zwei gebrochene Rippen...«

Der junge Arzt zählte Wiesenbrinks Verletzungen auf wie die Posten einer Einkaufsliste.

»Und ein völlig versautes Herrenzimmer...«, schloß er seine Schilderung ab, »Blut an der Decke, ein nasser, filziger Hautlappen auf der Karl-May-Gesamtausgabe – eine Mordsschweinerei!«

»Aaah-ja. Übrigens, wenn der Mann sich umbringen wollte, warum hat er sich dann nicht in den Mund geschossen? Anders gefragt – wenn er sich nicht umbringen wollte, warum hat er seine Elefantenbüchse dann nicht ganz vorsichtig in einer Strohkiste verpackt?«

»Gute Frage«, bewertete der Äskulapjünger Horstmüllers Überlegungen.

»Danke, junger Freund!« Horstmüller deutete eine Verbeugung an.

»Vielleicht war er einfach zu betrunken, um zu wissen, was er tat.«

»Soso.«

Der Bürgermeister dämmerte vor sich hin. Vollgepumpt mit Betäubungsmitteln, ein Fall für die Drogenfahndung.

Horstmüller warf einen leicht verärgerten Blick auf das Krankenlager. »Wann ist denn der Mann wieder ansprechbar?«

Der Arzt gab zu verstehen, daß er diese Frage unmöglich genau beantworten könne. »Vielleicht in zwei Stunden, vielleicht in zwei Tagen.«

»Naja«, knurrte Horstmüller. »Medizin ist nun mal keine exakte Wissenschaft. Ich schaue in zwei Stunden noch mal vorbei. Wenn es Ihnen recht ist.«

44

Blechl wußte, daß es der Mazdafahrer auf die Parklücke abgesehen hatte. Er war sich ganz sicher. Dieser nervöse Blick, mit dem er die Schloßstraße sondierte, diese unruhig umherschweifenden Augen! Jetzt kam es drauf an! Immer noch Rot-Phase. Er würde sich nicht von einem Reisschüssel-Piloten abkochen lassen! Gelb. Blechl ließ den Audi von der Leine, schnitt dem rollenden Tofu-Würfel die Vorfahrt und landete mit einem eleganten Schlenker in der Parklücke. Ha! Endlich mal wieder ein Erfolgserlebnis.

Die Haustür war geöffnet, der Fahrstuhl mit Beistelltischen, Yukkapalmen und Bücherkisten blockiert. In den oberen Etagen zog offenbar jemand aus. Zwei Blaukittel hievten soeben einen Kühlschrank auf den Flur.

Der Briefkasten quoll über. Flüchtig überflog Blechl die Post – es war nichts darunter, das ihn neugierig machte. Er stopfte alles in die Reisetasche, zwischen Geschäftspapiere und schmutzige Socken.

»Grüß Gott, Herr Blechl.«

Seine Nachbarin, eine ältere Dame, die sich anschickte, mit ihrem Hund Gassi zu gehen, lächelte ihm freundlich zu. Er nickte beiläufig zurück. Die anderen Mieter waren ihm so fremd wie die Verordnung zum Schutz von Blauwalen, und dabei wollte er es auch belassen. Kein Fraternisieren mit den Nachbarn, das brachte nur Unannehmlichkeiten mit sich.

Die Luft in der Wohnung war abgestanden, Blechl riß ein Fenster auf. Das eindringende Luft-Abgas-Gemisch beraubte die roten Tulpen auf dem Sekretär ihrer letzten Blüten. Sensible Gemüter hätte der kurze Regen vertrockneter Blätter womöglich melancholisch gestimmt oder gar in Endzeiterwartungen versetzt (der Fall eines Blütenblattes kann etwas beklemmend Ultimatives haben). Aber Blechl konstatierte nur, daß die grünen Stiele danach wie ein Mikadospiel in der bauchigen Vase steckten.

Natürlich hatte er die Blumen nicht selber gekauft. Er pflegte keine Blumen zu kaufen. Eher wäre er auf die Idee gekommen, sich einen Windelvorrat anzulegen oder eine Schallplattensammlung mit den Reden Nikita Chrustschows. Es war Erika Sommer gewesen, die ihm die Blumen geschenkt hatte. Bei ihrem letzten Besuch. *Hoffentlich* der letzte, dachte Blechl. Seine Beziehung zu der Alleinherrscherin der muffigen Kassen-Filiale von Baltimore hatte in den zurückliegenden Wochen einen gewissen masochistischen Zug angenommen. Erika war im Verlaufe ihrer diskreten Affäre von einem Mauerblümchen zu einer fleischfressenden Pflanze mutiert, die ihm mehr Sex und vor allem mehr Zuwendung abverlangte, als er zu geben bereit war. Es hatte einen Punkt gegeben, da er sie einfach nicht mehr ertragen konnte. Musik, Abspann, Vorhang.

Irgendwann würde er Erika sagen müssen, daß ihre Beziehung zu Ende sei. Schließlich hatte sie ihren Zweck erfüllt – im Austausch für seine Körpersäfte hatte ihm Erika einen Kredit zu mehr als großzügigen Konditionen gewährt. Blechl grinste unbehaglich. Der Himmel möge verhüten, daß sie jemals auf den Gedanken käme, er hätte sie ausgenutzt. Man weiß nie, wozu Frauen in einer solchen Situation fähig sind...

Ein wenig erstaunt darüber, welche Reflexionen ein paar rieselnde Tulpenblätter in ihm auszulösen vermochten, löste er sich aus seiner Versonnenheit. Sein Blick fiel auf die Whiskyneige in einem Kristallglas, in der sich eine einsame Stubenfliege ertränkt hatte. Er stutzte. Er erinnerte sich nicht, einen Whisky getrunken zu haben, bevor er sich auf den Weg nach Baltimore gemacht hatte. Merkwürdig!

Blechl schob die Schiebetür zum Schlafzimmer auf, warf einen prüfenden Blick in den Spiegel und öffnete den robusten schwäbischen Bauernschrank, Baujahr 1850 – ein Geschenk seiner Eltern für seine erste Wohnung in Stuttgart. Seither hatte ihn das Möbel bei allen Wohnungswechseln begleitet, jeglichen innenarchitektonischen Trendwenden zum Trotz.

Blechl holte seine Reisetasche und war eben im Begriff, den Wäschekorb zu öffnen, als das Telefon klingelte.

Er machte eine Kehrtwendung. Während er die Hand nach dem Tastentelefon in der Diele ausstreckte, segelte die schwere Reisetasche auf das zerwühlte Futon zu. In der tausendstel Sekunde, die Blechl noch zum Denken blieb, hoffte er, Maj-Brit möge die Anruferin sein. Er malte sich aus, wie es wäre, ihre Stimme zu hören. Wenn sie von zu Hause anrief, trug sie totsicher wieder einen dieser weiten flauschigen Norwegerpullover, und nichts darunter! Er dachte diesen Gedanken nicht zu Ende. Er dachte ihn nicht einmal an. Er dachte nur so viel von ihm, wie in das Tausendstel einer Sekunde hineinzuzwängen war. Dann riß ihn die Druckwelle von den Beinen, sein Hinterkopf schlug auf den Boden, ein Hagel von Splittern und Trümmern bereitete ihm ein unheilvolles Bad.

Die Explosion war so heftig, daß den Möbelträgern zwei Treppen tiefer ein antikes Buffet entglitt.

Ein paar Sekunden lang war Blechl taub. Dann hörte er sich selbst schreien.

45

Wiesenbrinks Arbeitszimmer sah aus wie die Todeszelle einer Hähnchenfabrik. Nachdem es Horstmüller gelungen war, die schluchzende Frau Bürgermeister sanft aus dem Raum zu drängen, hatte er genügend Muße, sich umzusehen. Er rief sich die Schilderungen des Stationsarztes ins Gedächtnis und fand dessen Rekonstruktion von Wiesenbrinks Selbstmordversuch recht plausibel. An der Zimmerdecke, direkt über dem besudelten Sessel, breitete sich ein diffuser schwärzlicher Kontinent aus Pulverrückständen und Blut aus. Dort war die Ladung eingeschlagen, die einen Teil von Wiesenbrinks Kopfschwarte mitgerissen hatte. Über den Landeplatz des Rests gab die Schweinerei Auskunft, die Wiesenbrink in der Bibliothek angerichtet hatte. Das Funktelefon stand auf dem Schreibtisch, etwa zwei Meter vom Sessel entfernt. Wiesenbrink war aufgestanden, zum Schreibtisch hinübergewankt… Moment mal!

Horstmüller beugte sich über den Tisch. Die Arbeitsplatte war mit einem Zufallsmuster von Blutstropfen übersät, das zum Teil als Resultat des Schusses entstanden sein mochte, zum Teil aber auch, als Wiesenbrink sich über den Tisch beugte. Es war mehr als auffällig, daß eine DIN-A-5-große Fläche am Rande des Tischs keine Flecken aufwies. Hier hatte etwas gelegen. Ein Schreibblock oder eine Mappe, vielleicht auch nur ein einfaches Blatt Papier, das nach Wiesenbrinks Suizidversuch entfernt worden war!

Herta Wiesenbrink schwor Stein und Bein, nichts aus dem Zimmer genommen zu haben. Nachdem sie ihren Mann gefunden hatte, habe sie den Notdienst verständigt, zu mehr sei sie nicht in der Lage gewesen. Horstmüller glaubte ihr das unbesehen.

»Sagen Sie«, fragte er die Frau, bevor er ging, »hier in Baltimore kommt doch selten etwas weg, nicht wahr?«

Die Frau Bürgermeister wollte wissen, wie sie diese Frage zu verstehen habe.

»Ich meine, geklaut wird hier doch nicht«, erklärte Horstmüller geduldig.

»Wo denken Sie hin«, fragte Herta Wiesenbrink ehrlich erstaunt. »Hier in Baltimore doch nicht.«

»Aja«, sagte der Kommissar. »Das dachte ich mir. Da lassen Sie wohl auch die Haustür immer unverschlossen?«

»Wenn wir zu Hause sind – natürlich!« sagte die Frau des Bürgermeisters.

46

Hatte der italienische Beamte den Knopf für den Keller aus Zerstreutheit gedrückt? Oder war es so etwas wie Versuchung?

Gabler war sich unschlüssig. Jeder Mensch, der eine Pistole in die Hand nahm, spürte den Drang, sich ihre Mündung einmal versuchsweise an die Schläfe zu setzen. Am Rande eines Abgrundes stehend, überlegen viele Menschen, wie es wohl wäre, einen Schritt nach vorn zu machen. Thanatos, die Sehnsucht zum Tode, war ein Trieb, lustvoll und verführerisch wie jeder andere auch.

Gabler nickte bedächtig bei dieser Erkenntnis und rieb sich mit der verbundenen Hand versonnen die Nasenwurzel. Die Bißwunde, die ihm Grosser verursacht hatte, war mit vier Stichen genäht worden. Dann begab er sich in Gedanken zurück in das fünfundzwanziggeschossige römische Bürogebäude, in dessen Lift unlängst ein Beamter ertrunken war. Da hatte es also dieses Hinweisschild gegeben und eine Sicherung, die verhindern sollte, daß der Fahrstuhl seine Fahrt nach dem Erreichen des Erdgeschosses fortsetzte.

Tatsache war jedoch, daß diese Sicherung kläglich versagte. Die Fahrstuhlkabine sackte wie eine Tauchkapsel in das nach einem Rohrbruch vollends überflutete Kellergeschoß. Als der Beamte die Tür öffnete, schloß sich ein Schwall eiskalten Wassers um ihn, die Stromkabel schlossen kurz. In allen 25 Stockwerken gingen die Lichter aus. Ein fulminanter Abgang, befand Gabler. Er hatte die Vision eines entsetzt aufgerissenen Augenpaares, das zu einem Aquanauten mit ledernen Ärmelschonern gehörte. Er sah mit den Augen der Wasserleiche den hellen Baldachin der Betondecke, an der sich der schaukelnde Körper scheuerte, während er – einer geheimnisvollen Strömung folgend – ins Nirwana trieb. Mit einem Paternoster wäre das nicht passiert, dachte Gabler, dann legte sich ein milchiger Schleier über seine Phantasien, und er schlief ein.

Er erwachte, als die Tür geräuschvoll ins Schloß fiel.

KaDeWe sah nicht danach aus, als hielte er es für gottgegeben, daß seine Bediensteten während der Arbeitszeit ein Nikkerchen machten. Er schnaufte unheilvoll, rief sich dann aber ins Gedächtnis, daß Gabler eine schwere Nacht hinter sich hatte.

»Runter mit der Bereifung?« erkundigte er sich anteilnehmend und wies dann erstaunt auf den Handverband, über den sich Gabler inzwischen ein bißchen Kaffee gekippt hatte: »Den hatten Sie doch vorhin noch nicht?«

Gabler schwieg ein nuancenreiches Schweigen. Es konnte so ziemlich alles bedeuten, von ›Danke der Nachfrage‹ bis ›Mach's dir doch selbst!‹

»Markus ist immer noch nicht aus Baskerville zurück«, stellte Wieczorek überflüssigerweise fest. Er warf einen Blick auf die Uhr: »Zwei Stunden vor Dienstschluß!«

»Baltimore«, verbesserte Gabler. Er wollte nicht unhöflich erscheinen und warf daher heuchlerisch einen interessierten Blick auf Horstmüllers Schreibtisch.

»Tatsache«, erklärte er, »er ist nicht da!«

»Na gut«, meinte KaDeWe. Dann wurde er offiziös: »Rainer Blechl. Sagt Ihnen der Name was?«

Gabler nickte pikiert.

»Dann machen Sie sich mal auf den Weg zu dem Herrn. Gerade kam eine Meldung von der Sofortbearbeitung. Vor einer halben Stunde ist dem Mann die halbe Wohnung in die Luft geflogen.«

Gabler fand das Haus auf Anhieb. Die Menschentraube davor besichtigte amüsiert die scheibenlosen Fensterrahmen in der ersten Etage.

Eine ältere Frau fegte die Scherben zusammen.

Hinter ihm hupte ein BVB-Bus. Gabler hielt vergeblich nach einer Parklücke Ausschau, also drehte er eine Runde um den Block. Nach fünf Minuten war er wieder an der alten Stelle. Notgedrungen parkte er auf dem Radweg.

Den Wohnungsinhaber erkannte er auf Anhieb – Blechl war der einzige im Raum, der ein zerrissenes Jacket trug. Er war auch der einzige, der breitbeinig in einem Korbsessel hockte und sich hin und wieder mit einem Taschentuch das Blut von der Stirn tupfte. Er wirkte ziemlich verstört, aber wie sollte es auch anders sein. Schließlich dürfte er seine erste Begegnung mit einem explodierendem Futon-Bett hinter sich haben.

»Hallo, Jürgen! Was machst du denn hier?«

Eine Pranke legte sich auf Gablers Schulter.

Er blickte in das Gesicht eines pausbäckigen Endvierzigers mit markanten Tränensäcken.

»Peters!«

Gabler war nicht gerade angenehm überrascht. »Das ist ja eine Freude«, heuchelte er. Sie kannten sich noch aus ihrer Zeit im Ostberliner Polizeipräsidium, wo Peters als einer der größten Dödel im Personalbestand gegolten hatte. Obgleich der Genosse Major wie das blühende Leben aussah, mußte seine Krankenakte in einem Tieflader von Arzt zu Arzt gefahren werden. Vor zwei Jahren, so erinnerte sich Gabler ohne Schwierigkeiten, hatten widrige Umstände Peters gezwungen, an zwei aufeinanderfolgenden Wochenenden Dienst zu tun. Danach wurde er mehrere Wochen krank. Erst nachdem die Fertigstellung seines Einfamilienhauses ihre therapeutische Wirkung entfalten konnte, war er wieder auf die Beine gekommen. Mit einem Wort: Der Mann war faul wie die Sünde und Weltmeister im Krankfeiern.

Gabler erholte sich schnell von seinem Schock.

»Was treibst du denn hier?«

»Spurensicherung! Sprengstoffdelikte sind neuerdings meine Spezialstrecke.«

Peters grinste, als habe er einen Block blanko unterschriebener Krankenscheine in Reserve. Gabler schaute ungläubig drein. Zu DDR-Zeiten war Peters Metier die Wirtschaftskriminalität gewesen.

»Hör auf! Du kannst doch eine Eierhandgranate nicht von einem Toaster unterscheiden.«

»Na und! Ich sage nur: Kommandounternehmen 1. Oktober!«

Gabler nickte verständnisvoll.

An diesem Tag hatten sich im Versammlungssaal des Ostberliner Polizeipräsidiums in der Hans-Beimler-Straße etwa 200 Polizisten eingefunden – die Aspiranten für einen Job im Westteil der Stadt. Eine polizeinahe Stiftung mußte dem Präsidium einen Computer mit integriertem Zufallsgenerator geschenkt haben, und für die Versetzung der Ostberliner Kollegen hatte man ihn augenscheinlich zum ersten Mal erfolgreich eingesetzt. Unbekümmert und fernab traditioneller menschlicher Logik schickte das jecke Elektronengehirn die Leute in die Wüste. Dabei schien es nur ein einziges Ordnungsprinzip zu geben: Das neue Einsatzgebiet eines Polizisten durfte mit seinem alten so gut wie gar nichts zu tun haben. Fachleute für Schmuckdiebstähle waren in das Rauschgiftdezernat versetzt worden, Suchtmittelexperten in die Abteilung für Eigentumsdelikte. Ein Kriminalrat, der während eines langen Berufslebens 92 Brandstiftungen aufgeklärt hatte, sah sich plötzlich vor die Aufgabe gestellt, sich mit dem Phänomen der Prostitution zu befassen. Kurzum, an diesem Tag wurden die Erfahrungen aus etwa 1200 Jahren Polizeiarbeit mit einem Mal so sinnlos wie ein Spontispruch an einer Kneipenwand.

Kein Wunder, daß Peters urplötzlich zum Sprengstoffexperten avanciert war. Lächerlich! Peters war ein trockener Bürokrat. Wieder einmal empfand Gabler tiefe Dankbarkeit dafür, daß er immer noch in seinem alten Metier tätig sein durfte.

Er ging einige Schritte auf den Trümmerhaufen zu, der früher einmal eine Schlafstatt gebildet hatte, und warf einen interessierten Blick auf die beiden Beamten, die soeben ein kleines Metallteil aus einem zersplitterten Bettpfosten bargen.

»Kannst du mir schon irgendwas Konkretes sagen?« wandte er sich an seinen alten Kollegen.

»Nee!« schnaufte Peters und blätterte interessiert in einer »Playboy«-Ausgabe, die durch umherfliegende Splitter durchlöchert worden war.

»Wie könnte es passiert sein?«

Peters nahm zur Kenntnis, daß Gabler von echtem Wissensdurst erfüllt zu sein schien. Er ließ das Magazin bedauernd fallen und faltete die Hände eunuchenhaft vor seinem Bauch.

»Wir nehmen an – richtiger gesagt – meine Kollegen nehmen an, daß am Bett ein Zünder montiert war, der auf Gewicht und Druck reagiert. Als der Wohnungsinhaber seine Tasche aufs Bett warf, wurde der Zünder aktiviert: Bumm. Aus. Der Mann hatte unglaubliches Schwein. Hätte er sich aufs Bett gelegt, würden wir ihn jetzt mit der Pinzette einsammeln.«

Blechl schaute entsetzt auf.

Peters lächelte ihm aufmunternd zu und warf sich ein Pfefferminzdrops in den Rachen.

»Willst du auch eins?«

Gabler dankte.

»Sonst noch was Auffälliges in der Wohnung?«

»Naja. Unser Herr Blechl hier meint, sein Arbeitszimmer sei durchstöbert worden. Das sei ihm erst aufgegangen, nachdem er die Polizei verständigt hatte. Das Whiskyglas da drüben auf dem Sekretär hat ihn stutzig gemacht.« Gablers Blick folgte Peters dicklichem Zeigefinger und fiel auf das Glas. Die Explosion hatte es umgeworfen, aber es war heil geblieben, und die Fliege schwebte noch immer in der bernsteinfarbenen Neige des Alkohols.

Blechl schien inzwischen aus seiner Lethargie erwacht zu sein. »Das ist doch Wahnsinn!« nuschelte er in sich hinein. »In seiner eigenen Wohnung ist man heutzutage nicht mehr sicher.«

»Haben Sie einen Verdacht?« erkundigte sich Gabler.

Der Unternehmer ließ sich entnervt in den Sessel zurücksinken. »Vor wenigen Tagen wurde eine frühere Mitarbeiterin von mir ermordet – offenbar von irgendwelchen Neonazis. Jetzt wollte man mich in die Luft sprengen. Da steckt doch System hinter, da gibt es doch Zusammenhänge…«

»Ach ja?« fragte Gabler interessiert. »Welche denn?«

Blechl erhob sich schwankend, inspizierte die Überreste seiner Hausbar und goß sich einen Cognac ein.

Dann schüttelte er ratlos den Kopf.

»Ich weiß es nicht. Ehrlich!«

Er seufzte.

»Ich bin Geschäftsmann, da macht man sich nicht immer nur Freunde. Es gibt Konkurrenz und Mißgunst, damit lebt man. Ich kenne aber nie-man-den…«, Blechl unterstrich das Wort mit einer eindringlichen Geste, »…nie-man-den, der so etwas tun würde.«

Gabler sah nachdenklich auf den am Cognac nuckelnden Blechl herunter.

»Sie haben Vera Tozkaja erwähnt. Sie war Ihnen wohl sehr ans Herz gewachsen.«

»Natürlich«, versicherte Blechl salbungsvoll und zerknüllte sein Gesicht dabei wie ein Strafmandat für falsches Parken.

»Welcher Art war denn Ihre Beziehung?«

»Sehr freundschaftlich«, erklärte Blechl mit einem theatralischen Beben in der Stimme. »Das brachte der Job nun mal mit sich. Teamwork, Sie verstehen? Vera hat unsere gesamten Export-Geschäfte in die UdSSR betreut. Vielleicht haben Sie ja eine Vorstellung davon, wie wichtig die akkurate

Übersetzung eines Vertragstextes sein kann – die kleinste Ungenauigkeit vermag eine Lawine an Rechtsstreitigkeiten auszulösen!«

»Wann hat Ihre Zusammenarbeit begonnen?«

»Im Mai dieses Jahres. Vera nahm damals an einem Computer-Kurs an der Hochschule für Ökonomie teil. Als einzige Russin – das war eine kleine Sensation. Ich kannte den Dozenten, der den Kurs gab.«

»Sie haben Vera Tozkaja auf Anraten dieses Mannes engagiert.«

»Etwa so war es«, bestätigte Blechl.

Gabler kramte in seinem Gedächtnis. »Im Mai waren Sie doch schon voll im Ost-Geschäft«, stellte er fest.

Blechl zog erstaunt die Brauen hoch: »Sie haben Erkundigungen über mich eingezogen?«

»Das hätten wir wohl nicht tun sollen?«

»Soll das heißen, daß Sie glauben, ich hätte etwas mit Veras Tod zu tun?«

Gabler schickte ein vieldeutiges Lächeln auf die Reise.

»Wieso ermittelt eigentlich die Staatsanwaltschaft gegen Sie, Herr Blechl? Wegen Übersetzungsfehlern?«

Der lädierte Unternehmer lächelte gequält: »So könnte man es sagen, ähm... Die Wahrheit ist, daß es zwei, drei Unregelmäßigkeiten gegeben hat, deren Urheber im Nachhinein schwer festzustellen sind. Ob Sie es glauben oder nicht – da hat sich zum Beispiel ein LKW mit Unterhaltungselektronik einfach in Luft aufgelöst, nachdem er in Moskau eingetroffen war. Wir – das heißt mein russischer Geschäftspartner und ich – wir vermuten Diebstahl.«

»Die Deutsche Außenhandelsbank vermutet fiktive Warenbewegungen«, bläffte Gabler, sich Horstmüllers Erkenntnisse zunutze machend. »Sie haben Geschäfte mit Dingen gemacht, die nur auf dem Papier existierten...«

Blechl stand abrupt auf. Plötzlich schien er sich wieder völlig unter Kontrolle zu haben.

»Sehen Sie, Herr Kommissar,« sagte er sehr ruhig, »ich

habe gerade ein Attentat überlebt. Ich bin *Opfer*, nicht *Täter*. Das scheinen Sie zu verwechseln.«

»Nur noch eine Frage. Wo waren Sie am Samstagabend, zwischen zwanzig und zweiundzwanzig Uhr?«

Blechl mußte nicht lange nachdenken. »In meiner Wohnung. Allein. Aber das macht mir keine Sorgen, denn ich habe ein reines Gewissen.«

Peters trat zu ihnen und nahm Gabler beiseite.

»Ich denke, wir wissen jetzt, wie der Bombenleger hereingekommen ist!«

Für jemanden, der es darauf anlegte, war es kein Problem, in Blechls Wohnung zu gelangen, ohne die Tür zu benutzen. Die auf den Hof hinausgehende Glasveranda war leicht zu erreichen, wenn man auf einen der Abfallbehälter des benachbarten griechischen Restaurants kletterte. Das kaputte Seitenfenster war nicht besonders auffällig. Die Scheibe war mit einem Lumpen eingedrückt worden, den der Täter achtlos fortgeworfen hatte. Er lag noch immer in der Veranda, zwischen den monströsen, mit Scherben übersäten Gewächshauskübeln, aus denen unbekannte tropische Gewächse ihre Lebenskraft sogen. Ein illuminierter Zimmerspringbrunnen ließ seinen dünnen, urinfarbenen Wasserstrahl prahlerisch in die Höhe steigen. Gabler rümpfte angewidert die Nase.

Zwei Beamte von der Spurensicherung waren im Begriff, jeden Quadratzentimeter der Wohnung mit dem Staubpinsel zu bearbeiten. Sie erzeugten kleine, dekorative Grafiken, indem sie die Plastikfolien mit den Abdrücken menschlicher Hautpartien auf weiße Karteikarten klebten. Dabei unterhielten sie sich über die Finanzierungsmöglichkeiten für den Bau einer Garage.

»Wenn Sie meine Meinung hören wollen,« meldete sich Blechl zu Wort, der sich eben noch einen Cognac nachgegossen hatte, »dann war das ein Verrückter. Er hat sich die Hausbar vorgenommen, eine ganze Flasche Bourbon ausgetrunken und ist wieder verschwunden.« Zum Beweis für seine Theorie hielt er eine leere Whiskyflasche in die Luft.

»Tja«, räumte Gabler ein, »das ist schon merkwürdig!«.

»Stellen Sie das Ding wieder hin«, forderte Spurensicherungsexperte Peters den Wohnungsinhaber auf. »Vielleicht sind da ja die Fingerabdrücke des Attentäters drauf.«

»Und das Beste ist, daß du das Ganze von der Steuer absetzen kannst...«, sagte einer der beiden Männer mit den Staubpinseln und lächelte zufrieden, bis ihm die Dose mit dem daktyloskopischen Pulver entglitt und eine breite Spur hinterlassend über das Parkett rollte.

»So eine Schweinerei!« zeterte Blechl.

»Regen Sie nicht auf«, sagte der Pechvogel. »Als wenn das noch was machen würde!« Mit einer Kopfbewegung wies er auf das Chaos um sich herum. »Und mit ein bißchen Spülmittel und ein paar Eimern Wasser kriegen Sie das problemlos wieder weg. Das Pulver, meine ich! Für den Rest bestellen Sie am besten einen Müllcontainer.«

47

»Ich sage Ihnen doch, ein blauer Audi!«

Horstmüller beglückwünschte sich im Stillen, daß er auf die Idee gekommen war, dem Dorfkrug von Baltimore einen letzten Besuch abzustatten.

»Jeder in Baltimore kennt den, das is' der Wagen von dem Blechl.«

Walter Matzmohrs Gesicht glühte vor Aufregung.

»Da hat der Matzmohr recht«, schaltete sich der Wirt ein. »Ein blauer Audi 100 fällt hier inne Gegend auf wie 'ne lila Kuh. Die Leute gucken ja nach jedem Westauto, wegen die Alteigentümer. Die kennen jeden Wagen, der 'n bißchen was hermacht. Der Westberliner, der das Haus von der alten Mauroschat wiederhaben will, fährt einen grünen Ford. Der Bayer, der glaubt, daß ihm das Grundstück von dem Nooke gehört, hat einen roten Vectra. Und der taubenblaue Audi, das is' dem Blechl sein Auto, kennt hier jeder. Stand ja lange genug rum, vor den Stasi-Blockhütten am See.«

»Gut, gut.« Horstmüller entschloß sich, auf die Stimme des

Volkes zu hören. Er klopfte Matzmohr anerkennend auf die Schulter. »Wie wär's mit einem Bier auf meine Rechnung?«

Matzmohrs Augen leuchteten auf.

Horstmüller trank ein Rex-Pils mit ihm und rief dann im Krankenhaus an. Wiesenbrink schwebte noch immer im Koma.

Der Kommissar seufzte. Er würde wohl die Nacht über in Baltimore bleiben müssen.

»Haben Sie noch ein Zimmer frei?« erkundigte er sich beim Wirt. Er hatte. Horstmüller versuchte, nach Westberlin zu telefonieren. Vergeblich. Ein knappes Jahr nach dem Fall der Mauer kam eine Verbindung zwischen Kuala Lumpur und Hoppegarten immer noch leichter zustande als ein Gespräch zwischen Kladow und Pankow.

48

Gabler fühlte sich nicht wohl in seiner Haut. Er haßte Restaurants, in denen man für ein Essen mehr löhnte als für die Reparatur eines Kotflügels. Während er überschlug, daß ihn jeder Löffel seines Hummersuds siebzig Pfennige kostete, fiel sein Blick auf seinen Handverband. Er sah längst nicht mehr danach aus, als kaschiere er eine vornehme Tennisverletzung.

»Was hast du denn da wieder angestellt?«

Simona legte ihm die Hand auf den Arm.

Dort, wo ihre Fingerspitzen landeten, bildete sich ein kleiner Vulkan. Gablers ermatteter Kreislauf erhielt eine schlauchlose Transfusion sanft pulsierender Wärme.

»Jedes Mal, wenn ich dich treffe, hast du irgendwelche Blessuren!«

»Ich hab'… mich beim Kochen verbrüht.«

»Du kochst?«

Simonas Gesicht spiegelte aufrichtige Verblüffung wieder.

»Für dich alleine, oder…?«

Gabler fluchte leise in sich hinein. Ganz gleich, worüber

sie miteinander redeten, immer kamen die Geheimnisse seiner wunden Seele zur Sprache.

»Ich habe mir Spaghetti gemacht…«

Der Kellner schenkte Wein nach.

»Die Hosen gehen auch nicht mehr, Jürgen. Kauf dir endlich mal was Neues!«

»Hm.«

»Sei doch nicht so störrisch. Jetzt, wo du den neuen Job hast, mußt du doch auch ein bißchen was vorstellen!«

Ihre Stimme streichelte ihn wie ein Samthandschuh.

Sie klappte ihr Notebook auf.

»Los Jürgen, wir machen jetzt einen Tag fest, an dem wir dich neu einkleiden. Alles was du tun mußt, ist dein Scheckbuch mitbringen.«

Sie lächelte.

Eine Armee kleiner Pinguine exerzierte in Gablers Magen.

Simona überflog ihre dates.

»Die ganze nächste Woche paßt es nicht so gut. Termine über Termine. München, Frankfurt, Leipzig. Aber übernächste Woche Donnerstag ginge!«

Er würde wirklich gerne wissen, wofür die Leute sie hielten! Sie könnte eine erfolgreiche Anwältin sein, überlegte Gabler, und ich… ihr Mandant! Sie hat mich gerade gegen Kaution aus dem Kitchen geholt – für zwanzig Mark, oder so.

»Jürgen!«

»Wie?« Er lächelte ihr entschuldigend zu.

»Mein Gott, du bist aber auch zerstreut. Wie wäre es mit übernächstem Donnerstag?«

Wie sollte er wissen, was er am übernächsten Donnerstag tun würde!

»Vielleicht.«

Sie schwiegen. Simona schien das nichts auszumachen, sie lächelte und streichelte mit ihren Blicken sein Gesicht, bis ihm die lange Funkstille vollends unbehaglich wurde.

»Weißt du,« sagte er in dem Bemühen, die Konversation neu zu entfachen, »es geht schon merkwürdig zu im Leben.

Ich hab da heute eine Geschichte von so einem Italiener gelesen...«

Er legte seine Serviette neben den Teller und fegte dabei ein Weinglas vom Tisch. Das Lokal war so verdammt vornehm, daß kein Mensch zu ihm herübersah. Der Kellner sammelte die Scherben zusammen und trocknete den Riesling-Fleck auf der Batistdecke mit einem batteriebetriebenen Fön. Gabler starrte beschämt auf seinen Handverband. Er sah aus, als hätte gerade jemand drauf gepinkelt.

49

Erika Sommer stand vor der offenen Tür des Kassentresors. Er enthielt 145.450 DM in bar. Für das Geld interessierte sie sich nicht. Ihre Aufmerksamkeit galt einer Waffe: Einem kleinen, stumpfschnäuzigen Revolver, der sie zweihundert Mark gekostet hatte.

Ein Modell, das speziell für Damen gefertigt wird.

Sie hatte den Revolver aus einem Katalog herausgesucht. Es war kein Problem gewesen, vom Polizeichef des Landkreises einen Waffenschein zu erhalten: Sie war Sparkassenchefin, und die schlecht gesicherten kleinen Landfilialen bettelten förmlich um einen Überfall.

Ein paar Wochen hatte der Revolver in der Schublade ihres Schreibtisches verbracht. Irgendwann zog er in den Banktresor um, wo er traurig darauf wartete, seine Kugeln in einen Gesetzesbrecher pumpen zu können. Niemand kümmerte sich um ihn, und im Laufe der Monate materialisierte sich seine Schwermut in Gestalt eines öligen Fleckes auf seiner Unterlage aus Packpapier.

Jetzt nahm ihn Erika in die Hand und betrachtete ihn nachdenklich. Der Selbstmord des glücklos verliebten Kassierers kam ihr in Erinnerung, der tote Landpolizist, der mit dem Gesicht nach unten im Mühlbach trieb.

Mit spitzen Fingern kontrollierte sie, ob der kleine Sicherungshebel umgelegt war. Der Mann, der ihr die Waffe verkauft hatte, meinte, das wäre wichtig, besonders wenn eine Patrone im Lauf steckte, was jetzt der Fall war. Vorsichtig versenkte sie den Revolver in ihrer Handtasche.

Sie verschloß den Tresor und ging zurück an ihren Schreibtisch. Der Arbeitstag begann wie jeder andere auch. Sie zeichnete die Kreditanträge ab, die vier Dorfbewohnern den Weg in Überschuldung und Elend ebneten. Sie studierte die Börsenberichte und die Wechselkurse. Devisengeschäfte wurden für die Sparkasse von Baltimore immer bedeutender: Im Sommer dieses Jahres hatten acht(!) Kunden österreichische Schillinge, dänische Kronen und spanische Peseten verlangt. Gegenüber 1989 bedeutete das eine Steigerung von 800 Prozent.

Kurz vor der Mittagspause übergab sie ihrer Stellvertreterin den Tresorschlüssel, ließ sich 15.000 DM von ihrem Girokonto auszahlen und nahm ein Taxi nach Berlin.

50

Wiesenbrinks irrender Geist durchpflügte die weiße, ätherdurchtränkte Wüste der Bewußtlosigkeit wie ein führerloser Eisbrecher. Schneestürme durchwehten den Raum hinter seinen geschlossenen Lidern; Polarlichter erblühten und verwelkten auf seiner Netzhaut. Als er das erste Mal versuchte, die Augen zu öffnen, sah er einen Mann im Trenchcoat, der angewidert auf ein Sandwich starrte. Beim zweiten Mal war der Mann immer noch da, aber das Sandwich schien verschwunden. Hatte er es aufgegessen, oder hatte er es weggeworfen? Einen mehr oder weniger lichten Augenblick lang beschäftigte Wiesenbrink diese metaphysische Frage. Dann wurde es wieder dunkel um ihn herum.

»Wiesenbrink!«

Als erstes kehrte seine Fähigkeit zu hören zurück. Jemand schien in seinem Kopf nach einem Kurzwellensender zu suchen – eine Salve von Morsesignalen rieselte durch die Katakomben seines Gehörganges.

»Wiesenbrink!«

Der Mann im Trenchcoat beugte sich über ihn.

»Wollen Sie einen Schluck Wasser?«

Wiesenbrink nickte. Der kalte Rand eines Glases stieß gegen seine Schneidezähne; er spülte eine Packung rostiger Nägel aus dem Rachenraum in den Magen hinunter.

»Wer sind Sie?« wollte er von dem Mann im Trenchcoat wissen.

»Horstmüller. Kripo Berlin.«

Ein matt schimmerndes Blechoval mit einer eingestanzten Zahl pendelte vor seinen Augen. Auch die Zimmerwände begannen zu schaukeln. Wiesenbrink würgte.

»Lassen Sie das – mir wird schlecht davon!«

Horstmüller steckte seine Marke weg.

»Können Sie reden?«

Der Kranke nickte: »Wie geht es meiner Frau?«

»Gut. Sie hat Sie heute morgen besucht.«

Wiesenbrink lächelte schwach. Er hatte es nicht bemerkt, daß jemand bei ihm gewesen war.

»Ich möchte Ihnen gern ein paar Fragen stellen«, erklärte Horstmüller und grinste innerlich dabei. Natürlich war er nicht hier, um Wiesenbrink die Katheterbeutel zu wechseln. »Der Arzt meint, Sie könnten ein wenig sprechen. Wenn es Ihnen zuviel wird, geben Sie mir Bescheid.«

Wiesenbrink schloß müde die Augen. Einen irrationalen Gedanken lang hatte er sich der Illusion hingegeben, seine Krankheit würde ihn vor dem schützen, was vor ihr gewesen war.

»Geht es um BALTIMORE 2000?«

»Nein. Das heißt auch, aber nur am Rande. Sie hatten am Samstagabend eine Verabredung mit Katharina Bergmann!«

Die Mullbinden gaben von Wiesenbrinks Gesicht immerhin soviel frei, daß sich dem Beobachter Empfindungen wie Schmerz oder Entsetzen mitteilten. Seine bandagierten

Hände begannen, unstet über die Bettdecke zu kriechen. Sie erinnerten Horstmüller an zwei kriegsversehrte Schildkröten.

»Woher wissen Sie, daß ich mich mit Katharina treffen wollte?«

»Von ihr selbst. Haben Sie die Verabredung eingehalten?«

Wiesenbrink schwieg und starrte an die Zimmerdecke. Horstmüller wartete geduldig.

»Sagen Sie meiner Frau nichts davon«, bat Wiesenbrink schließlich.

Horstmüller zuckte vage mit den Achseln. Er würde kein Versprechen geben, das er vielleicht nicht einhalten konnte.

»Waren Sie zur verabredeten Zeit da?«

»Ja. Um einundzwanzig Uhr, am Bahnhof Lichtenberg, Taxistand.«

Horstmüller nickte. Das stimmte mit dem von Katharina angegebenen Treffpunkt überein.

Wiesenbrink sprach mühsam weiter: »Aber sie ist nicht gekommen. Wir haben uns sonst nie in der Stadt getroffen; immer nur bei ihr zu Hause. Ich habe eine Stunde gewartet und bin dann zu ihr gefahren. Es war niemand da. Jedenfalls hat niemand geöffnet.«

Er brauchte für seinen kurzen Text fast zwei Minuten. In den langen Pausen hörte Horstmüller, wie das Krankenhaus über die steten, immer wiederkehrenden Episoden seines Innenlebens berichtete. Es war gut möglich, daß Wiesenbrink die Wahrheit sagte. Genauso denkbar war aber auch, daß er log. Vielleicht war die Tozkaja am Ende doch zum vereinbarten Zeitpunkt erschienen, die beiden hatten sich in ein Taxi gesetzt und waren in Richtung Karlshorst gefahren, an einen ruhigen Ort, an dem man ungestört miteinander reden konnte…

»Sie haben sich regelmäßig mit Katharina getroffen?«

»Über ein Vierteljahr lang. Nachdem wir uns während der Verhandlungen zu BALTIMORE 2000 kennengelernt hatten.«

Wiesenbrinks Augen nahmen einen feuchten Glanz an. Seine kräftigen Händen begannen, einen Zipfel der Bettdecke zu kneten. Die Liebe macht die Menschen zu Narren, sinnierte Horstmüller. Wieso war Katharina Bergmann ausgerechnet an diesen ganz und gar gewöhnlichen Menschen geraten?

Wiesenbrink war inzwischen damit beschäftigt, den Zusammenhang zwischen seiner geplatzten Verabredung und der Anwesenheit eines Polizisten herzustellen. Seine Augen weiteten sich schreckensvoll wie die eines Kaninchens, das soeben erfahren mußte, daß es Myxomatose hat.

»Katharina. Ist ihr etwas zugestoßen?«

Er versuchte sich aufzurichten. Horstmüller drückte ihn in das Kissen zurück.

»Es geht ihr gut«, tröpfelte er Wiesenbrink die erste Information ein. »Nur – sie hatte gar nicht die Absicht, sich tatsächlich mit Ihnen zu treffen.«

»Aber sie hat doch…«

»…sie hat ihre Freundin Vera Tozkaja gebeten, an ihrer Stelle zu der Verabredung zu gehen. Sie besaß nicht den Mut, Ihnen selbst zu sagen, daß sie ihre Liaison mit dem Bürgermeister von Baltimore beenden wollte. Das ist für Sie vielleicht schwer zu verkraften, aber tatsächlich haben Sie ein viel größeres Problem. Zu der Zeit, zu der Sie, ohne es zu wissen, auf die Freundin Ihrer Freundin gewartet haben, ist Vera Tozkaja ermordet worden.«

»Gott!«

Wiesenbrinks Blick flackerte. »Und ich dachte, Katharina wollte mir noch eine Chance geben…«

Den Tod Vera Tozkajas schien er nicht zur Kenntnis genommen zu haben. Entweder er hat es wirklich nicht verstanden, oder er ist ein begnadeter Schauspieler, dachte Horstmüller. Er brachte sein Gesicht nahe an das des Bürgermeisters. »Warum haben Sie versucht, sich das Leben zu nehmen, Wiesenbrink?«

»Ach.«

Wiesenbrink hechelte nach Luft – ein Marathonläufer in der Landschaft der Angst. Kleine Speichelbläschen zerbarsten auf seinen Lippen.

»Ich habe Vera Tozkaja an diesem Abend nicht getroffen.

Und ich wollte mich nicht umbringen. Es war ein Unfall… glaube ich. Ich kann mich an kaum etwas erinnern.«

Wiesenbrink ließ sich in das Bett zurücksinken. Er heftete seinen Blick auf die von feinen Rissen durchzogene Decke seines Krankenzimmers und besann sich auf das tröstliche Gefühl, das ihm die schwarze, doppelläufige Mündung der Schrotflinte vermittelt hatte, auf den salzigen Geruch von Metall und die würzige Mischung von Öl und Kordit. Hatte er wirklich die Absicht gehabt abzudrücken?

»Es war die Niederlage, die Demütigung in der Einwohnerversammlung… nichts anderes. Ich wußte nicht, daß Katharina unser Verhältnis lösen wollte. Und Vera Tozkaja habe ich nicht getroffen, glauben Sie mir das.«

»War vorgestern Nacht jemand bei Ihnen?«

»Nein. Wie kommen Sie darauf?«

»Der Audi 100 Ihres Freundes Blechl ist vor Ihrem Haus gesehen worden, etwa zu der Zeit, als sich der Schuß löste.«

Wiesenbrink schüttelte vorsichtig den Kopf.

»Bei mir war niemand. Das heißt: Ich kann mich nicht an einen Besucher erinnern.«

»Es lag etwas auf Ihrem Schreibtisch, ein Block oder eine Kladde, als Sie versuchten zu telefonieren. Wissen Sie das noch?«

»Auf meinem Schreibtisch?«

»Ja?« fragte Horstmüller lauernd.

»Mein Tagebuch«, sagte Wiesenbrink. Dann sackte ihm der Kopf zur Seite.

Der Kommissar blickte sich um und entdeckte den Alarmknopf.

»Nichts Ernstes«, sagte der Stationsarzt.

Horstmüller machte sich auf den Weg nach Berlin.

51

Die alte Fabrik schien seit Menschengedenken als Schuttabladeplatz benutzt worden zu sein, Autowracks und ausgemusterte Möbelstücke markierten den Weg zu dem von Unrat überhäuften Werkhof, zerbeulte Kühlschränke ließen ihr FCKW ungeniert in den trüben Himmel ab.

Sie ließ das Taxi warten und lief die letzten fünfhundert Meter zu Fuß.

All die Überreste der östlichen Wohlstandsgesellschaft mochten kulturgeschichtlich von hohem Interesse sein, Erika jedoch wurde inmitten des Unrats und Drecks das Atmen schwer.

Es stank nach Exkrementen.

Sie tastete sich einige Schritte vor und blieb dann in der Mitte des von Büschen und Gras überwucherten Hofes stehen. Ein Amsel saß auf der Spitze eines verbogenen Blitzableiters und schmetterte ihr schrilles Lied. Erika glaubte, die Umrisse einer Gestalt am Fenster der vierten Etage zu sehen. Dann spürte sie plötzlich einen Luftzug hinter sich.

»Schöne Gegend hier, nicht wahr?«

Jäckel grinste und kam zur Sache.

»Wo ist das Geld?«

Sie suchte in seinem Gesicht nach einem Zug, der es vernünftig erscheinen lassen konnte, ihm auch nur im Geringsten zu vertrauen.

»Wer garantiert mir, daß Sie mich dann in Ruhe lassen?«

Jäckel lachte.

»Ich gebe Ihnen mein Wort als Deutscher!«

Sie griff in die Handtasche. Ihre Finger umschlossen einen Augenblick den kalten Metallgriff des Revolvers. Dann zog sie das Bündel Hundertmark-Scheine heraus.

Jäckel warf einen fast liebevollen Blick auf die Geldscheine und wog sie in seiner rechten Hand.

»Mit Ihrer Spende haben Sie der Bewegung einen großen Dienst erwiesen!«

»Den Schlüssel!« verlangte Erika.

Jäckel ließ das Geld in seiner Jackentasche verschwinden.

»Keine Sorge, Sie haben mein Wort! Wenn Sie die Restsumme abgeliefert haben, kriegen Sie den Schlüssel…«

Ihre Lippen begannen zu zittern.

Jäckel kniff die Augen zusammen. Ihn beschäftigte die Frage, ob die Sparkassinchefin jetzt gleich aus den Latschen kippen würde. Bislang hatte sie sich ganz gut gehalten.

»Sie wollen noch mehr?«

»Dreißigtausend Mark sind doch eine Kleinigkeit für eine Bankdirektorin. Sie müssen doch nur an den Tresor gehen und zulangen.«

»Wir hatten uns auf fünfzehntausend geeinigt!«

»Fangen Sie nicht an zu flennen! Am Samstag bringen Sie den Rest, und die Sache ist erledigt. Gleiche Zeit! Gleicher Ort!«

Er trat einen Schritt auf sie zu. Er war breitschultrig und kräftig, fast zwei Köpfe größer als sie. Erika wich einen Schritt zurück. Er grinste, wandte sich dann abrupt um und schritt auf das Fabrikgebäude zu.

Ihre Hand umfaßte den Griff des Revolvers. Fast routiniert zog ihr rechter Zeigefinger den Sicherungshebel nach unten.

Jäckel blieb stehen und drehte sich um.

Er klopfte auf die Jackentasche, in der ihre fünfzehntausend Mark verschwunden waren.

»Jetzt schmeiße ich meinen Jungs eine Abschiedslage, daß die Heide wackelt.«

Noch trennten sie keine zehn Schritte voneinander. Sie würde ihn treffen, wenn sie es darauf anlegte. Wer würde ihn hier draußen schon finden, inmitten all dieses Drecks würde ein bißchen menschlicher Unrat kaum auffallen.

Sie hob den Revolver und schoß. Die Detonation riß ihre Hand hoch, eine Sekunde lang kniff sie die Augen zusammen. Sie blinzelte, sah Jäckel, keine fünfzehn Schritt entfernt, an der dunkel gähnenden Öffnung eines Mauerdurchbruchs.

Er starrte sie verblüfft an.

Eine Handbreit über seinem Kopf, dort wo das Projektil eingeschlagen war, rieselte Kalkstaub aus dem Mauerwerk.

Als er begriff, was geschehen war, lachte er lauthals auf.

»Sie haben wirklich Mumm!«

Eine Sekunde später war er verschwunden.

Langsam ließ Erika die Waffe sinken.

Dann übergab sie sich.

Der Taxifahrer stellte keine Fragen. Das Radio dröhnte, offenkundig hatte er den Schuß nicht gehört.

»Zurück nach Baltimore, Frau Sommer?«

»Nein. Nach Berlin. Charlottenburg.«

52

»Wir haben in Blechls Wohnung die Fingerabdrücke von insgesamt sieben Personen gefunden, Blechls eigene Abdrükke eingeschlossen. Die übrigen Spuren stammen von vier Frauen und zwei Männern. Zwei der Abdrücke auf der Bourbonflasche und auf den Fotos, die Sie mir überlassen haben, stimmen überein. Und das beweist…,« Gabler machte eine kurze Pause, »…daß Sie in der Wohnung waren! Muß ich noch sagen, daß die Sprengladung in Blechls Bett aus einer russischen Infantriehandgranate bestand?«

Igor Tozkij reagierte auf diese Mitteilung äußerlich gelassen. Statt zu weitschweifigen Erklärungen anzusetzen, stellte er Schnaps- und Teegläser auf den schmalen, nierenförmigen Tisch. Seine Blicke mieden die leeren Bilderahmen, die einst Veras Fotos enthalten hatten. Gabler sah zu, wie Tozkij die Gläser mit Tee und Schnaps füllte und dachte an seine Lieblingstheorie, nach der das Leben eine Abfolge von mehr oder minder originellen Katastrophen ist.

»Es gibt in Moskau einen U-Bahn-Ring«, sagte Tozkij, »der der Ring der Verliebten genannt wird. Er wird so genannt, weil es dort, vor allem in den kalten Jahreszeiten, von Liebespaaren wimmelt, die kein eigenes Zimmer haben. Und welches junge Paar in Moskau hat schon ein eigenes Zimmer?«

Er hatte Vera auf dem Studentenball des Fremdspracheninstitutes »Maurice Thorez« kennengelernt. Weil mit Leutnantschulterstücken schon 1982 kein großer Staat mehr zu machen war, entschied er sich, nicht in Uniform zu diesem Ball zu gehen. Den Anzug hatte er sich von einem Freund geliehen und war sich dann völlig overdressed vorgekommen, denn die Mehrzahl der Studenten trug Jeans und T-Shirts mit schlampigen, weiten Pullovern darüber. Viele von ihnen, so erklärte ihm Vera später, hatten Eltern in einer Sinekura, einer Position mit guten Verbindungen, so daß es kein allzu großes Problem darstellte, Jeans oder ein paar westliche Sportschuhe zu beschaffen.

Den ersten Kuß gab sie ihm in der kühlen Basilika der Metrostrojewskaja, der Metrostation, die nach den Erbauern der Moskauer Untergundbahn benannt ist. Er hatte sie an sich gezogen und seine Hände in die weiche Kerbe unter ihrem Hintern gelegt. Er fühlte durch den steifen Jeansstoff hindurch das Beben, das ihren Körper durchfuhr. Danach war er soviel U-Bahn gefahren, wie in seinem ganzen Leben noch nicht. Nach ein paar Tagen hatte er den Netzplan der Hauptstadt im Kopf wie die Aufmarschkarte für eine kriegsentscheidende Schlacht. Die Fresken und Mosaikbilder, die in den unterirdischen Hallen prunkten wie die Heiligengeschichten an den Kuppeln der alten russischen Klöster, verwoben sich in seinen Träumen zu einem endlosen Kaleidoskop.

Das erste Mal liebten sie sich in der Gemeinschaftsküche, auf einem klapprigen, mit Wachspapier bedeckten Tisch. Der Kater war ihm zwischen den Beinen hindurchgestrichen, als er sich über Vera beugte. Die Uniformjacke hing über dem Schlüsselloch. Unter die Klinke hatten sie eine Stuhllehne geklemmt. Im Nachbarzimmer hustete ihr Vater, der Kriegsveteran. In der Schule hatte er die Geschichten von einem Jagdflieger gelesen, der seine MIG mit Beinprothesen flog und Dutzende Deutsche vom Himmel holte. Er hatte von Kriegsgefangenen gelesen, die ihre Bewacher umlegten und sich hundertzwanzig Kilometer bis zur Front durchschlugen. Von Partisanen, die sich lieber die Zunge aus dem Rachen reißen ließen als das Versteck ihrer Genossen zu verraten. Es waren Geschichten von Helden gewesen. Veras Vater, der im Zimmer nebenan hustete, während sie ihn auf dem Tisch liegend mit ihren Beinen umklammert hielt, war ein Held. Wenn er am 8. Mai zur Parade ging, wußte man nicht, ob die Orden auf seiner Brust rasselten oder die Fetzen seiner Lungen, die vor vierzig Jahren in einen Fleischwolf der Marke KRUPP geraten waren. In dem Jahr, als Igor und Vera sich kennenlernten, ging der alte Mann zum letzten Mal zur Parade. Danach blieb er in seinem Zimmer und begleitete ihre Freiübungen auf dem Küchentisch mit seinem melancholischen, schleimigen Husten. Einmal verschwand er für ein paar Wochen im Bezirkskrankenhaus. Als er wiederkam, konnte er nicht mehr sprechen. Er wehrte sich nicht, als die alte Lehrerin, die mit ihnen in der Gemeinschaftswohnung hauste, sein Krankenlager mit Ikonen und Wachslichtern umstellte. Tozkij erinnerte sich gut an die Stunden, in denen sie zu viert am Bett ihres Vaters saßen und die Fotos aus dem Schuhkarton auf dem Kleiderschrank durchsahen – fleckige Bilder, deren immer wiederkehrende Motive Uniformierte, Geschützstellungen und Fahnen waren. Die Fotos bildeten einen seltsamen Kontrast zu den von Wachslichtern illuminierten Heiligenbildern.

Veras Vater hustete, und das Taschentuch in seinen Händen färbte sich gelb. Vera hockte in ihren Jeans auf der Bettkante und betrachtete die Fotos, auf denen ihr Vater ein gesunder, starker Mann war. Igor schwieg und dachte an die Geschichten aus seinen Schulbüchern.

Sie heirateten 1985, im Jahr der Perestroika. Vera übersetzte deutsche Bücher und Igor diente als Oberleutnant in einer Einheit des Rückwärtigen Dienstes, die zu einem bei Moskau stationierten Nachrichtenregiment gehörte. Im Sommer 1986 wurde er nach Deutschland versetzt. Vera entschloß sich mitzukommen. Schon zu DDR-Zeiten gab es in Deutschland Dinge, die sich in Moskau problemlos in Medikamente umsetzen ließen. Sie hatte einen entfernten Verwandten im Außenhandelsministerium, einen kleinen Beamten, der ziemlich häufig in Deutschland war und dafür sorgte, daß ihre Pakete in Moskau ankamen.

»Poblatu« hieß das Zauberwort – Beziehungen, Vitamin B. Auch in der Zeit der Perestroika.

Sie ließen die Gemeinschaftswohnung, die Metro und den Ismailowski-Park zurück und lebten von nun an in einem Neubau in Karlshorst.

Die alte Lehrerin, die ihren Vater pflegte, übernahm es, Radios, Sonnenbrillen und Kassettenrecorder in Medikamente umzutauschen...

Tozkij beugte sich vor, um Schnaps nachzugießen. Er reichte Gabler ein Glas und sah ihm dabei in die Augen.

»Als Vera begann, bei Blechl zu arbeiten, wurde alles viel leichter. Von da an kauften wir die Medikamente in Deutschland – die umständlichen Tauschprozeduren auf dem Schwarzen Markt fielen weg. Und das Geld reichte für mehr als nur für Medikamente...«

Er wies mit dem Kopf hinter sich auf den Fernseher und den Computer.

»Ich glaube, Vera hatte anfangs wirklich keine Ahnung, daß Blechls Geschäfte kriminell waren. Aber sie fand es bald heraus.«

»Wann, glauben Sie, geschah das?«

»Blechl bat sie, ihre Beziehungen zum Moskauer Außenhandelsministerium spielen zu lassen. Sie arrangierte ein paar Geschäfte über ihren Vetter. Vor zwei Monaten hat sie dann in Moskau mit ihm gesprochen, auf einer Familienfeier. Er hat ihr alles erzählt, sie ausgelacht, als sie ihm versicherte, daß sie nichts von Blechls krummen Touren wußte.«

»Warum ist sie nicht zur Polizei gegangen?«

Tozkij lächelte bitter.

»Allein der Umstand, daß wir mit den deutschen Behörden in Berührung kommen, hätte dem Oberkommando ausgereicht, um uns nach Hause zu schicken...«

Gabler nickte. Es fiel ihm nicht schwer, sich vorzustellen, was eine Versetzung aus disziplinarischen Gründen bedeuten konnte. Dienst in einer Nachrichteneinheit irgendwo in einer gottverlassenen autonomen Miniaturrepublik.

Tozkij leerte den Rest seines Glases und schenkte sich nach. Gabler winkte erneut ab. Er konnte nicht gut mit einem Mann trinken, den er gleich darauf verhaften würde. Tozkij sprach weiter.

»Vera wollte, daß wir in Deutschland bleiben, ich nicht. Wir haben uns gestritten deswegen, aber die Frage hatte sich bald erledigt. Blechl brauchte sie nicht mehr, und eine neue Arbeit fand sie nicht. Damals muß es angefangen haben. Sie begann, Geld von Blechl zu verlangen, er gab es ihr. Sie muß ihm gedroht haben, einem deutschen Richter alles zu sagen, was ihr über seine Rußland-Geschäfte bekannt war.«

»Haben Sie davon gewußt?«

Tozkij schüttelte den Kopf. »Ich habe es zwei Tage nach ihrem Tod herausbekommen.«

Ein kleines, in Leder gebundenes Heft klatschte auf den Tisch.

»Darin finden Sie eine genaue Aufstellung über die Summen, die Blechl an Vera gezahlt hat. Ich habe es in der Küche gefunden, unter einem Stapel alter Zeitungen.«

Gabler addierte die schmale Zahlenkolonne und kam auf 32.000 DM. Die Tage, an denen Vera Blechls Ratenzahlungen entgegengenommen hatte, waren genau vermerkt. Er stutzte.

»Wenn diese Aufzeichnungen stimmen, dann hatte Ihre Frau am vergangenen Samstag eine Verabredung mit Blechl.«

Er zählte eins und eins zusammen.

»Sie haben dem Mann in seiner Wohnung aufgelauert, weil Sie glauben, daß er Ihre Frau auf dem Gewissen hat.«

Die Uhr auf der Kommode, neben den leeren Bilderrahmen, tickte leise.

»Sie haben in seiner Wohnung gesessen, seinen Whisky getrunken und auf den Mörder Ihrer Frau gewartet.«

Gabler lief es kalt über den Rücken bei diesem Gedanken.

»Viel Vertrauen haben Sie nicht zur deutschen Polizei! Was ist, wenn es Blechl gar nicht war?«

Tozkij lächelte verächtlich und schwieg.

»Wo ist das Geld?«

Ein Bündel Hundertmarkscheine fand sich auf dem Tisch wieder.

Gabler steckte es kommentarlos ein.

»Machen Sie sich fertig, Tozkij. Ihnen ist ja wohl klar, daß Sie mitkommen müssen.«

Gabler fühlte, wie sich Mitleid in ihm breitmachte. Tozkijs militärische Laufbahn war beendet. Er hatte seine Frau verloren, seinen Job, in ein paar Wochen würde er in irgendeinem Militärgefängnis schmoren. Kein guter Abgang aus Deutschland.

»Gehen wir«, forderte er den Russen auf. Er griff nach seinem Mantel.

Tozkij schüttelte verneinend den Kopf. »Ich gehe. Du bleibst hier.«

Während seiner gesamten bisherigen Laufbahn hatte Gabler noch nicht ein einziges Mal in eine Pistolenmündung geblickt. Jetzt erlebte er eine Premiere. Die Standardwaffe der russischen Armeeoffiziere ist die Makarov. Gabler kannte sie gut. Er trug das gleiche Modell im Holster.

Spezialisten hatten unlängst herausgefunden, daß die 9-mm-Patronen, die mit der Makarov verschossen wurden, unzulässig viel Quecksilberdämpfe freisetzten. Ostberliner Polizisten absolvierten seither ihre Pistolenschießübungen nicht mehr in geschlossenen Schießständen, sondern ausschließlich im Freien, denn die Quecksilberdämpfe beeinträchtigen nach Ansicht der Experten Gesundheit und Wohlbefinden des Schützen.

Weit gefährlicher als das Quecksilber ist jedoch das Blei, das durch eine Makarov freigesetzt werden kann. Also zog Gabler es vor, Tozkijs Anweisungen zu befolgen, der ihn innerhalb einer Minute an die Heizung gefesselt hatte. Dazu benutzte er Gablers Handschellen. Die eine Rundung der Acht schloß sich um Gablers linkes Handgelenk, die andere um den rechten Fuß. Gablers Dienstwaffe deponierte er auf dem Wohnzimmertisch.

Die Schlüssel für die Handschellen steckte er ein, ebenso das Geld, das ihm Gabler zähneknirschend überreichte. Dann betätigte er die Fernbedienung des »Blaupunkts« und verschwand.

Gabler kam sich vor wie einer dieser Schimpansen, die für wissenschaftliche Experimente benutzt werden, bei denen sie ein geeignetes Werkzeug finden müssen, um an eine Südfrucht heranzukommen. Einen Stock zum Beispiel, um eine Orange von der Käfigdecke zu schlagen.

Er hatte eine Hand und ein Bein frei und wollte an seine Dienstwaffe heran, die ihm Tozkij auf dem Eßtisch hinterlassen hatte. Der Russe schien ein guter Menschenkenner zu sein. Er hatte sich darauf verlassen, daß der Deutsche nicht einfach anfing zu schreien. Kein Polizist würde sich in einer solch demütigenden Situation der Lächerlichkeit preisgeben, indem er wie ein kleines Kind um Hilfe greinte!

Gabler rieb sich mit dem Handrücken über die Nasenwurzel.

Irgendwie mußte es ihm gelingen, sich aus diesem Schlamassel zu befreien. In seinem Hirn spukte bereits eine Idee herum, wie er das schaffen könnte. Alles was er dazu brauchte, war die Makarov. Er würde sie durchladen und die Stahlkette der Handschellen durchschießen! Schließlich hatte er das im Film Dutzende Male gesehen. Also, wie war das mit dem Stock und der Orange?

Im *Sportchannel* ging eine Meisterschaft im Kickboxen zu Ende.

53

»Mach ihn alle! Einen Tritt in die Nieren! Bingo!«

Seit über einer Stunde fieberte Otto Schuricke mit den Kickboxern mit, die spielerisch wie junge Pferde durch den Ring tänzelten und einander mit pfeilschnellen Tritten und Schlägen attackierten. Nachdem er den letzten Kampf durchgestanden hatte, atmete er so schwer, daß seine Frau besorgte Blicke auf ihn warf: »Geh mal 'n bißchen auf'n Balkon, Otto. Frische Luft schnappen.«

Schuricke schüttelte ungnädig das Haupt. Erst als die Werbung kam und er sich vergewissert hatte, daß auch RTL und MTV momentan nichts Besonderes zu bieten hatten, legte er widerwillig die Fernbedienung aus der Hand.

Auf dem Balkon angelangt, gab er zunächst ein paar Spritzer gut abgestandenes Wasser in die Resedarabatte.

Dann ließ er seinen Blick prüfend über den Horizont wandern. Die grauen Wolken luden nicht gerade zum Spaziergang ein. Keine Chance, versprengte Rentner bei ihren als Einkäufen getarnten Fluchtversuchen aus Wohnungen und Altenheimen aufzugabeln und sie zu einem Bier ins »Grüne Eck« zu überreden.

Schurickes Augen tasteten das gegenüberliegende Haus ab. Nach dem Großkampftag am Montag war es nicht lange ruhig geblieben in der Weitling-Straße 35, die man mittlerweile getrost den berühmtesten Adressen Ostberlins zurechnen durfte. Die ersten Touristen waren bereits aufgetaucht, und noch am Montagabend hatten Sympathisanten aus Tempelhof und Nauen eine Mahnwache für die Opfer des brutalen Polizeieinsatzes abgehalten. Wenn es mal wieder andersrum geht, spekulierte Schuricke, wenn die Bewegung wieder ans Ruder kommt, werden sie an dem Haus wohl 'ne Gedenktafel anbringen.

Am Dienstag waren die ersten braunen Kämpfer wieder eingerückt und hatten noch am Abend ihren vermeintlichen Sieg über die Justiz gefeiert. Also merkwürdig ist das schon, überlegte der Rentner auf seinem Balkon, daß die Burschen schon einen Tag nach ihrer Verhaftung wieder auftauchen. Unter Honecker ging es schon für ein kleines Hakenkreuz in der Telefonzelle für ein Jahr in den Bau.

Schuricke blinzelte durch das alte Opernglas, das er vorsorglich auf dem Balkontisch stehen hatte. Bis auf die Beobachtung eines Seitensprungs von Frau Schuster im Nachbarhaus hatte sich der Späher-Einsatz in den letzten zwei Tagen kaum gelohnt. Aber das konnte sich ja noch ändern.

Vor der Nazi-Hochburg fuhr ein klappriger Volkswagen vor. Ein stämmiger Kerl schälte sich vom Fahrersitz und schloß den Kofferraum auf. Drei Glatzen kamen in Formation aus dem Hauseingang und nahmen Aufstellung.

Schuricke suchte verzweifelt die Schärfe.

»Otto!« bellte es aus der Küche. »Willse jetzt die Suppe?«

»Jetzt nicht, Oma«, flüsterte Schuricke. »Gegenüber ist gerade ein Waffentransport angekommen.«

»Woher weisse das?«

»Kenn' ich noch von früher!«

Nachdem er endlich die Schärfe gefunden hatte, mußte er seine Vermutung korrigieren.

»Dat gibt ja wieder 'ne Nacht!« stöhnte er, nachdem er den Zählappell für die Bierkisten abgeschlossen hatte, die von den Glatzen ins Haus geschleppt wurden.

Sein Blick fiel auf den Burschen mit dem roten Bürstenschnitt, der sich offenbar zu fein war, um mitanzupacken.

Das Gesicht hatte Schuricke schon mal gesehen, und er wußte auch wo. Er ließ das Opernglas sinken und war mit zwei kurzen Sätzen im Wohnzimmer. Mit einer Handbewegung fegte er die Fernsehzeitschrift vom kleinen Rollschrank und zerrte die »Berliner« vom Vortag hervor.

Von der Seite 3 starrte ihn Jäckel an.

»Mensch, Oma, nach dem fahnden die doch!«

Schuricke hatte keinen Zweifel. Er wählte die angegebene Sonder-Telefonnummer. »Sie sind doch auf der Suche nach diesem Jäckel, steht doch in der Zeitung... Sagen Sie mal, gibt's da eigentlich eine Belohnung... Waaas? Wieso nich'? Bei XY-Zimmermann gibt's immer eine!«

54

Der WM im Kickboxen schloß sich ein Wrestling-Spektakel an, das wiederum durch eine Meisterschaft im Sumo-Ringen abgelöst wurde. Im Wohnzimmer der Tozkijs sah es inzwischen aus, als hätten sämtliche drei Leibesübungen dort stattgefunden. Aber Gabler hatte die Pistole. Sie war durchgeladen und zielte auf die Stahlkette der Handschelle, und alles was Gabler nun noch davon abhielt zu schießen, war die bange Frage, wo das Projektil landen würde, nachdem es die Kette zerschlagen hätte und gegen die Wölbung des Heizungsrohrs geprallt war.

Er setzte die Waffe in verschiedenen Winkeln an, aber in keinem Fall dünkte er sich völlig sicher, von dem zurückschlagenden Geschoß verschont zu bleiben.

Tozkij war inzwischen sicher längst über alle Berge. Mit 32.000 Mark läßt sich eine Menge anfangen. Noch zwei Tage und er hatte einen neuen Paß und ein Quartier, in dem ihn so rasch niemand aufstöbern würde. Es gab eine Menge Exil-Russen in Westberlin, die ihrem zahlungskräftigen Landsmann unter die Arme greifen konnten.

Gabler entschloß sich, den Ausgang des laufenden Kampfes abzuwarten und dann zu entscheiden. Entweder würde er ein demütigendes Hilfegeschrei ausstoßen oder schießen.

Dann ging plötzlich die Wohnungstür auf. Gabler setzte sich auf die Pistole und lächelte der alten Dame, die ihn kurzsichtig musterte, verlegen zu.

»Sind Sie der Deutsche?« wollte sie wissen.

»Konjeschno!« antwortete Gabler. »Natürlich!«

Sie wackelte verständnislos mit ihrem greisen Haupt, während sie brabbelnd auf Gabler zu schlurfte.

»Was machen Sie da? Yoga? Wozu soll das gut sein? Warum essen Sie nicht lieber einen kräftigen Borschtsch?«

Er verdrehte die Augen.

Dann sah er die Schlüssel in ihrer Hand.

»Das ist von Igor«, erklärte sie. »Er hat gesagt, ich soll's Ihnen in einer halben Stunde bringen. Alles Verrückte, diese jungen Leute. Ist das nicht schlecht für die Knochen, was Sie da treiben?«

55

»Mensch, Gabler!« jubelte KaDeWe. »Ich wußte doch gleich, daß wir mit Ihnen einen guten Fang gemacht haben. *Sie* hatten die richtige Spürnase. Mein Freund Horstmüller liegt voll daneben, aber das kommt schon mal vor...«

Gabler raffte nicht, worum es ging.

»Ich verstehe nicht...«

»Können Sie auch nicht. Noch nicht!«

Wieczorek nahm feierlich ein mehrseitiges Papier vom Schreibtisch.

»Wir haben hier die Aussage unseres V-Manns in Jäckels Truppe. Danach hat sich Jäckel unwidersprochen als Mörder der Russin feiern lassen. So müsse man jetzt mit diesem Russenpack umgehen... heißt es hier.«

Gablers Augen nahmen einen matten Glanz an.

»Kriegen wir den Zeugen auch auf die Zeugenbank?«

Der Kriminalrat legte seine Stirn in Falten.

»Eine scharfsinnige Frage!«

Er zog das Telefon zu sich und tippte eine vierstellige Nummer ein.

»Ahhh. Kollege Kronsfoth. Schön, daß ich Sie noch erreiche... Ja, ja... die Überstunden... Sehen wir uns eigentlich auf dem Polizeiball...Ihre Frau tanzt wirklich gut... ja, ganz bezaubernd... Tatsächlich? Apropos: Noch eine Frage zu dem Bericht Ihres V-Mannes: Können wir den informellen Mitarbeiter als Zeugen aufmarschieren lassen?... Wieso nicht?«

Wiezcoreks Miene verfinsterte sich während des fünfminütigen Telefongesprächs zunehmend.

»Ja, natürlich, weiß ich, wieviel Mühe es macht, so einen Mann aufzubauen! Wie man ihn nach einer Zeugenaussage schützen soll, weiß ich auch nicht. Wie Sie meinen! Jaja. Der

Polizeipräsident sagt das auch? Na, dann wird das schon seine Richtigkeit haben. Danke auch. Wiederhören!«

Als Wieczorek aufgelegt hatte, starrten sich die beiden Polizisten wortlos an.

»Also nicht!« sagte Gabler schließlich.

»Nein!« erklärte KaDeWe und begann, im Zimmer auf und ab zu gehen. »Wie sollten unsere nächsten Schritte aussehen? Zunächst mal werden wir die Wohnung dieses Herrn Blechl observieren lassen. Ich möchte nicht, daß ihm dieser russische Rambo ein zweites Ei ins Nest legt. Wo ist eigentlich Horstmüller? Immer noch in Brazzaville?«

»Baltimore. Dort ist er nicht mehr. Horstmüller glaubt nach wie vor fest daran, daß Blechl der Täter war. Dafür spricht mittlerweile genau soviel wie für meine Version.«

»Wieso denn?« fragte KaDeWe unwirsch.

»Blechl ist offenkundig von Vera Tozkaja erpreßt worden. Er hatte zur Tatzeit ein Treffen mit ihr. Horstmüller ist gerade in der Polizeitechnischen Untersuchungsstelle. Er glaubt, daß Blechl sogar bei dem vermeintlichen Selbstmord des Bürgermeisters von Baltimore die Hand mit im Spiel hatte.«

KaDeWe schüttelte besorgt den Kopf.

»Hauptsache, ihr einigt euch irgendwann mal darauf, wen ihr vor den Kadi zerrt!«

Gabler versprach, darüber nachzudenken.

»Übrigens – können Sie mir wenigstens den Namen des V-Mannes sagen?«

Es war reine Neugier.

Der Rat verzog das Gesicht.

»Eigentlich nicht. Die Jungs beim Staatsschutz legen größten Wert auf Diskretion. Ich habe den Namen auch nur zufällig mitbekommen...«

»Wenn ich Jäckel jetzt vernehme, will ich nicht aus Unkenntnis den Verdacht auf unseren Mann lenken. Wäre schon wichtig zu wissen...«

»Na, gut!« Wieczorek stand auf und öffnete Gabler die Tür. »Von mir haben Sie ihn aber nicht!«

Gabler grinste verschwörerisch.

»Der Mann soll Stankowski heißen. Ich habe noch nie was von ihm gehört... Gabler! Was ist mit Ihnen?«

Gabler glaubte, nicht recht gehört zu haben. Die Abschürfungen in seinem Gesicht begannen wieder zu brennen.

»Kennen Sie diesen Menschen?«

Gabler nickte.

»Das ist Jäckels bester Mann. Sie nennen ihn... Göring!«

56

Der Strafvollzugsbeamte, der gelegentlich einen Blick in den Vernehmungsraum warf, sah zwei Männer, die einander wie alte Bekannte gegenübersaßen. Sie sprachen wenig. Sie bewegten sich kaum. Man hätte meinen können, sie hätten ein Schachspiel vor sich.

Er stand kurz vor der Pensionierung und hatte viele Vernehmungen erlebt, aber selten eine, die von so langen Perioden des Schweigens beherrscht war wie diese...

Der rothaarige Skinhead hatte seine Fäuste vor sich auf den Tisch gelegt. Ab und zu musterte er seine Fingernägel. Die meiste Zeit jedoch starrte er dem Polizisten direkt in die Augen. Er schien kein bißchen nervös zu sein. Alles in seiner Miene sagte: Mir ist das hier im Grunde scheißegal!

Das Gesicht des Polizisten wirkte verschlossen, wie zugemauert. Seine Augen hatten einen fiebrigen Glanz. Ewig nicht mehr geschlafen, vermutete der Knastbulle. Er hatte zu lange Dienst hinter den Mauern der UHA geschoben, um in Gablers Augen die Bessenheit eines Jägers zu erkennen.

»Finden Sie die Nummer nicht langsam ein bißchen öde?« fragte Jäckel.

Gabler schwieg.

»Ich kann ja verstehen, daß Sie mir den Mord an der Russin anhängen wollen. Sie sind aus'm Osten und haben ein Erfolgserlebnis dringend nötig. Aber so läuft das nicht, und das wissen Sie. Sie können mir ja nicht mal nachweisen, daß ich am Tatort war.«

Gabler lehnte sich gleichmütig in seinen Stuhl zurück. Warum sollte Jäckel nicht noch ein bißchen plaudern?

Er hatte Zeit. Die Dinge waren unter Kontrolle.

Der alte Strafvollzugsbeamte war auf seinem Spaziergang bis an die vergitterte Fensterfront am Ende des Ganges gelangt. Er hatte eine Weile den Teil der Straße beobachtet, der über die Mauer der Untersuchungshaftanstalt hinweg einzusehen war. Jetzt schaute auf die Uhr. Seit über einer Stunde saß der Kripomann mit seinem Klienten im Vernehmungsraum...

Auf dem Rückweg zum anderen Ende des Ganges warf er erneut einen Blick in das Zimmer. Es sah alles noch genau so aus wie fünf Minuten zuvor.

Gabler griff in die Tasche und schob das EK-Zwo über den Tisch.

»Wem gehört das? Dir?«

Jäckel schaute vor sich auf den Tisch: Ein einfaches Steckkreuz aus dem 2. Weltkrieg – mit silbernem Rand. Auf der Rückseite war die Jahreszahl 1813 eingeprägt – das Jahr, in dem Friedrich Wilhelm I. auf die Idee gekommen war, die Auszeichnung zu stiften.

»Wissen Sie, wie viele es von den Dingern gibt?« fragte Jäckel abschätzig. »Sowas können Sie für 120 Mark in jedem Militarialaden kaufen!«

Er nahm das Kreuz in die Hand, warf es wie eine Münze in die Luft und fing es in der geschlossenen Faust auf.

»Kopf und ich bin hier morgen früh wieder raus!«

»Zahl und du bleibst im Knast!«

Jäckel klatschte das Kreuz auf den Tisch und hielt es mit der flachen Hand bedeckt.

Er grinste, als er es freigab.

Die »1813« lag zuunterst.

»Hätten wir mit Ihrem alten Parteiabzeichen gespielt, hätten vielleicht Sie gewonnen!«

Das EK-Zwo schlidderte zurück über die Tischplatte.

»Pech!« sagte Gabler und verstaute es mit spitzen Fingern in einem Plastiktütchen.

»Machen Sie sich nichts draus!« riet ihm Jäckel.

»Du hast mich falsch verstanden.« Gabler lächelte kalt. »Es gibt Zeugen, die dich in der Mordnacht mit dem Ding gesehen haben.«

»Der Wirt vom ›Grünen Eck‹«, sagte Jäckel. »Na und?«

»Du hast es verloren, nicht wahr?«

Jäckel dachte nach.

»Sie haben das Ding am Tatort gefunden?«

Gabler nickte.

Jäckel schüttelte entsetzt den Kopf:

»Oh nein, Mann, so läuft das nicht. Beweisen Sie erst mal, daß das Ding mir gehört.«

»Es sind deine Fingerabdrücke drauf!«

»Damit kommen Sie nicht durch!«

»Du solltest jetzt gründlich nachdenken. Das Ding gehörte dir, und wir haben es nahe bei der Toten gefunden. Wenn du jetzt nicht auspackst, alles, inklusive die Geschichte über den Überfall, ziehe ich die Nummer mit den Fingerabdrükken durch…«

»Nie im Leben kauft Ihnen das ein Richter ab!«

»Das bleibt noch abzuwarten. Und da ist noch was. Von eurer Siegesfeier in der Weitling-Straße gibt es eine wunderbare Hörspielfassung.«

Das hatte gesessen.

Jäckel wurde wortkarg.

»Ihr verdammten Bullenschweine…« Er flüsterte fast.

Gabler grinste höhnisch.

»Du hast den Mund etwas vollgenommen. Es war keine gute Idee, mit dem Mord an der Russin auch noch zu prahlen!«

»Hören Sie auf! Ich habe die Frau an dem Abend nicht mal gesehen.«

»Und warum dann die starken Worte auf der Party…«

Jäckel schnaufte gedemütigt.

»Sie wissen doch, wie das ist: Die Kids brauchen ihre Gruseleinlagen. Irgendso ein Spinner hat mich zu meiner tollen Presse beglückwünscht, und da hab' ich halt erklärt, daß man so mit dem Russenpack umspringen muß…«

Gabler stand auf.

»Das war's. Es gibt nichts mehr zu besprechen. Ein Geständnis könnte dir ein paar Jahre einsparen, aber das ist so wichtig auch nun wieder nicht…«

»Einen Augenblick noch. Ich hab' keine Lust, mir was anhängen zu lassen. Wissen Sie was, wir machen einen Deal…«

57

Die Schichtleiterin des Bereiches Sofortbearbeitung der Polizeidirektion 5 war eine zierliche Oberkommissarin, die eine nette Art zu lächeln hatte. Ihr gegenüber, an der Schupoleiste des Lagezentrums, saß ein Oberrat, der über der Uniformjakke einen regenbogenfarbenen Schal trug, obgleich der Raum alles andere als schlecht beheizt war.

Die beiden hörten sich an, was Gabler zu sagen hatte.

»Na gut«, sagte die Oberkommissarin, und der Oberrat mit dem psychodelischen Schal gab an die Funkwagen in den Neuköllner Abschnitten den Steckbrief des gesuchten Wagens durch: ein roter Kadett mit auswärtiger Nummer und einem großen Anfänger-»A« in der Heckscheibe.

Fünf Minuten vergingen.

Zehn.

»Das kann eine Weile…«, setzte der Oberrat an, wurde jedoch durch einen Hustenanfall unterbrochen, nach dessen Abebben er mit hochrotem Kopf fortsetzte, »…dauern. Die Straßen sind zugeparkt bis Oberkante Unterlippe. Außerdem tobt in Neukölln das Leben…«

Die Oberkommissarin schaute ihn nachdenklich an.

»Was ist, wenn der Opel nicht mehr da ist? Wenn er falsch geparkt war und abgeschleppt worden ist?«

»Könnten Sie das überprüfen?«

»Kein Problem. Aber hören Sie auf, hier hin- und herzurennen. Gehen Sie hoch in den Aufenthaltsraum, und lassen Sie sich von den Jungs einen Kaffee geben. Wir sagen Ihnen Bescheid, wenn wir etwas gefunden haben.«

58

Ein VW-Bus schob sich durch die Oranienstraße. Kein gewöhnlicher VW-Bus, keine von jenen verbeulten, farbigen Droschken, die von türkischen Basaris für ihre Großmarkteinkäufe benutzt werden.

Das mit zwei Passagieren besetzte Fuhrwerk schlich so langsam durch das autonome Neuschwanstein, daß der Schäferhund eines Irokesen seine Notdurft daran verrichten konnte.

Aus dem Schaufenster eines Cafés grüßten ein paar Kreuzberger Kommunarden die Fahrzeuginsassen mit ausgestrecktem Mittelfinger.

Der Kleinbus trug ein dezentes Grün, das mit weißen Partien aufgelockert war. Die hoffnungsfrohen Frühlingstöne setzten sich in der Garderobe der zweiköpfigen Reisegesellschaft fort. Lusebrink hatte es sich nicht nehmen lassen, den ihnen neu zugeteilten VW-Bus selbst zu steuern.

»Guck erst mal zu, wie man so ein Geschoß fährt. In zwei, drei Wochen kannst du es dann selbst mal versuchen.«

Bortz durfte immerhin das Funkgerät bedienen.

Neugierig, wie er war, schaltete er auf die Frequenz der Kreuzberger Abschnitte.

»Sie suchen einen auswärtigen roten Kadett mit 'nem Anfänger-›A‹. Ein Glück, daß das hier nicht unser Revier is'!«

Lusebrink nickte. »Steckt vielleicht 'ne Bombe drin oder so was. Bei den Typen hier, weißte ja nie…«

Bortz starrte gebannt aus dem Fenster.

»Dat hat's bei euch nicht gegeben, wa?«

Lusebrink wies auf einen Grufti mit farbenfrohem Schopf, der sich angeregt mit einer vermummten Türkin unterhielt.

»Alles potentielle Gewalttäter. Solltest mal erleben, was

sich hier am 1. Mai so abspielt. Da hilft nur noch eins, Knüppel aus'm Sack!«

Lusebrinks Mundwinkel wanderten angewidert nach unten.

»Und das Ganze nennen sie dann multi…kultivierte Gesellschaft. Widerlich! Da drüben kriegste übrigens 1-A-Döner!«

Sie schipperten über den Kottbusser Damm.

»Jetzt sind wir in Neukölln. Hier kann uns nichts mehr passieren. Kreuzberg sollte ein anständiger Mensch überhaupt meiden. Obwohl – sollten wir wieder mal einen Russen-Lada in einen VW-Bus verwandeln müssen, fahren wir hier rüber, wenn die Barrikaden-Saison eröffnet ist!«

Bortz lachte pflichtschuldigst.

Der Obermeister eröffnete die Großfahndung nach einer Parklücke nahe dem Kaufhaus Hermannplatz. Ergebnislos.

»Scheiße. Das ist das letzte Mal, daß ich mich von meiner Alten zum Einkaufen verdonnern lasse.«

Bortz gestattete sich leise Zweifel an dieser Behauptung. Seit er mit Lusebrink Streife fuhr, gehörten die täglichen Einkaufsfahrten zu den obligatorischen Bestandteilen des Dienstregimes. Lusebrinks hartnäckige Weigerung, in Lichtenberg oder Mitte auch nur einen Sack Kartoffeln zu kaufen, nahm Bortz inzwischen gelassen hin. »Meine Frau will unbedingt 'ne neue Mischbatterie für ihr Bidet«, erklärte Lusebrink, während er beim Einparken drei PKWs blockierte. »Erstens gibt's die am Ostbahnhof nicht, und wenn, dann is' die gleich 50 Mark teurer als im Westen! Wenn jemand kommt – ich bin in zehn Minuten zurück.«

»Und wenn niemand kommt?«

»Dann bin ich auch in zehn Minuten zurück, du Dödel!«

Der Obermeister kramte seinen Einkaufszettel hervor. »Weichspüler, zehn Eier, 500 Gramm ungarische Salami…«

Seine gigantische Gestalt wurde vom Kundenstrom des Kaufhauses verschluckt.

Bortz begann, sich zu langweilen. Er studierte zum wiederholten Male die Gebrauchsanweisung des Kleinbusses und fummelte kess an den Schaltern herum.

Lusebrink trudelte wieder ein, parkte die zwei Plastiktüten hinter dem Fahrersitz und spendierte eine Tüte Weingummi.

Dann ließ er den Bulli etwas vorrollen.

Zwei während des Wartens ergraute Wagenlenker fielen sich vor Freude in die Arme.

»Lotte und ich wollen uns ein Auto kaufen«, eröffnete Bortz erneut die Konversation.

Lusebrink stieß seinem Gefährten die Faust in die Seite.

»Du alter Schlawiner. Hast ganz schön was auf die Seite gebracht, Sparbuch und so?«

»Einen Gebrauchten!« meinte Bortz.

»An was habt ihr gedacht?«

»An einen Westwagen!«

Lusebrink zog die Augenbraunen hoch und schmiß eine Handvoll Weingummis nach.

»Is' doch wohl klar! Ich meine, was für 'ne Marke!«

»Möglichst einen Deutschen!«

»Ich merke schon«, seufzte Lusebrink. »Du kennst dich nicht so aus. Paß mal auf! Der hier, der jetzt abfährt, das ist ein Ford…«

Die nächsten zwanzig Minuten gab er uneigennützig seine auf der Polizeischule und aus dem ADAC-Magazin erworbenen Kenntnisse über Automobile weiter.

Der Parkstreifen hatte sich fast geleert; Bortz konnte sich immer noch nicht für eine Automarke entscheiden.

»Vielleicht so einer wie dieser hier!«

Er zeigte auf das Fahrzeug, das sie noch immer blockierten.

Lusebrink schnippte mit den Fingern.

»Und das ist was für eins?«

Bortz kratzte sich verlegen hinter dem rechten Ohr.

»Ford Sierra?«

»Falsch!«

Lusebrink legte seine Stirn in Falten. Dann beugte er sich nach hinten und förderte die dritte Tüte Weingummi zu Tage.

»Ich komm' nicht drauf!«

»Opel Kadett, du Depp!«

»So einer gefällt mir. Nur die Farbe ist zu auffällig.«

»Muß ja nicht gerade leuchtend rot sein. Diese Farbe solltet ihr Ossis sowieso meiden, hahaha.«

Der Streifenführer nötigte seinem Beifahrer ein rotes Weingummi in Form eines Autos auf.

»Was hast du vorige Woche im Unterricht außerdem gelernt?«

Bortzs Körper versteifte sich.

»Ein Anfänger-›A‹ in der Heckscheibe dient nicht unbedingt dazu, das Gefahrenrisiko zu mindern«, zitierte er mit monotoner Stimme. »Im Gegenteil. Es provoziert unter Umständen die nachfolgenden Fahrzeuglenker zu waghalsigen Überholmanövern.«

»Klasse!« sagte Lusebrink und klopfte Bortz anerkennend auf die Schulter.

Er beugte sich vor, um das Nummernschild zu erkennen. Dann nickte er.

»Ein Zoni und dann noch aus'm Dorf!«

Er startete den Bulli und würgte den ersten Gang rein.

»Nächster Stopp: Adamecks Vidoethek. Ich muß ein paar Kassetten abgeben!«

Bortz grinste verschwörerisch.

Das Funkgerät plärrte. Die Besatzung eines Neuköllner Streifenwagens vermeldete eine Niete bei der Suche nach dem roten Kadett.

Der Obermeister trat auf die Bremse. In seinem Hirn regte sich etwas. Langsam reifte ein Gedanke heran. Lusebrink ließ ihn noch etwas wachsen und sagte dann: »Moment mal!«

Bortz war schneller.

»Der rote Kadett!«

Der Spandauer schenkte seinem Kampfgenossen ein übermütiges Lächeln. »Bortz. Wir beide sind einfach Klasse!«

59

Eine Minute später klebte Gabler neben der netten Oberkommissarin und dem Polizeirat mit dem regenbogenfarbenen Schal. Lusebrink gab den Fundort und die Fahrzeugbeschreibung durch.

»Und?« brüllte Gabler. »Die Wagennummer?«

Während die Oberkommissarin das Kennzeichen durch den Computer jagte, unterhielt sich Gabler weiter mit Lusebrink.

»Liegt da vielleicht eine Handtasche auf dem Beifahrersitz?«

»Moment mal, mein Partner schaut nach!«

Bortz hechelte zwischen dem Kadett und dem Funkwagen hin und her.

»Tatsächlich!« vermeldete Lusebrink triumphierend. »Auf dem Beifahrersitz liegt 'ne braune Handtasche.«

»Was noch?«

»Moment!«

Lusebrinks Kommandos zauberten dem erkälteten Oberrat endlich etwas Farbe in das bleiche Gesicht.

»Rauher Ton!« stellte Gabler fest.

»Nur noch eine ›FF dabei‹ von vorige Woche und ein Reiseführer«, vermeldete Lusebrink. »›Westwärts‹ aus'm Grafit-Verlag.«

»Erika Sommer, geboren am 12.01.1942, wohnhaft in Baltimore, Brandenburg«, gab die Oberkommissarin das Ergebnis ihrer Computerrecherche bekannt.

Gabler schloß die Augen.

Offenbar hatte Jäckel nicht gelogen. Die Frau war am Tatort gewesen.

Nach dem Überfall auf die Sowjetkaserne hatte Jäckel der Sparkassenchefin kurzerhand den Wagen weggenommen. Sie hatte sich gewehrt, dabei war ihm vermutlich das Eiserne Kreuz abhanden gekommen.

War Erika Sommer allein am Tatort oder mit Blechl zusammen? Der Eintrag in Veras Notizbuch deutete auf eine

Verabredung mit Blechl hin. Welchen Grund könnte Erika Sommer haben, den Westberliner zu einem Treffen mit seiner Erpresserin zu fahren?

Gablers Europieper schlug an. Er nahm neben der Oberkommissarin Platz und rief den Überwachungswagen vor Blechls Wohnung zurück.

»Was gibt's?«

Er hob die Augenbrauen.

»Blechl hat Besuch bekommen? Vor zwei Minuten? Eine Frau, etwa vierzig? Gut angezogen? Das ist ja eine tolle Beschreibung. Hat sie nicht irgendein besonderes Merkmal an sich,« nörgelte er, »eine Tätowierung im Gesicht oder ein Holzbein! Beschreibt die Frau mal ein bißchen genauer! Was? Sie ist mit 'nem Taxi vorgefahren...hm...hm.«

Er schrieb die Nummer auf. »Ich werd' mal versuchen rauszukriegen, wen uns die Taxiinnung da angeschleppt hat!«

Wie sich herausstellte, war das kein großes Problem.

Es gab nur ein einziges Taxiunternehmen in Baltimore.

60

»Erika?« sagte Blechl.

Er war unangenehm überrascht und kaum in der Lage, das zu verbergen.

»Wollen wir hier im Flur stehend reden?«

»Entschuldige...«

Widerwillig trat er zur Seite.

Daß sie ihm zur Begrüßung keinen Kuß aufgenötigt hatte, registrierte er mit Erleichterung. Er mochte ihren Geruch jetzt nicht an sich spüren. Er wollte nicht, daß ihr trockenes, von Haarlack entwässertes Haar seine Gesichtshaut berührte.

Was will sie? sinnierte er, während er ihr ins Wohnzimmer vorausging. Was weiß sie?

Er komplimentierte sie in einen Sessel, aber sie stand gleich wieder auf.

»Rainer!«

Sie haßte sich für den hysterischen Eindruck, den sie machte. »Du mußt mir die Wahrheit sagen…« Ihre Stimme war tonlos, ein trockenes, reduziertes Flüstern.

»Liebst du mich? Hast du mich je geliebt, oder war alles nur…«, sie suchte nach Worten, die nicht diesen tauben Geschmack des Banalen auf ihrer Zunge hinterließen »…eine widerwärtige, kleine Komödie?«

Unbehagen breitete sich in ihm aus wie ein Öltropfen auf dem Spiegel eines düsteren Sees. Ein pelziger Geschmack, der sein Verlangen nach einem Whisky weckte, legte sich ihm auf die Zunge. Er brachte die Diagonale des Wohnzimmers zwischen sich und der Frau, nahm ein Glas und schenkte sich großzügig ein.

In ihren Augen stand Angst.

Blechl trank und spürte, wie die Selbstsicherheit in ihn zurückströmte.

»Ich weiß gar nicht, was du hast?«

Vermutlich wußte sie alles. Alles über seine Schulden, seine Rußland-Geschäfte und die Ermittlungen der Staatsanwaltschaft. Es war an der Zeit, sie aus dem Spiel zu nehmen.

»Du hast nichts zu befürchten. Vielleicht ein bißchen Ärger wegen deiner etwas großzügigen Kreditvergabe. Sie werden dir deine Unerfahrenheit zugute halten. Schieb doch einfach alles auf mich!«

Er lachte ein ungutes Lachen, aber als er wieder in ihr Gesicht sah, endete es in einem trockenen Krächzen. Sie sah ihn an, als stünde der Leibhaftige vor ihr. Ihr Blick wurde unstet, ihre Hände zitterten. Als sie einen Schritt auf ihn zukam, wich er erschrocken zurück.

»Erika,« versuchte er sie zu beruhigen, »natürlich war das alles keine… Komödie. Ich weiß überhaupt nicht, wer dir diesen Floh ins Ohr gesetzt hat.«

»Und die Russin?« fragte sie flüsternd. »Warum hast du sie so oft getroffen?«

Blechls Denkapparat hatte einen kleinen Aussetzer.

»Hast du mir nachspioniert?«

Er spürte, daß er wütend wurde und daß ihn diese Wut von seiner Furcht befreite.

»Wie kannst du nur so dumm sein? Mit Vera war absolut nichts! Wir haben uns aus rein geschäftlichen Gründen getroffen.«

»Aus geschäftlichen Gründen? In ihrer Wohnung?«

»Was ist daran so ungewöhnlich? Und deshalb kommst du her? Um mir einen banalen, hysterischen Auftritt zu bieten? Überhaupt ist das alles ungeheuerlich! Hast du dich mir persönlich an die Fersen geheftet, oder hast du einen Privatdetektiv angemietet?«

Sie sank in den Sessel zurück.

»Gott, Rainer. Wenn das wahr ist…«

Er überlegte, wie er sie loswerden konnte.

»Hör mal, ich weiß nicht, was mit dir los ist, aber ich habe jetzt nicht die Nerven…«

»Es ist etwas Schreckliches geschehen, Rainer!«

Er lachte gereizt auf.

»Hast du jemanden umgebracht?«

»Rainer!«

Sie schrie dieses Wort aus sich heraus, als wolle sie eine Schlange von sich schleudern. Dann sank sie in den Sessel, eine blasse Marionette, deren Fäden von einem raschen Schnitt durchtrennt worden waren.

»Ich habe sie in das Wäldchen vor ihrem Haus bestellt. Für die Nachricht habe ich einen deiner Briefköpfe benutzt. Ich habe ihr in deinem Namen geschrieben. Natürlich kam sie…«

»Um Himmels Willen!« stammelte Blechl.

61

Von Kindheit an hatte sich Markus Horstmüller für die intimen Geheimnisse ihm nahestehender und fremder Menschen interessiert.

Lange bevor er seine große Schwester das erste Mal beim

Baden beobachtet hatte, wußte er um ihre Wünsche und Begierden, in deren Zentrum ein blonder Bilderbuch-Arier namens Heinz stand. Dieser Heinz – Leutnant der Wehrmacht – hatte sich für einen neuen Stefan George gehalten und ihr schubweise dunkle, von Todesahnungen durchwehte Reimereien zugeeignet, deren Sinn dem kleinen Markus weitgehend verborgen geblieben war.

Wiesenbrink hatte seine unglückliche Liebe zu Katharina Bergmann in sehr viel schlichtere Worte gekleidet.

»Sa. 20.00 Zusammen mit K. Wunderbar!«

Das Tagebuch bot trotz seiner Unvollständigkeit und Ausdrucksschwäche ein unverzerrtes Spiegelbild der Seelenwelt des Bürgermeisters.

Daneben enthielt es – noch leidlich gut lesbar – die minutiöse Beschreibung der Blechl-Wiesenbrink-Connection, die sich Anfang des Jahres gebildet hatte, um einen hochkarätigen Tranferrubel-Deal durchzuziehen. Den größten Teil der Exportlizenzen hatte Wiesenbrink selbst mit Stempel und Unterschrift versehen, kraft seines Amtes als Leiter der Abteilung Handel und Versorgung im Rat des Kreises, wohl wissend, daß die von Blechl aufgekauften DDR-Waren nur auf dem Papier existierten.

Horstmüller klappte die geschundene Chronik Wiesenbrinkscher Taten zu und legte sie in den durchsichtigen Plastikbeutel zurück. Das Ganze war ein klassischer Fall von Vereinigungskriminalität, der die Staatsanwaltschaft noch heftig beschäftigen würde.

Blechl hatte allen Grund, die Wiesenbrink-Papiere verschwinden zu lassen. Sie schienen ihm wichtiger gewesen zu sein als das Wohlergehen seines politischen Freundes. Während Wiesenbrink sich mit blutigem Skalp auf den Weg in die ewigen Jagdgründe machte, hatte sich Blechl mit dem Tagebuch davongestohlen.

Ein netter Kerl! dachte Horstmüller. Einen Arzt zu rufen, war kam ihm offenbar nicht in den Sinn gekommen. Wieso auch, schließlich hatte der Bürgermeister seine Schuldigkeit getan. Und mit seinem Tod wäre – nach Vera Tozkaja – Mitwisser Nr. 2 aus dem Rennen gewesen.

Horstmüller überschlug, was er in der Hand hatte: ein Tagebuch, das Notizbuch der Toten, die Aussagen eines mehr oder minder verläßlichen Zeugen, der Blechls nächtliche Visite im Haus des Bürgermeisters beeiden würde.

Blechl hatte verdammt schlechte Karten!

62

»HINTEN KURZ! HONECKERS FRISEUR PACKT AUS!!!«

Im Lichte einer Straßenlaterne studierte Gabler zum letzten Mal an diesem Abend die Schlagzeilen eines Boulevard-Blattes. Dann warf er es auf den Rücksitz und bohrte den Blick erneut in das hellerleuchtete Rechteck von Blechls Wohnzimmerfenster.

Es war kurz nach acht.

Er hatte seinen Toyota in die lange Reihe der Fahrzeuge gezwängt, die den Radweg an der Schloßstraße zuparkten. Er war müde und mußte dringend pinkeln. Sollte der Verkehr auf der abendlichen Magistrale jemals zur Ruhe kommen, würde er sich wohl an einer der zahlreichen Kastanien vergehen.

Noch war es zu früh dafür; zu viele nächtliche Spaziergänger, zu viel Publikumsverkehr vor dem griechischen Restaurant, an dem er darauf wartete, daß Erika Sommer das Haus verließ. Er brannte darauf, sie zu vernehmen. Wenn sie Blechl tatsächlich zum Tatort gefahren hatte, war sie die wichtigste Zeugin im Mordfall Vera Tozkaja.

Eine Viertelstunde noch, oder eine halbe…

Gabler stöhnte.

Er war müde, und die abendliche Schloßstraße bot nicht gerade ein Feuerwerk an Unterhaltung.

Ein Herr im braunen Chesterfield erschien in der Eingangstür des Griechen, begleitet von einer Dame im kirschroten Regenmantel.

Nett, daß Vati mit seinem Töchterchen wieder mal richtig schick essen geht, dachte Gabler. Offenkundig intakte Familienbande erfüllten ihn stets mit einem Gefühl der Rührung.

Ein Paar affektiert wirkender, gelbgetönter Mokassins kollidierte sanft mit den Spitzen zweier hochhackiger, roter Pumps.

Ein Meter fünfundsiebzig höher begann der Herr im Chesterfield, das Gesicht seiner Begleiterin abzuweiden. Nach einem sichernden Blick schob er seine Hand unter ihren Regenmantel. Kurz über ihrem Hintern fand sie ihren Weg unter den Pullover, arbeitete sich zurück zur Vorderfront und befaßte sich dort mit dem Inhalt eines BH-Körbchens. Gabler fand das reichlich ungehörig, aber die junge Dame schien Gefallen daran zu finden. Ein amüsiertes Kichern entschlüpfte ihren Lippen.

Gepeinigt von der Selbstverachtung eines nichtprofessionellen Voyeurs verfolgte er die Szene.

Der Chesterfield geleitete den roten Regenmantel zu einem sechstürigen Raumschiff auf Rädern. Die Luxuslimousine entschwebte. Dort wo sie gestanden hatte, gähnte ein Loch von der Ausdehnung zweier gewöhnlicher Mittelklassewagen. Der Anblick stimmte Gabler philosophisch. Die einzige Lücke, die wir in dieser Welt hinterlassen werden, dachte er, wird eine Parklücke sein. Er tätschelte traurig seinen Toyota.

Eine traurige Melodie stieg in ihm hoch, dunkle Akkorde der Klage. Das Leben ist wie ein Big Mac, lehrte ihn diese Melodie. Man kann ihn sich nicht wie eine Erdnuß zwischen die Zähne werfen.

Gabler hatte den Polizisten-Blues.

Irgendwann stieg er aus und stellte sich breitbeinig hinter eine Kastanie.

Die Scheinwerfer eines Autos erfaßten ihn und den glitzernden Strahl, der seinen Bogen in die Nacht schlug, prunkend wie die Golden Gate Bridge.

Der Fahrer des Wagens hupte empört: »Jibt's keine Pißbuden in Berlin?«

Natürlich, dachte Gabler, das mußte ja so kommen. Die beiden Zivilpolizisten, die zur Beobachtung von Blechls Haus abkommandiert worden waren, grinsten schadenfroh.

Gabler spielte das Spiel mit und gab sich zerknirscht.

Er sah den Schatten nicht wirklich, aber als er sich auf den Sitz seines Wagens fallen ließ, streifte etwas den Rand seines Gesichtsfeldes: die Andeutung einer Bewegung, eine körperlose Kontur, flüchtig wie der Schatten eines Nachtvogels...

63

»...Vera hat mich ausgelacht, als ich ihr auf den Kopf zusagte, ihr beide hättet ein Verhältnis. Und dann hat sie all diese schrecklichen Dinge über dich und mich...«

»Um Himmels willen!«

Erneut wich er zurück, als sie auf ihn zuging. Plötzlich hatte er die Wand im Rücken.

Er roch den nach Verzweiflung riechenden Atem der Frau.

»Sie hat mir lachend gesagt, daß sie dich um den kleinen Finger wickeln könnte, wenn sie nur wollte. Sie hat gesagt, daß du mit mir nur wegen des Geldes zusammenseist, daß du deine Liebe für mich erst entdeckt hättest, als du pleite warst...«

Sie hatte ihm die Hände auf die Schlüsselbeine gelegt. Blechl erschauderte unter dem kräftigen Druck, aber um ihre Hände von sich nehmen zu können, hätte er sie berühren müssen, und davor fürchtete er sich.

»...sie sagte, daß du dich nur über mich lustig machen würdest, daß du in Berlin mit anderen Frauen zusammen bist...«

Sie schrie gellend, riß an seinen Schultern, als wolle sie die kümmerlichen Reste seiner Zuneigung aus ihm herausschütteln. Er spürte undeutlich, wie sein Hinterkopf ein paar Mal gegen die Wand schlug. Er mußte sich auf die Zunge gebissen haben, denn der Geschmack einer salzigen Flüssigkeit legte sich über das Whiskyaroma in seiner Mundhöhle. Seine Sinne registrierten keinen Schmerz. Sie schrie erneut.

»Erika!«

Zur Besinnung gekommen, stieß er sie mit einem Wutschrei von sich. Sie taumelte durch das Zimmer, stieß gegen den Tisch. Er rettete die torkelnde »Bourbon«-Flasche vor dem Umstürzen und goß sich mit zitternden Händen nach. Seine Gedanken fügten sich zu einem schaukelnden Netz zusammen. Sie hatte einen seiner Briefköpfe benutzt, vermutlich seine Unterschrift gefälscht. Wenn der Brief bei der Toten gefunden worden war, *mußte* die Polizei in ihm den Hauptverdächtigen sehen.

Blitzartig wurde ihm klar, daß die Bullen bereits um ihn herumschlichen wie die Katze um den Sittichkäfig. Er hatte kein Alibi. Und Vera Tozkaja hatte ihn erpreßt. Wenn sie das herausfanden, war er fällig. Es gab nur einen Weg, um aus dieser Sackgasse herauszukommen.

»Was tust du da?« hauchte Erika, als er den Telefonhörer abnahm.

»Die Polizei anrufen, was sonst?«

Er kam nicht mehr dazu.

Tozkij hatte den Sicherungshebel seiner Dienstwaffe nach unten gelegt und richtete sie auf Blechl.

Blechls Blick wanderte zwischen der Pistolenmündung und Tozkijs Augen hin und her. Er redete um sein Leben: »Machen Sie bloß keinen Quatsch, Mann. Ich habe Ihre Frau nicht angefaßt. Fragen Sie diese Dame da, Sie wird Ihnen erzählen können, was wirklich passiert ist. Hören Sie überhaupt zu? *Sie* hat es getan! *Ich* war es nicht!! Ich wollte gerade die Polizei rufen!«

Tozkij hörte dem Deutschen interessiert zu. Er verstand kein Wort.

»Ich habe nichts getan!« kreischte Blechl.

Zufällig warf er einen Blick auf Erika. Sein Herz galoppierte wie eine Schabe über eine glühende Herdplatte. Noch nie in seinem Leben hatte er so haßerfüllte Augen gesehen.

Er spürte etwas Beißendes in seinen Augen. Einen Moment dachte er, es sei Blut, das aus der Wunde strömte, die das Skalpell ihres Blickes geschlagen hatte. Er griff danach und stellte erleichtert fest, daß es Schweiß war.

Nicht weiter schlimm, suchte er sich zu beruhigen.

Nur ein paar Liter kalter Schweiß.

Von der Veranda war ein Klirren zu hören. Gabler war in den Zimmerspringbrunnen getreten. Er warf einen Blick auf seinen tropfnassen Fuß und lauschte. Es war kein Laut zu hören. Nur sein Schuh quietschte leise, als er sich in Richtung des Wohnzimmers vorpirschte. Auf dem Perser im Flur hinterließ er sohlengroße, feuchte Flecken.

Schließlich sah er Tozkij, der seine Makarov auf Blechl gerichtet hielt. Eine Sekunde lang trafen sich ihre Augen, und Gabler scheute zurück – vor dem Abgrund, der zwischen ihnen lag.

Dann nahm er einen kurzen Anlauf und warf sich über den Russen. Tozkij wischte ihm mit der Mündung der Pistole über die Stirn, bevor er stürzte. Sie hinterließ einen feuerroten Riß, der sich bereits mit Blut gefüllt hatte, als Gabler in der Horizontalen ankam. Sein Knie schlug gegen die Tischplatte und brachte die »Bourbon«-Flasche zu Fall. Das war nicht klug! telegrafierte der Teil seines Verstandes, der nicht vor Angst flatterte. Es war unbedacht gewesen, sich wie ein blutiger Anfänger auf Tozkij fallen zu lassen. Der Schmerz in seiner Magengrube signalisierte ihm, daß er dabei direkt auf den Lauf der Makarov gestoßen war. Als er begriff, daß sich die Waffe genau zwischen ihren beiden Körpern befand, und die Mündung dabei vermutlich genau auf seine Leistengegend zielte, überschwemmte ihn der Schrecken wie eine Flutwelle.

»Tozkij!« schrie er.

Dann fiel ein Schuß.

Gabler fühlte keinen Schmerz, aber als er feststellte, daß etwas Feuchtes seinen Rücken hinunterlief, schlug die Panik wie ein Eispickel in sein Herz.

Als er wieder zu sich kam, sah er, wie Erika Sommer einen Revolver fallen ließ. Er schaute an sich herunter und stellte fest, daß er unverletzt war. Hemd und Hose schwammen im Whisky. Tozkij stand in der Gegend herum und kratzte sich mit der Pistolenmündung am Hals. Blechl erholte sich, in einem Sessel hockend, von seinem Schreck. Er starrte ungläubig auf das kleine Loch mit den angesengten Rändern oberhalb der Billettasche seines Cashmere-Anzuges. Dann erinnerte er sich, das Klirren einer Scheibe gehört zu haben.

Der Aufprall der Kugel aus Erikas Waffe hatte ihn wie ein Schonkissen in den Sessel geworfen. Die Kugel war unterhalb des Schlüsselbeins durch seine Schulter gewandert, war ein Stück durch das Zimmer geflogen und hatte die Wohnung durch das Fenster wieder verlassen, um sich in Charlottenburg umzusehen.

Jetzt begann sich das Loch in seinem Anzug blutrot zu färben. Ein kleiner Mechanismus, nicht kräftiger als eine Pumpe, die ein Aquarium mit Frischluft versorgt, beförderte das Blut nach draußen.

Es dauerte eine Weile, bis Blechl begriff, was da vor sich ging. Ich habe einen Anzug an, der Blut pumpt! Ich bin in etwas hineingeraten, das unmöglich gut für mich sein kann! Ein kleiner Schub rosafarbener Speichelflüssigkeit suppte über seine Lippen, als er mit einem vorwurfsvollen Blick auf Gabler erklärte: »Ich… habe doch nichts getan.«

Irgendjemand klingelte und hämmerte mit den Fäusten gegen die Tür.

»Aufmachen, Polizei!«

Gabler angelte sich Erikas Revolver vom Teppich, nahm Tozkij die Makarov ab und öffnete die Tür.

»Die Polizei ist schon da«, teilte er mit.

Horstmüller dachte eine Sekunde lang darüber nach, ob er erstaunt sein sollte. Er faßte Gabler ruhig ins Auge und erklärte: »Du stinkst wie eine Schnapsfabrik.«

Dann drängte er sich an an ihm vorbei.

Das »Grüne Eck« war seit zwei Stunden geöffnet. Es herrschte der übliche Vormittagsbetrieb: Rentner und ein paar Arbeitslose, die an diesem Tag außer Biertrinken und Schwatzen zufällig nichts vorhatten. Leo Lorentz zapfte sein Bier und der alte Schuricke, der eigentlich auf dem Weg in seinen Garten war, spielte den Alleinunterhalter. Er hockte am Stammtisch und gab zum -zigsten Mal die Geschichte von der Erstürmung der Weitling-Straße zum besten. Das Publikum lauschte mäßig interessiert. Schurickes Prosa haute niemanden vom Hocker, aber sie war immer noch besser als die »Springfield-Story« oder »General Hospital«.

Es war ein schöner, sonniger Oktobertag. Lorentz hatte die Tür offengelassen, damit ein bißchen frische Herbstluft den Weg in die Kneipe fand. »Hundertkommasechs« gab die Verkehrslage durch…

Ein Schatten erschien in der Tür.

Lorentz erkannte ihn sofort: Die roten Haare, das unangenehme Grinsen… Er hatte das beunruhigende Gefühl, daß er gleich einen Arzt brauchen würde. »Ich dachte, du sitzt!«

Jäckel lümmelte sich am Tresen. »Mich steckt man nicht so leicht in den Knast. Außerdem leben wir jetzt in einem Rechtsstaat. Die Verhandlung ist erst in sechs Wochen«, setzte er erklärend hinzu.

»Und was ist das – ein Schwanzverlängerer?« Lorentz wies auf den Baseballschläger, den Jäckel in der Linken hielt.

Jäckel grinste gefährlich: »Mach' mal 'n Bier!«

»Raus!«

»Moment mal!« sagte Jäckel.

»Keine Gewalt!« fauchte ein studentischer Veteran der November-Demonstrationen aus seiner Ecke.

»Tut mir leid, Mann«, sagte Jäckel, ohne sich umzudrehen. »Wir haben noch eine offene Rechnung. Der Kumpel hat mich an die Bullen verraten! Auf sowas steht Kastration!«

Lorentz nahm all seinen Mut zusammen. »Ich will dir mal was sagen, du brauner Blindgänger! Letzte Woche hab' ich euch reingelassen, weil ich es nicht besser wußte. Nach dieser Schweinerei vor der Russen-Kaserne habt ihr bei mir Lokalverbot; ich will deine Verbrecher-Fresse hier nicht mehr sehen...«

Verwundert spürte Lorentz dem Salzgeschmack in seinem Mund nach. Jäckels Faust war wie ein Blitz über den Tresen geschossen.

»Ruf mal einer die Polizei!« flüsterte er, den Mund voller Blut. Eine warnende Stimme in ihm riet ihm, hinter der Theke in Deckung zu gehen, aber stattdessen starrte er Jäckel nur fassungslos an.

Ein roter Faden lief an seinem Kinn hinunter.

Er mußte aussehen wie ein gottverdammter Vampir!

Der Aluminiumschläger blitzte auf, zischte an Leos Brust vorüber und schlug in das Tablett mit den Biergläsern ein. Er spürte, wie ein nasser Bierschwall seine Wange traf.

»Moment mal!« krähte Schuricke, der stante pede zur Theke marschiert war. »Du hast sie wohl nicht mehr alle; der Mann könnte dein Vater sein!«

»Halt die Schnauze, du Mumie!« zischte Jäckel.

Schuricke lief rot an. »So kannst du mit mir nicht reden – ich war im Krieg!«

Einen Augenblick lang löste Lorentz seinen Blick von Jäkkel. Er lächelte den rotgesichtigen Schuricke dankbar an. Als er wieder in Jäckels Richtung blickte, sah er den Baseballschläger über sich schweben. Er dachte an seine frische Operationsnarbe und daran, daß sein Gehirn in zwei Sekunden vermutlich nur noch Brei sein würde...

Jäckel visierte Leos Backenknochen an. Er ahnte das knirschende Geräusch, das der Schläger erzeugen würde, wenn er seitlich auf das Gesicht traf...

»Klack!«

Diesen Laut kannte er! So hört es sich an, wenn der Sicherungshebel einer Pistole nach unten gelegt wird!

Etwas Hartes, Rundes setzte sich in seinen Nacken.

»So du Schleimbeutel, Ende der Fahnenstange!«

»Scheiße!« beschwerte sich Jäckel. »Wie reden Sie denn mit mir?«

Gabler rammte ihm das Knie in die Nieren. Er legte

ziemlich viel Schwung in den Stoß. Jäckel ging in die Horizontale, krümmte sich zusammen und gab ein leises Winseln von sich.

Vor zwei Tagen war Jäckel auf freien Fuß gesetzt worden. Er besaß einen festen Wohnsitz, also hatte die Staatsanwaltschaft keinen Grund gesehen, ihn länger in Untersuchungshaft zu belassen.

Gabler war ihm auf den Fersen geblieben. Anscheinend mit Erfolg.

Jäckel hatte soeben versucht, einen wichtigen Zeugen mit dem Baseballschläger zu verprügeln. Vielleicht würde der Ermittlungsrichter jetzt einsehen, daß es besser wäre, die Glatze unter Verschluß zu nehmen.

Schuricke blickte auf das zuckende Bündel zu seinen Füßen. Dann klopfte er Gabler anerkennend auf die Schulter.

»Das hat hier keiner gesehen!« sagte er und schlurfte zufrieden zu seinem Stammtisch zurück.

Leo P. Ard / Michael Illner

Flotter Dreier

Kriminalroman
190 Seiten, DM 14,80
ISBN 3-89425-036-4
Nominiert zum »Glauser« 1993

»Leo P. Ard und Michael Illner stochern nach ihrem preisgekrönten 'Gemischten Doppel' erneut im kriminellen Unrat der Hauptstadt. Die beiden dickköpfigen Eigenbrötler Gabler und Horstmüller bekommen es im Kampf gegen Schutzgelderpressung und Bauspekulanten mit der Mafia zu tun.«
(Bernburger Zeitung)

»Was diesen Krimi ausmacht, sind seine Ironie und sein Witz, die wunderbar gnadenlos über jedem der Beteiligten ausgeschüttet werden.«
(Berliner Morgenpost)

»...ein spannendes Stück aus einem Guß«
(Sächsische Zeitung)

grafit

Mordsgeschichten zu jedem Anlaß

Der Mörder ist immer der Gärtner
Gemüse-Krimis
ISBN 3-89425-080-1 DM 15,80

Der Mörder bläst die Kerzen aus
Geburtstags-Krimis
ISBN 3-89425-081-X DM 15,80

Der Mörder zieht die Turnschuh an
Sport-Krimis
ISBN 3-89425-082-8 DM 15,80

Der Mörder schwänzt den Unterricht
Schul-Krimis
ISBN 3-89425-083-6 DM 15,80

Der Mörder packt die Rute aus
Weihnachts-Krimis
ISBN 3-89425-084-4 DM 15,80

Der Mörder bricht den Wanderstab
Urlaubs-Krimis
ISBN 3-89425-085-2 DM 14,80

Der Mörder kommt auf Krankenschein
Wartezimmer-Krimis
ISBN 3-89425-086-0 DM 15,80

Der Mörder kommt auf sanften Pfoten
Tier-Krimis
ISBN 3-89425-087-9 DM 15,80

Der Mörder bittet zum Diktat
Büro-Krimis
ISBN 3-89425-088-7 DM 15,80

Der Mörder würgt den Motor ab
Auto-Krimis
ISBN 3-89425-089-5 DM 15,80

Der Mörder kennt die Satzung nicht
Vereins-Krimis
ISBN 3-89425-090-9 DM 15,80